平安世界

周大新 著

西苑出版社
XIYUAN PUBLISHING HOUSE

图书在版编目（CIP）数据

平安世界 / 周大新著 . — 北京 ：西苑出版社，
2012.9

ISBN 978-7-5151-0268-9

Ⅰ . ①平…　Ⅱ . ①周…　Ⅲ . ①中篇小说—小说集—中国—当代
Ⅳ . ① I247.5

中国版本图书馆 CIP 数据核字（2012）第 159302 号

平安世界

作　　者	周大新
责任编辑	刘小晖
出版发行	西苑出版社
通讯地址	北京市海淀区阜石路15号　　邮政编码：100143
电　　话	010-88636339
传　　真	010-88637287
网　　址	www.xiyuanpublishinghouse.com
印　　刷	北京龙跃印务有限公司
经　　销	全国新华书店
开　　本	710毫米 × 1000毫米　1/16
字　　数	240千字
印　　张	17.5
版　　次	2012年9月第1版
印　　次	2012年9月第1次印刷
书　　号	ISBN 978-7-5151-0268-9
定　　价	35.00元

Contents | 目录

平安世界

好奇者：你说今后这个世界会发生什么事情？

预言家：我看什么事情都可能发生！

引一

公元136年初冬时节一个寒风凛冽的清晨，坐落在京都洛阳西城的尚书府邸还一片沉寂。预备辞官回南阳石桥故里安度晚年的张衡刚刚起身拥被而坐，忽听前厅里在地动仪旁坐守的家仆小五高喊了一声：“掉了！”

这声突兀而起的高喊把张府清晨时的宁静一下子击碎，杂沓的脚步声随之从四处响起，拥被而坐的张衡那当儿也以一个老年人少有的敏捷，抓起一件棉袍往身上一披便向前厅蹒跚着奔去。

果然掉了——地动仪上面朝西北的那只龙口里衔着的珠子掉落在地！这么说又发生了一次地动。张衡在地动仪前默视一霎之后回头对儿子叫道：“立刻呈报皇上，就说在陇东地区发生了一次强烈地动，估计会有大批房屋倒塌和人员伤亡，请皇上即令驻防咸阳的官军西去救援……”

13天后，驿站飞马将地动灾情报到了京城：七千多间民房倒塌，两万余居民伤亡。

灾情报表传到白发苍然的张衡手上时，老人先是长叹一声，尔后对儿子喃喃说道：“吾所造之地动仪，只能知情于灾后，不能预报于灾前，实乃益处有限耳。吾虽有再制新仪之心，然脑力已不允矣。汝等日后当继吾志，苦读细研，穷究地动之理，以求报险于灾前，为民祈来平安……”

引二

公元2021年9月24日凌晨2时31分，我国中原地区突然发生7.8级强烈地震。数十万间城镇和乡村的房屋顷刻间坍塌起火，无数正在梦中的人们被埋入楼板和断砖烂瓦之下。华东、华北、西南、西北和华南各省的救援人员闻讯星夜奔赴灾区进行抢救。

10月3日上午10时20分，也就是地震发生后第九天，救援人员在震区一座楼房下救出一名十岁的男孩。男孩被救出时处于半昏迷状态，但在抬他进入抢救中心救治时，他右手里一直抓着一件东西死死不放。医护人员后来看清他攥着的是一台微型录音机，录音机里录着一段夹着急促喘息和痛楚呻吟的声音：“……孩子……拿好……这是一个录音机……爸爸随时可能昏迷过去……有些话要叮嘱你……爸爸死后……你要不断回放爸爸的话……那样就像爸爸仍然在你身边……就这样回放……你不要害怕……爸爸会一直陪着你……爸爸没能预报出这次地震……爸爸身为地震预报人员愧对中原人民……你要能活着出去……长大后一定要从事地震预报研究……要想法制住地震这个恶魔……”

第一章

广闻社6月1日消息：总后勤部军需研究所战时食品研究组研制的高能食品粒经动物食用试验后，证明功效显著。不久，就要正式在人身上进行试验。据消息灵通人士透露，这种食品粒每颗仅重0.1毫克，如果试验成功，一个人吃下去一粒所产生的能量，可使其在八至九天内不用进食任何东西，而且能保证人的胃肠不因久不进食而导致任何改变。有关人士认为，如果此项研究最终获得成功，将是2045年科学界值得为之庆贺的一件大事……

2045年那个初夏的黄昏仿佛知道这是张世和最快活的日子，把大盆赤色的颜料泼上了西部天空，致使那颜料淋漓而下洒满了京城的复兴大道，使得世和驾驶的那辆富康牌家用轿车像在红色的河流上航行。

总后勤部军需研究所战时食品研究组的研究员张世和，今天有理由让笑容涌满脸孔——他主持研究的高能食品粒动物食用实验已获预想效力，明天就要正式在人身上试验。这表明进行了几年的研究很快就要结出硕果，作为这个课题的组长他当然应该高兴。他按了一下喇叭，避开了路边的行人把车速加快。他很想立刻见到妻子、女儿，好和她们共度这个美好的傍晚。

车到楼前时，女儿小艺没像往日那样笑迎出门，机器人女佣阿茜也没出来替他把车倒进车库，这多少让他有些诧异，往日，女儿的笑脸出迎和阿茜的相帮泊车都是例行举动。

他进屋后才看清，原来小艺和阿茜正在妻子金娜的指挥下收拾衣物用品，几个打开盖的皮箱摆满了客厅，满屋里都是有人要出发的气氛。“这是要干什么？”世和诧异地问。

“我明天凌晨五点要飞香港。”双颊绯红、额上沁满汗珠的金娜扭头回答，“对不起，晚饭还没来得及准备，请你稍——”

“去香港干啥？那儿有可能发生地震？”因为金娜在国家地震局负责地震预报的部门工作，世和立刻把她的出发和地震联系了起来。

“什么地震？”金娜的一双美目瞪了一眼丈夫，“告诉你，我今天后晌已经辞了地震局的工作，我明天是应金丰商行之聘去香港上班，我以后每周周五飞回来，周一凌晨再飞去——”

“你发什么神经？”原本挤满世和面孔的笑容如受惊的蝴蝶一样翩然飞走，“你在地震局干得好好的，怎么忽然间要去香港经商？”

“我早就不想在地震局那个清水衙门干了！每个月就那么点干工资，害得我连高级化妆品都不敢用。你知道金丰商行答应给我多少年薪？”

“又是钱！”世和的眼中露出了烦躁，“你怎么就不想想你学的专业？想想地震给人类造——”

“没有钱能行吗？你知不知道我的同学曲婉已经买了私家飞机？人家上周去济南游玩就是坐的自己的飞机！还有柳芽，已经买了占地20亩的别墅，光私家车就有三辆，一辆宝马、一辆卡迪拉克和一辆奔驰！还有肖晓晓，在巴黎、东京和北京都买了房子，仅北京家里的机器人佣人就有四个：一个负责做饭清扫卫生；一个专管衣物晾晒洗熨；另一个专职保卫，不停地在院里巡逻；还有一个专门负责为晓晓按摩，一天按摩三次。可我们有什么？一套五室二厅的又窄又小的房子；汽车是一辆国产的富康；机器佣人就一个还是你自己组装的，动不动就出毛病；家用电影放映设备还是半自动的；空气净化系统还是上个世纪末造的那一种。你说这个样子还怎能让人活下去？我不出去挣笔大钱能行吗？”

“要我说我们的生活条件已经不错了，比起我们爷爷那一辈不知好到了哪里。我昨天还看了一则史料，说是上个世纪90年代的北京，有的人一家四口才住两室一厅的房子，而且上班全骑自行车，家里摆一台彩电、一组音响就觉得了不起——”

“你这人看事情想问题怎么总是与过去比？你怎么就不比比上海如今每周都有近五十人飞去太空保健站保养身体？就不想想由于上个世纪末实行独生子女制度，如今全国人口骤减，每个人都应该享受更多的东西？你——”

“好了，我不跟你争论，我希望你不去香港，希望你仍然留在地震局搞自己的专业。你知道地震随时都在威胁着人类，你所从事的地震预报工作直接与人们——”

“罢了，我也不跟你啰嗦，我只明确告诉你，不要干涉我选择职业的权利！否则，我只有和你分开！”

“你想用这个威胁我？”世和的脸涨红了，眼中现出了怒色。妻子当着女儿的面说要离开他令他觉得气恼且尴尬。“你以为你离开我我就不能活了？我也明确告诉你，你要想分开过我随时奉陪，单身汉的生活对我仍然充满诱惑力！”

“你——”金娜的两条秀眉也因为恼怒竖了起来。

“我讨厌你们这样！”双手抱着衣物一直默默站在那儿的12岁的小艺，这当儿忽然冷冷开腔，“两个人总是互不相让，总想分出个你高我低，这是干什么？为什么就不能让咱家里充满一种温馨气氛？”

世和和金娜听到女儿的责怪，都默了声不再开口。

“阿茜，先去做饭！”小艺对机器人女佣果断地挥手。阿茜闻声笑笑，放下手中的衣物便向厨房走去……

晚饭世和吃得没滋没味，尽管懂事的女儿小艺不停地往他碗里搛菜，但他的好心绪已经无法呼唤出来。聪明的小艺看到爸爸不快活，便在饭后把爸爸拉进自己的房间说：“爸爸，你为啥一定要坚持让妈妈从事地震预报工作？她为什么就不该依自己的心意去选择职业？”

“孩子，你还小，有些事你不懂！”

“你说，你说出来我也许能懂！”小艺睁着乌亮的双眸要求。

“好吧，既然你一定想知道，爸爸就告诉你原因！”世和边说边起身回了自己的房间，片刻后，拿着一个精致的塑料盒又走了进来。

“这是什么？”

世和没有回答，只是打开盒子，伸手去盒子里按了一下，立刻，一阵夹着急促喘息和痛楚呻吟的声音便在四壁间响起：“……孩子……拿好……这是一个录音机……爸爸随时可能昏迷过去……有些话要叮嘱你……爸爸死后……你要不断回放爸爸的话……那样就像爸爸仍然在你身边……就这样回放……你不要害怕……爸爸会一直陪着你……”

小艺吃惊地看着那个放在盒子里的微型录音机。

“……爸爸没能预报出这次地震……爸爸身为地震预报人员愧对中原人民……你要能活着出去……长大后一定要从事地震预报研究……要想法制住地震这个恶魔……”

“听懂了吗，小艺？”

“这是一个在地震中受伤的老人对他身边孩子的叮嘱。”

“可你知道这个老人是谁吗？”

“谁？”

“你的爷爷！”

“哦？”小艺惊得倒退了一步。

“他叮嘱的那个孩子就是我，你的爸爸！”

小艺先是直直盯住爸爸的脸看，随后猛地扑上前抱住爸爸的脖子。小艺什么也没说，只是用自己的小脸急切地摩擦着爸爸的脸颊，她似乎要用这个动作倾诉出她心里的全部惊愕和对爸爸的安慰。

“……爸爸本应该遵从你爷爷的遗嘱，投身到地震预报研究中，可在我大学毕业那年，战争逼到了我们的国门前。你大概知道，世界上给人类生命造成惨重损失的灾难，一个是地震，另一个就是战争。而且在某种程度上，战争给人类生命造成的威胁更大。上个世纪40年代所爆发的一场世界大战，就使五千万人丧失了生命。因此，我当时只得投身到遏止战争的事业中。由于我和无数人的共同努力，那场眼看就要爆发的战争最后被遏止住了。但这时，我因为改变研究方向太久，已无力从事地震预报研究了。我只好把完成你爷爷遗嘱的希望，寄托在你妈妈身上，可没想到她竟然要主动放弃她的专业……还有一件事，爸爸一直没有告诉你，我们的祖籍在河南南阳，爸爸是张衡的第69代孙子。”

“张衡？”

“就是那个研制出地动仪、浑天仪的汉代科学家。”

“哦？”

“早在两千多年前，我们张家的先祖张衡就研制出了观测地震的地动仪，企望减少地震造成的灾难。由于当时条件的限制，他没能实现准确预报地震的愿望。我们作为他的后世子孙，难道不该去努力实现他的遗愿吗？”

“爸爸，我有点理解你饭前为什么发火了。你不要着急，让我试着去说服妈妈。你今晚在我的房间睡，我去和妈妈睡在一起。”小艺用手把爸爸下垂到眼上的头发仔细地抿好，这才起身轻步向爸妈的卧室走去。

世和那晚听见小艺和金娜的声音在卧室里持续了很久，但他知道妻子既然已经做了决定，靠小艺的几句话是不可能说服她再改变决心的。果然，凌晨时分，他听到了阿茜提皮箱送金娜出门的声音。他没有动，只是在出租轿车滑到院门口的沙沙声中叹了一口气。

天亮起床时，阿茜送给世和一封金娜留的短信：

世和、小艺：

我要挣钱为你们买一栋带游泳池和网球场的别墅。眼下，只好让阿茜照料你们了……

这个早上除了金娜的离家之外，其他一切都如往常。阿茜在厨房里忙碌；小艺在琴房里弹她每天早晨都要练的那首《少女的祈祷》；太阳照旧磨磨蹭蹭、睡眼惺忪地出现在东方的天边；晨风依然懒懒散散、拖拖拉拉地走过院前的空地；初起的市声仍是推推拥拥、熙熙攘攘地跑进院中。世和尽量不让心中的不快浮在脸上，坚持在院里的健身器械上进行着例行的晨练。

吃早饭的时候，小艺显然想对他说妈妈为什么坚持南下的事，但他摇了摇头没让女儿说下去。父女俩把这个平淡而不平常的早晨送走了后，世和开始启动他那辆富康牌轿车，按老程序先送女儿去学校，尔后再回自己的研究所。

一架喷洒空气清新剂的微型无声直升机正从复兴大道的上空掠过。开着车窗的世和闻到了一股在森林里才能闻到的那种自然界的清新之味。他看了看远处的天，天空澄澈而蔚蓝，尽管有风，却没有灰尘和沙粒在空中浮游。自从华北巨大的绿色计划和南水北调工程完成之后，北京已像一个刚刚沐浴过的少女，显得靓丽而洁净。上个世纪一有风起女人们就要把纱巾包在头上的情景已在街道绝迹。望着这个初夏早晨的街景，世和的心情渐渐明朗起来，由金娜辞职南下而引起的不快，慢慢沉入他的心底。

送完女儿在驶往研究所的路上，世和的车速高了起来。他想起了今天的实验，这是他的研究生涯中一个重要的日子。20名士兵将要吃下他和他的助手们花了几年时间才研制出的高能食品粒，尔后进行观察、记录。这种高能食品虽然此前已在动物身上进行过试验，但人吃了后究竟是一个什么情况他心中还完全没底。车驶近研究所大门时他看见有两列士兵向院中走去，他估计这就是那些受试的战士，忙把车停好向他们走去。

当他向那批士兵快步走去的时候，南部天空有一团黑色的云彩正在飞快地膨胀并随风北移。假若世和那一刻抬头看看南天的话，也许会对它提高一点警惕，因为那云团的确有些奇异：四周漆黑而中间有一点闪亮的东西，正像一个活物一样翻着跟头向北边的天空奔移。可惜世和没有抬头看天，头顶上的天空依旧一片蔚蓝，阳光仍是那样绚丽，他没有必要去关心天气。他此时的全部注意力都集中在那些士兵身上。他在列队的士兵们面前站定，满意地看到他们果然是按照他的要求挑选出来的：五名偏胖偏高的士兵，五名偏胖偏矮的士兵，五名偏瘦偏高的士兵，五名偏瘦偏矮的士兵。他要对比着进行观察并记录下数据，以便制定出日后配发部队时的详细要求。

“各位请注意，你们今天的任务其实非常简单，就是待一会吃下两粒食品，每粒食品的体积只有一颗绿豆那么大。吃下之后，你们在15天之内将不需要吃喝任何东西而仍能照常训练。在你们吃下这两粒食品后，我们将交给你们每人一叠表格，每过两个小时，请各人把自己身体的感觉填到表格上一次；同时，医护人员每半天将为你们检查一次身体。你们服用的是一种通过高科技手段获得的高能量食品，如果此项实验最后成功并能在战时配发部队，将会从根本上改变我们的后勤供应办法……”

张世和交待完毕便脚步轻松地向实验大楼走去。在他走进大楼的那一刻，南天上的那团黑云差不多已经滚近头顶上的天空。阳光正在成片成片地被淹没，有一股凉得异常的风开始接近研究所的门口。在门口站岗的哨兵禁不住打了一个寒战外加一个响亮的喷嚏。

实验大楼里如往常一样灯光雪亮，中央空调正把怡人的凉风送往大楼的每个角落。世和走出电梯间在七层自己小组的实验大厅门口站下的时候，发现八名助手都已经展开工作，各种分析、提取、照射设施已开始运转，一种轻微的嗡嗡声在大厅里弥漫。他满意地让一个笑纹在嘴角一闪，便走向了自己的工作台。

那40粒V01高能量食品正静静地躺在玻璃钢制成的保险箱里。世和按动密码锁小心地把盛在一个金属盒里的V01端了出来。他端的时候小心翼翼如同端着金子一样。只有他和小组里的成员才知道，制出这40粒食品经历过多少道难关花费过多少金钱。如果把花费的所有研制经费都算上，每一粒食品其实都比一粒金豆子还要昂贵。当然，这代价里也包含着许多弯路和多次失败的耗费。

世和把这些高能食品粒放在工作台上，刚要转身去叫助手小靳随他下楼时，猛觉得周身一麻，有一种轻微触电的感觉。难道是什么地方漏了电？他在惊异中刚想开口让一位助手检查一下电路，双唇还没来得及启开，一声他平生从未听到过的类似爆炸样的巨响扑进了他的耳朵。几乎在这同时，一道极亮极亮的红色闪光照进了大厅，跟着，整个大楼摇晃了一下，实验大厅里的设备和仪器乒乒乓乓地挤撞碎裂了。世和自己也被这突然的摇晃弄倒在地并飞快地在地板上向大厅一角滑去。他感觉到左肩膀被墙壁重重地撞了一下，同时听到一个助手在另外的什么地方发出了一声痛楚的呻吟。电灯也在骤然间灭了。世和在短暂的惊怔过后判断道：一定是发生了地震。但从破碎的玻璃窗外传进来的正常的市声，又使世和对自己的判断产生了怀疑。他在确定大楼已停止晃动之后急忙起身凭窗去看外边，附近一条街道上的行人仍如平时那样走得不慌不忙。这么说不是地震？

“在大楼里的所有研究人员请注意，楼房刚刚遭受了雷击——”院子里平日播放上下班号声的高音喇叭里传来研究所宋所长的声音。

“请大家不要惊慌，楼体并未受到严重破坏，各研究室、组在对伤员包扎后可沿楼梯撤出大楼；存有易燃、易爆物品的研究室、组，要对这些物品做好检查……”

原来是雷击！大楼上不是有避雷装置吗？世和来不及多想急忙去寻找被刚才的震动摔倒在实验大厅各个角落里的助手们。还好，除了两人被碰伤手臂上的肌肉之外，其他人都安然无恙。世和在检查了人员之后才去看大厅里的实验设备。眼前的景象令他心碎：所有的仪器设备都移了位，不是破碎就是变形扭曲。真是一场天灾呵！他在痛惜中猛然间想起了那40粒高能食品，急忙踩着破碎的玻璃渣向自己那个已经变样的工作台奔去。天哪！哪还有什么高能食品？原本悬吊在两米外的六个盛满化学溶液的玻璃大瓶都碎在了他的工作台上，六种颜色的溶液正在顺台流淌。他知道那些高能食品粒遇水即开始分解，更何况遇到的是这些化学溶液？他心如手揪样地在原地跺脚：老天爷，我们三年的心血呵！他急忙俯身在台上台下寻找，期望能找到那些逃开溶液分解的食品粒。几个助手此时也都跑过来帮助寻找，谢天谢地，最后在地板上总算找到了两粒，但这两粒也已沾了上些溶液，已开始变软，可能要不了几分钟就也会溶化掉。怎么办？把这两粒食品拿去让一个受试的士兵吃下？可这食品已经受了化学溶液的污染，万一出了意外的事咋办？也罢，就让我自己来吧！失去这个实验机会太可惜，我自己吃下多少总可以获得一些实验数据。想到这儿，他扬手把两粒食品放进了口中，尔后去一个盛矿泉水的纸箱里找了一瓶矿泉水，喝下一口把食品粒冲进了胃里……

世和当晚下班回家拿起当天的《北京晚报》，才知道那场意外的、毁坏了他的实验计划的雷击到来的全过程：天边那团奇怪的黑云抵达城市上空之后，先是从天上落下不多的雨滴；随即只见黑云中间的亮点迅速扩大，闪出探照灯一样的光束；之后便响起一声霹雳，击中了一座研究所的实验大楼和附近的一座民居塔楼。尽管这两座楼上都装有避雷针，但仍然没有避开这次突然袭击。两座楼内都有人员受伤，窗户玻璃多被击碎，室内用物均发生移位碰撞，但未造成火灾。两座大楼都未遭根本性破坏。霹雳过后约十分钟，那团黑云便在向北方的移动中四下散开，未造成新的降雨和破坏……

“吃饭了，爸爸！”小艺的喊声把他的目光从报纸上扯开。阿茜做的红烧鲤鱼！小艺边拉着爸爸的手向餐厅走边报告着晚餐的食谱。“吃吧，别再为你的高能食品伤心啦，没有了不会再造？造的方法不是已经有了？”小艺边说边把米饭碗推到爸爸的面前。

“我真不想吃，我一点也不觉着饿。我——”世和突然想起自己不饿的原因是吃了高能食品粒，忙抬腕看看手表，又快到记录感觉的时候了。他赶紧起身拿起了“感觉登记表”。

“你这高能食品粒还真有这么大的神力？”小艺明显地有些不相信。

“按研制时设定的标准，我吃两粒可以在15至18天内不用吃喝任何其他东西，而且能保证身体的各个器官正常工作，体力不受影响。可如今食品粒已被污染，我不知它的能量被破坏了多少。”

“爸爸，晚点也给我两粒吃吧，那样我就可以节约下吃饭时间用来学习了。”

“以后会的，但眼下它们还太昂贵。”世和笑了，亲了亲女儿的额头便向书房走去。他想用家用自动查体机量出此刻自己的血压、脉搏、体重、视力变化、红血球与白血球的数量，并做一下心电图和脑血流图。

做完自我检查世和很有些高兴。各项数据和指标都与平时的没有什么两样。他记录下有关数据，叮嘱阿茜照应小艺睡下之后，便按平时养成的习惯，于11点上床歇息，并很快进入了安恬的睡眠。

他是被一阵剧烈的头疼由睡眠深处拉回到清醒状态的。他看了看表，凌晨两点。为什么会出现头疼？按高能食品的配方设计，人服食后根本不会出现这种症状。他拍了拍额头，企望止住那针刺似的疼痛。小艺被他造成的响动惊醒，得知他头疼，忙拉开抽屉拿出了止疼药。以世和当时的那个难受劲，他是真愿吃点止疼药的，但想到那样会掩盖真实的感觉，不能得到服食高能食品粒后的真实身体反应，就推开了女儿拿着药的手。

世和后半夜基本上没有睡着，就仰躺在床上，一边忍受疼痛的折磨一边在想怎么会出现这种症状。造成这种情况的原因或者是原来的配方有问题或者是各种成分合成时出了毛病，还可能是食品粒被污染后起了新的变化。黎明时分，他感觉到疼痛主要转移到了眼部，那种疼法仿佛是有一只手在撕扯通往眼底的什么东西。有一阵，他几乎要被那种撕扯和烧灼样的疼痛折磨得昏迷过去。天哪，幸亏是我吃了这两粒高能食品，倘是让哪个士兵吃了，他能忍受得住这种可怕的折磨？必须弄清造成这种反应的原因，不然，这就不是研制食品，而是研制毒药了……

天亮时分，被疼痛折磨了大半夜的世和终于沉入了酣睡。在那片迷蒙的睡乡里，他看见一个白须飘垂的老者牵着一条面目狰狞的怪兽在悠然踱步。怪兽的脑门上写着两个大字：地动。那怪兽边走边朝路人吐着吓人的舌头，但一逢老者呵斥，它便急忙驯顺地把嘴巴闭紧……

小艺是最先醒的。她知道爸爸昨晚没有睡好，轻手轻脚地起床后先去调整了阿茜后背上的开关，使得阿茜做饭的动作也变得分外轻柔。阿茜把早饭做好后，小艺过来摇醒爸爸，满怀关切地问："要不要我请假在家照护你？"

正在睡乡里盯视老者面孔的世和被女儿摇醒后，在枕上眨了眨眼睛，突然觉出头部异常轻松。他坐起身边说"不用"边抬腿下床，在目光触地的一刹那又突然把双脚惊恐地收回，同时骇然地开口问："老天，这地板是怎么了？"

"怎么了？"小艺有些惊奇地望着一如往常的地板，反问着爸爸。

"我看见了地板下边的土、岩石、水和流动的岩浆。"世和伏在床帮上惊骇地向床下看着说。

"您瞎说什么？"小艺笑了，"您是不是有些发烧？"她边说边伸手去摸他的额头。

"我真的看见了！"世和挡开小艺摸他额头的手，"我没有发烧，我看见了地下的一切，孩子。我不知道这是怎么回事，我看见了一层一层的东西……"

小艺先是震惊而陌生地看着爸爸："他怎会在一夜之间变成了不正常的人？"一霎之后才转身向客厅里的电话扑去，按妈妈走前留下的号码拨通了香港的电话之后，她只说了一句："妈妈，爸爸他——"便"哇"的一声对着话筒哭开了……

第二章

华新社6月4日消息：总后勤部军需研究所战时食品研究组研究员张世和，昨天进食自己研制的两粒高能食品后，其视力于今晨发生奇异变化，竟可以一眼看穿地底，自称能看清地下的任何东西。今天上午，先是由几名医学专家对他的身体进行了检查，发现他除视力异常外身体其他方面均属正常；随后有十几名地质方面的专家专门对其进行了观察和询问，并多次改变地点进行现场测试，最后肯定张世和的双眼确有看穿地底的功能。专家们对此事纷纷称奇。从今天下午开始，战时食品研究组已集中全力加紧制作高能食品粒。国家有关部门的领导说，新一批食品粒制出后，暂不在军队使用，拟先让一批地质勘探队员进食。假若他们的视力也发生奇异变化能看穿地底，这将使我国的地质勘探工作发生革命性的改变。目前，张世和正在家中休养以适应他身体的新变化……

世和静静地仰躺在床上。他的身体没有任何不适，却就是不愿下床，因为一下床双眼免不了要看地板，一看地板就看到了地下的土、沙、水和岩石以及奔涌的岩浆。这让他感到了恐惧，生出一种自己会不会掉进地层深处的担心。没办法，只好眼睛向上躺着，看一阵书，或听一阵收音机，连上卫生间时他都是闭了眼摸索着走。

金娜默默地坐在床边，满眼忧虑地看着丈夫。刚刚由香港飞回来的她面对丈夫这种突然变化，也有些茫然失措。怎么可能出现这种情况？这不是像神话一样？人的视力怎会转眼间发生如此巨大的变化？

“真对不起，你刚去香港就害得你又飞了回来。”世和歉疚地说，“我原本是想研制让人耐饥的高能食品的，没想到会出现这种怪事。”

“我们向往的和收获的常常并不一样。”金娜叹口气安慰道，“但愿这种意外不会危及你的健康。”

“我过去听说过人体的各部器官都具有继续发展的潜力，关键在于寻找到适合的条件，我不知道我眼睛的这种变化属不属于这种情况。”

“让我们祈祷这就是吧。”金娜的两条秀眉皱到了一起。

“这次你就别走了吧，家里确实需要你。”世和望着金娜恳求道。

“不去怎么能行？人家已把工作交到了我的手上。再说，家里原本就不富裕，你这一躺下，经济上会更显——”

“妈妈——”外间突然传来小艺一声喊，那喊声里还夹着一丝惊恐。金娜闻声急奔出去，才发现是机器人女佣阿茜双手死掐着小艺的胳膊，疼得小艺面孔煞白。“放开！”金娜气恼地对阿茜吼，但阿茜仍然没有松手。她慌忙上前去按阿茜背后的开关，可照样没有奏效。眼见小艺疼得满脸是汗，金娜只得又跑进卧室里对丈夫喊：“快，你装配的阿茜出了毛病，死掐住小艺不放！”躺在床上的世和惊得忘了一切，跳下床便向外跑去。到了阿茜身后摆弄了一阵，才让阿茜松了手。“对不起，小艺，是程序运行中出了点毛病。”世和边安慰着女儿边对阿茜下令，“赶快道歉！”阿茜这才面带笑容地朝小艺弯腰施礼说道：“对不起，小姐，让你受惊了！”

“谁家的机器人也不像我们家的阿茜，总出毛病！”金娜恨声抱怨，“我在香港的机器人商场看了，很先进的少女型机器人，只要21万元，可我们连这点钱也掏不起——”

“咚咚！”一阵粗重的敲门声打断了金娜的抱怨。金娜把门打开时看见外边站着一个风尘仆仆的乡下男人。“你找——”

“俺找张世和，他在么？”

“你是——”

“俺是山西大西堡的，俺叫古可木，是居民组长。俺是从报纸上知道张世和能看穿地底的消息的，俺一看到消息就连夜搭车来了。俺代表俺们村八百口子人，想请张同志去俺们那儿帮俺们看看水！”

“水？”

“俺们那儿原本就缺水缺得厉害，今年又偏遇大旱，如今人畜都没水可喝，井打了一眼又一眼，可都是些干窟窿。所以俺们想请张世和去俺们那儿看看，看清哪个地方有水了，俺们好在哪儿打井，免得白费力气。”

“可他现在——”

“金娜，快请客人进来！”刚由小艺搀到卧室床边的世和这当儿在屋里喊。金娜闻言只好把那叫古可木的让进卧室。古可木进屋后，听说床沿坐着的就是世和，“扑通”一声就朝世和跪下叫道：“请张神人去俺们那儿走一遭，帮俺们解除缺水之苦！”

世和见状急忙示意金娜把古可木扶起说：“我哪里是什么神人？我只是在科学实验中阴差阳错地弄得能看见地底下的东西。你刚才说的那些话我都听见了。这样吧，过些日子，待我适应了身体的这种变化，就去你们那里走一遭，行吗？地下的水我的确能够看清楚，我可以帮你们这个忙！”

“俺想今儿个就请你去。俺们那儿因为今年天旱断水断了几个月了，村里人每天都是到几十里外的地方背水吃。村里几班子打井的我让他们都停了，想等你去了以后再干。这样吧，俺给你买最好的车票，俺一路都扶住你，俺们也给你很高的工钱！俺们有钱，临来时碰见俺们县长，县长说只要你去，他保证给你高报酬！俺现在就可以先给你一万元，这是俺身上带来的！”古可木说着就要去掏钱。金娜见状眼睛一亮，急忙把丈夫拉进旁边的房间说：“这倒也是个挣钱的办法，帮农民察看地下水同时收点报酬，对双方都有利！我们还可以成立个找水公司，专为外省人服务，如今缺水的地方可是很多。”世和听罢就把双眼一瞪，压低了声音叫：“那怎么行？我是军人！再说，老百姓挣个钱可不容易！”

“你挣钱就容易了？别给我硬充高尚！”

世和没再理会金娜，扶了墙出来对古可木说：“既然你们急等着找水打井，那我就跟你去一趟。好在我在家休息，也不用请假，咱们快去快回。但你要给钱我就不去，我有工资，平日的收入比乡亲们多，怎能再去要你们辛苦挣来的那点钱？”

世和是当晚和古可木一起登上西行列车的。当列车在黑暗中呼啸着向黄土高原驶去时，为了防止视线触地引起头晕用布带蒙着双眼的世和无声地一笑：“没想到我一个研究食品的，竟要做一个找水的人了！但愿我能在大西堡为他们找到水，实实在在地为百姓们做点事……”

大西堡地区的旱情是那样令人吃惊。世和站在那条名叫落凤的岭上往远远近近的沟壑坡坎上一望，在这个本该满眼碧绿的初夏时节竟然见不到一点绿的影子。满地里的庄稼都枯黄了。由于道路狭窄崎岖，政府派的送水汽车进不来，村里人要到几十里外停靠在公路上的送水车那儿去背水。水在这里真正地变成了比油还珍贵的东西。每家人往锅里舀水做饭时都是用碗小心地比量着，唯恐浪费了一点点水。村里人听说来了一位能看穿地底的北京人，一齐拥到了村边迎接。世和立刻感受到了乡亲们那凝视他的目光里所含希望的重量。他进村只坐了片刻，便急忙起身沿村边往地底下仔细地看去——要解救被旱情折磨的村民的急迫心情，不知不觉间消除了他对视力变化的不适应。

这里的土层的确比北京厚出许多，但岩层下边却和北京一样，并不缺水。世和在村南的岭坡上一站，立刻吃惊地盯住脚下：就在他站立的地底下，竟有一条波涛汹涌的地下河。他估量一下那地下河的宽度，约有两百多米宽；水的流向也和地面水的流向相同，由西北向东流去。嗬，倘是这地下河的水能利用起来，这儿也将变成鱼米之乡了。他估量了一下地面至地下河的深度，又不由得叹息一声，这个深度不仅村民们的钻井技术达不到，连油田的钻井工人们也很难钻透。他遗憾地顿了一下脚离开了那个地方。也许再过若干年，后人会有利用这条地下大河河水的技术。

世和在村子四周边走边往地下看，整整走了一天。这儿的地下水有的是；关键是要找一处最浅最容易打井的地方。好在地下的东西和地面上的东西一样在他眼前一目了然，他可以反复进行比较和估算。傍晚的时候，他用脚在村东的一个沟坡上点了两个地方，让古可木派人在这两处地方下手打井。

村民们听说张世和定了井位，当夜就动手开始干。世世代代积攒的打井经验使下挖的速度异常迅速。人们分成四班，一刻也不停地干。到第三天太阳升起的时候，两口井都见水了。村民们显然没有料到两口井里的水会如此地旺，水像泉一样地直涌到井口，此后任大伙怎样用桶用罐担水，水位也不见降低。多少天来无水洗脸的姑娘、媳妇们，这时也都敢把脸浸在水桶里，嘻嘻哈哈、痛快淋漓地搓洗了。世和望着欢乐的人群，听着满村飞荡的笑语，脸上浮出了由衷的笑意。他知道这两口水井下边接通了一处地下活水，这个村里的村民将从此不再害怕干旱的威胁。

当天中午，为感谢世和替大西堡人找到了水而举行了独特的村宴——全村人两百多户人家每户各炒一碗最好最奇的菜端到井台旁的空地上，由古可木把这两百多碗菜摆成一个水字形，让世和拿一双筷子每碗各吃一筷。这些菜各个不同，单是用鸡蛋，就做出了蒸蛋羹、炒鸡蛋、炸蛋卷、水煮蛋、凉拌蛋丝、炖蛋黄等好多种，世和因为吃了高能食品粒根本没有食欲，哪能吃了这么多菜？但是为了不拂乡亲们的盛情，他用筷子每碗蘸了一下，算是表示已经品尝过了。

世和为大西堡村找到水的消息飞快地在四乡里传开了。他原准备吃过村宴就要启程回京，可此时哪里走得开？周围十几个村的村民有的牵了毛驴有的骑了摩托有的开着拖拉机，一齐抢着要把世和接到自己村里去。世和被人们脸上那股殷殷的渴盼揪得挪不动脚了，他只好推迟行期，为十几个村子排了顺序，尔后一个村子一个村子地走，直到接到北京研究所发来的电报“见电速归”，他才上了榆林科委专门派来接他的轿车……

第三章

京通社6月20日消息：具有看透地底能力的总后勤部军需研究所战时食品研究组研究员张世和，于休养期间被山西榆林缺水地区的农民请去，在为十几个村子的农民解决吃水困难的同时，发现了一条巨大的呈西—东流向的地下河。据他描述，这条河的水流量差不多可以和地面上的珠江相比。可惜的是，这条地下河由于在地层深处，我们目前的技术还无法利用。但随着我国科学技术的发展，相信会有利用这条地下河水的一天。张世和的这一发现再一次表明，地表水资源日益枯竭的我国黄土高原，在未来仍有变成鱼米之乡的可能，大自然并没有最后决定从这块土地上赶走人类，他老人家只是出于对人类肆意破坏生存环境的愤怒，而让大批的水隐身到了地底。另据《晨声报》消息，10名和张世和一样具有看透地底能力的人很快将在我国地质勘探队伍里出现。他们将于近日服用重新制造的高能食品粒。未来的石油、煤、天然气和各种金属矿藏的勘探将变得轻而易举……

世和到家以后才知道，金娜又已飞回了香港金丰商行。小艺把妈妈留的信交到世和手上。世和见那上边只写着两行字：

世和：为了让你能高尚地活着，我决定仍回香港挣钱以改变这个家庭的经济状况。

金娜

6月15日

世和苦笑了一下，开始询问小艺近段的学习情况。小艺说我学习都好，我担心的是你。你还怕用双脚在地上走吗？世和说经过这次在山西找水我差不多已经习惯了视力的变化……父女俩正聊着，研究所的领导和他的几位助手来了。世和这时才知道，助手们这些天夜以继日地工作，已经用原来的原料和程序重新制出了20粒高能食品。国家也已挑出了十名地质勘探方面的年轻专家，准备让他们进食这些高能食品粒。这次所以拍电报催他回来，是为了让他给这些地质勘探方面的专家讲清进食方法，以确保食品能量全面发挥。

“进食方法其实非常简单。”世和面对着满脸惊奇的十名地质勘探专家含笑说道，“就像吃西药片一样，往嘴里一扔，喝一口开水或矿泉水，连水带食品粒一齐吞下去就成。记住两点：一、不要嚼；二、不要用加了糖的水。服用时请大家心情不要紧张，这对身体并没有什么危害，你们不是看到了，我依然很健康！当然，服下食品粒几小时后，会有剧烈的头疼和眼部疼痛，这时请大家不要吃止疼药而忍耐下去，再过几个小时，痛感就会消失。按照我当初的经历，痛感消失不久，视力就会改变。视力刚改变时，你们可能一下子很难适应，但过些日子就会好了。我现在已经适应，今天来研究所时，我还是自己开车来的。现在请大家服用吧。”

服用高能食品粒之后的地质勘探专家们被集中安置在一个招待所里，为的是便于观察和照护。晚饭的时候，十个人都说不饿没有食欲，这证明高能食品已经发挥作用。接下来就是等待头疼症状的出现。约摸到了症状该出现的时候，世和和几个医生一起逐人询问他们头部的感觉，但是奇怪，每个人都说他们很正常，没有任何不适感。这让世和觉到了诧异：莫不是这批高能食品粒奇异能量的发挥要推迟一些时候？

四个昼夜96小时过去之后，这十个人中仍然没有一个人说自己头疼和眼疼，也没有一个人说自己的视力发生了什么变化。每个人都称自己的身体很舒服。

世和和一直坐在招待所等待结果的地矿部负责人，只好耐心等下去。

第16个昼夜过去，未吃喝过任何东西的十个人仍说他们身体很舒服，还如往常一样地在招待所读书、写文章。世和这时虽然断定那种和自己一样视力发生变化的事不会再发生，但仍然为高能食品在人身上的实验成功而感到由衷的高兴。自己当初服用两粒高能食品后虽然也是在第17天恢复正常进食的，但那毕竟算是个例；这次十个人全都在16个昼夜间没有进食过任何东西而身体状态依然如常，彻底证明了高能食品的研制成功。从今以后，除了战时的军人之外，所有从事诸如远洋航行、高山探险等不便携带食物的职业的人们，都将很轻松地解除“饮食”的困扰；遇到洪水、干旱等重大灾难的人们，也会轻易地解决饮食问题。当此种高能食品粒批量生产之后，每个人每个家庭都可以购买一瓶保存起来以备不时之需。呵，我们终于完成了这个研究课题，完成了人类饮食方法上的一次重要变革。今晚得和小组的全体成员一起喝几杯！

酒宴设在银都饭店的贵宾厅里，钱是世和和他的八个助手每人两百元凑起来的。几年来的辛苦总算有了个圆满的结果，每个人都激动得泪水盈眶，大伙把满溢的酒杯“当啷”一声碰在了一起……

畅饮的九个人在欢乐中都没有注意到，研究所的宋所长那刻已轻步走了进来：“怎么，不请我也喝一杯你们的喜酒？”世和和助手们闻声急忙过来拉所长入座，把酒杯放进了他的手里。所长端杯笑道：“趁我没有喝醉之前，先把一项命令宣布出来！”

“命令？”

“现命令你们研究小组，从明天起立即投入‘高能食品与视力异变’课题的研究，要求尽早研究出可使人一眼看透地底的东西。总后首长对你们前一阶段科研成绩的嘉奖令明天公布；国家给你们科研新课题划拨的经费也于明天上午到位。总理已经表示，这个课题需要多少钱就给多少钱！”

世和与他的八个助手显然都没有接受这个新课题的思想准备，在这突然而至的命令面前一时不知该怎样开口。

“咋着，胆怯了，害怕了，不敢接受？”

“谁说的？”世和嚯地一下站起。

“敢接你们就和我碰杯！”宋所长把手中的酒杯举到了桌子上方。

当的一声，十只酒杯碰到了一起……

世和那天晚上往家走时觉得有些头重脚轻，他知道这是酒精在起作用。他已经做好了进屋就倒头睡下的准备，但进屋后发现有两个陌生人坐在客厅，阿茜正忙着为他们倒水。“对不起，张先生，这么晚了还要打搅你。我们是文物局的，有件重要的事想请你帮忙。”两个人中的那个胖子和颜悦色地开口，边说边掏出了盖有印章的证明他们身份的介绍信。

“什么事？”世和睁了睁眼睛，抗拒着酒精想要合拢他眼帘的努力。

“想必你已经知道，我们国家已正式准备开掘武则天的陵墓——乾陵进行研究。准备工作已经全部就绪，明天就要正式开工。但就在今天上午，英国的《泰晤士报》突然发表了两名英国人的文章：《中国即将掘开的乾陵内并没有武则天的遗体》。文章中说，他们前不久来中国旅游时，曾悄悄用最先进的观测仪器对陵内进行了观测，发现内里并无一具尸体存在，认为这是一座假的陵墓。这件事使我们很吃惊，如果真如他们所说，那我们的发掘工程不仅徒耗钱财，而且也会给世人留下笑柄。因此，我们很想请你去看看。你的眼睛——”

“哦？”世和身子一震，“有这样的事？”

“这篇文章使我们犹豫不定，你知道，我们的探测技术目前还不能——”

“好吧，什么时候走？”

“越快越好，最好今晚就坐飞机去。如果你去看后证实陵内没有武则天的遗体，我们就马上找理由向世界宣布取消这项工程。”

“我立刻就向领导请假！”世和抓起了电话，原先的那股酒意已在不觉间悄然退走……

世和是黎明时分抵达乾陵的。他在熹微的晨光里登上了陵墓顶部。看见了，那是墓道；那是放陪葬品的侧殿；那是陵寝；那是暗道；那是石制的防盗弓箭；那里灌注了水银；那儿置放了香料；那是陶制兵士。看见了，那是锦缎包裹着的一具女尸。世和在越来越明亮的天光里把地下巨棺内的那具女尸与文物局那位胖子手上的武则天画像做了比较：是你，则天女皇！你的面貌改变并不是很大，只是画像上的你显得神采飞扬而地下躺着的你显得苍白忧郁而已。当初皇室用了什么处理遗体的秘方，竟使你的遗体存放了这么久而仍如刚躺下一样？一定是收拾你的遗体的那位宫女有些大意，使得你的一绺头发稍稍下耷遮住了你的右眼角，不过这并没有影响你的威仪。你的两个嘴角都有挺深的两道纹路，是它们暴露了你的年纪，你死时的确老了……

世和在初绽的朝霞里抬起头说：“照计划挖掘吧。”

“她在下边？”文物局的那两位官员惊喜地问。

“在。她不会再去别处了，去外地巡幸只能是一千多年前的事了。”

“她的遗体保存得如何？”

“很好。就像一个睡着了的盛装妇人。”

“天哪！”那胖子感叹了一声。

“你们挖掘时一定要十分小心，要从西侧的墓道缓缓进入，要小心暗设的弓箭，要保证别惊动了她的睡眠……世和边说边向陵下走去。则天女皇……武媚娘，原谅我的观察和评说吧……我告诉他们你躺在这里你不会生气吧？其实你总躺在地下也会寂寞，出来看看21世纪是个什么模样不是也挺有意思？再说，如今已有了最先进的保存遗体的方法，你可以容颜依旧地睡在水晶棺里，让人们争相前来一睹你的芳容。你妆扮这么好却永远沉睡地底不也让人可惜？……”

世和当天便又乘飞机飞回了京城。

世和从乾陵飞回京城的当天晚上，就去努力回想自己那次因进食高能食品粒而导致视力奇变的全过程。也许奥秘就藏在那个过程里。回忆后引起他重视的第一个问题是那些化学溶液。世和清楚地记得，自己吃下去的那两粒食品浸上了化学溶液。他记得当时悬挂在工作台附近的化学溶液瓶一共是六个，分别装着E_1、E_2、E_3、E_4、E_5、E_6六种溶液，当时雷击引起的震动使这六个瓶子同时摔碎在地，究竟是哪一种或哪几种溶液溅到了高能食品粒上，还说不清楚。也许就是这些溅到食品粒上的少量溶液使高能食品粒具有了使人视力奇变的效力。研究的突破口应该选在这里！

第二天上班时他把自己的想法说给了助手们，助手们在思考一阵后相继表示同意。他于是确定了工作程序：一、重新制作一批高能食品粒；二、重新调制出E_1、E_2、E_3、E_4、E_5、E_6六种化学溶液；三、按各种比例将化学溶液浸入高能食品粒进行动物食用实验。就在世和对他的助手们分派任务时，几个穿便衣的人出现在实验大厅门口向门里窥视。

“你们是——”世和拉开门不高兴地看定他们，他很烦有人在他工作时来打搅。

“我们是内卫378部队的特勤人员。我叫韩流，中尉。我们刚刚接受了保护你的任务，我希望我们的服务能令你满意！”

“保护我？”世和有些惊奇，“我一个身强力壮的军人还需要你们保护？”

“当然。你的双眼能看透地底的事由新闻界公开后，已引起国内外人们的注意，为防止出现万一，保护措施是应该有的！”

“谢谢，我不需要！”世和转身刚要走，背后传来了宋所长的声音：“世和，要服从上级的安排。他们不会干扰你们的研究工作。”

世和闻言只得点点头，看着韩流在实验大厅门口加了双岗。他以为韩流所说的保护措施也就是这个，便不再理他，只一心工作。不想下班时他刚一启动那辆富康，两辆带警车标志的轿车便把他夹在了中间，车里同时响起了扬声器的声音："张研究员，请在我们两车中间行驶，我们将把你护送到家！"

世和生气地回头瞪了一眼坐在后边车上的韩流，你们竟敢不经我的同意就在我的车上安装扬声器?

更令他不快的是，晚上吃饭和看电视时，也有两个便衣哨兵不停地在他的门前和窗外徘徊，结果使得做作业的小艺心神不定，以为有什么叫人害怕的事情就要发生。后来世和向她解释了好久才让她定下心来。晚饭后他去邻居家借一张唱片，竟也有一个便衣要随身跟了去。嗨，我竟然失去了行动自由？不行，这种状况必须改变，得想一个摆脱这些特勤人员的主意。他记起姑妈家有空房子，对，明晚下班时悄悄去姑妈那儿住。

第二天上班前他悄声交待女儿小艺，让她下午放学后直接去姑奶家里，他会随后赶去；留下阿茜在这边看家就成。

第二天是个周末，下班时他先是到自己的车子跟前走了一趟，给人造成一种即将开车回家的印象，待那几个特勤人员分坐在两辆车里之后，他又装作去传达室拿信件的样子，悄悄从传达室后门溜到街上打了一辆的士直接去了姑妈家。他在姑妈家附近的巷口下车时愉快地舒了一口气：总算可以自由自在地度周末了。他快活地打了一个响指，然后脚步轻松地向姑妈家走，根本没注意到巷口这时又停下了一辆黑色面包车，车上下来了几个戴墨镜的男子，他们脚步轻悄而敏捷地向世和的身子接近……

第四章

路透社北京6月25日消息：据此间报纸报道，中国军界一位年轻的研究员由于服食了自己研制的一种高能食品粒，双眼具有了看透地底的能力。如果这一消息属实，则表明人体具有极大的潜力并且这种潜力能被开发出来。此间有人预言，倘真有这种可以使人视力发生奇变的高能食品粒且能够批量生产，那将对人类自身的发展产生极大的影响。不过另有消息说，这名研究员目前已经失踪。

张世和是在离姑妈家的住宅楼还有十来米的地方感觉到有一只手拍在了自己的左肩上的，他初时以为是哪位相熟的朋友的亲昵举动，及至转过脸才发现是一个面孔陌生的中年男人站在他的身后，那男人另一只手里握着一支枪管很短的手枪，枪口就抵在他的左肋上。虽然隔着衬衣，他的皮肤依然感觉出了那枪口的凉意；与此同时他看到，另有三个陌生的男子已经悄悄围在了他的身旁。

“你们——”

“别出声！”握枪的男人低而急促地打断了世和的惊问，“老老实实地跟我们上车，我们不会伤害你；但如果你不合作企图抵抗，你的家人立刻就会看到你的尸体！”

“你们究竟要干——”

“上车！”

世和被几个男人簇拥着向一辆面包车走去。此时他才明白，他是碰到歹徒了。他飞快地权衡之后在心里决定：暂不反抗。在这种力量悬殊的情况下贸然反抗，他们可能真会开枪。待看准时机再说吧。在这一刹那，他开始后悔自己今天的举动，不该摆脱韩流他们那批特勤人员的保护。看来上级决定派人来保护自己并没有错。

他在被那几个人推进一辆面包车前最后回头看了一眼姑妈家的窗户，柔和的灯光正把女儿小艺的身影在抽纱窗帘上清楚地显现出来。唉，小艺，我暂时不能和你见面了。

面包车出城之后，径直朝天津方向飞驰而去。世和冷冷地问：“你们想要把我拉到哪里？”

“到了地方你就会知道。”一直拿枪对着他的那个中年男人含了笑说，“我们并不会难为你，我们只是想让你给我们帮帮忙。”

“帮忙？”

“对！你的眼睛不是能看透地底吗？我们就是想让你的眼睛帮我们看一样东西。”

“哦？”

“俺们那个地方过去曾经出过水晶，最大的一块达一吨来重，现在还保存在国家博物馆里。我们估摸地下还有，因此想请你去看看。如果有，我们就悄悄把它挖出来，咱们彼此都发点财！”

“你们应该知道，按照法律规定，你们那地方即使真发现了水晶，那也是国家的，不能挖出来据为已有。”

“你他妈的少来这种假正经的话。明说吧，你要痛痛快快帮了我们，我们绝不会亏待你，一定会让你满载而归；假若你跟我们捣蛋，那我们就只有——”他用凉凉的枪口再次碰了碰世和的肋部……

车子在第二天正午时分停在了一个绿树掩映的傍山小村。世和下车后差不多已辨不出东西南北了，但他根据车行的时间和速度估计这是在江苏的东海县境内。他被那几个人推进一家农户里匆匆吃了点东西，便又被推拥着向村边走去。原先持枪的中年男子这时已把枪收起，从口袋里掏出一块水晶对世和说：“我们让你从地下找的就是这种东西。我们现在就沿着过去曾挖出过水晶的地方走，你的两只眼睛要朝下看仔细！”

世和只有默默地随着他们走，边走边把眼睛望向地面。这儿果然是水晶的产地，没走多远世和就差点惊叫起来：就在他的双脚站立的地下十几米处，埋藏着一块巨大的水晶。他估摸了一下那块水晶的大小，大约有两米见方，重量在四至五吨左右。而且这块水晶通体晶莹剔透，犹如一盏明灯在地下闪耀。国宝，这可是国宝！这样价值连城的东西绝不能让私人随便挖掘。他徐徐咽下已涌到喉咙口的那声惊叫，不动声色地离开了那个地方，只暗暗在心中记下了它的方位。

世和继续跟着他们走，整整一个后晌就在这种不停的行走中过去。在这一天中，世和先后从地下发现了五块大的和七块小的水晶，但直到傍晚，他才将一块很小的水晶的藏处告诉了那伙人——他估计如果让他们一无所得他们肯定不会放他走。

但他还是低估了这些人的欲望，当他在告诉他们小块水晶藏处的同时要求放他走时，那个中年男人嘀嘀笑了："不要慌嘛，俺们费这样大的力气把你请来，怎能只挖一小块水晶就放你走？你安心住段日子吧，咱们以后再扩大范围找找，能找到一块就能找到两块，这儿可是水晶产地，地下绝不会就这一块……"

世和气愤而又无可奈何地只得在这陌生的小村住了下来。晚上，那伙人找了两间房子，让他一个人睡在里间，他们睡在外间。世和躺在床上哪能睡着？想到被耽误了的实验，想到研究所领导为他的失踪而起的焦急，想到小艺因他失踪而生的恐慌，他更为自己当初故意摆脱韩流他们的保护而懊悔。

天快亮的时候，他终于被疲劳拖入了不安宁的睡眠中。但很快，一阵轻微而持续的敲击声又把他从纷乱的梦境里一点一点扯了出来。他在眨动双眼努力使自己向清醒之岸靠拢时，猛然发现窗户外边有一个人的面孔，一道微型电筒的光亮在那面孔上一闪而过——那人显然是用这种办法在向世和作自我介绍，可惜世和因为睡眼惺忪而没有看清。不过这情景使世和感到了惊奇并把他的睡意彻底赶走：谁？他这样做是为了什么？当微型电筒的光亮再次在那张面孔上一晃而过时，世和几乎惊叫起来：韩流！差不多同时，他借着窗外淡淡的天光看见韩流在向他招手。身为军人的世和立刻知道了自己该怎样做，他轻手轻脚地下床并脚尖点地地向窗户靠去。

"听着，立刻钻到床底下去以防枪弹伤着！"韩流的声音像蚂蚁一样从窗缝里爬过来钻进了世和的耳朵。

世和一边感动地点头一边又轻步退回到床边。他刚刚隐身到床底下，外间的屋门便轰然一声被撞开，随之是一阵不准动的喝令。那伙企望通过挖水晶发大财的持枪男子终究未经过正规的应变训练，在这突然而至的袭击面前懵懂失措没了反抗的能力，除了那个中年男子尚能抓起枪打出两发子弹之外，其余的人差不多都是束手就擒。这场解救世和的战斗前后不过两分钟时间，两分钟之后世和就已经欢喜而激动地扑到了韩流身上："谢谢，谢谢你们的解救！"

坐上韩流他们开来的越野吉普之后世和才想起来追问：“你们怎么知道我被劫持到了这儿？”

“我们早已在你的衣服上悄悄抹了一点你看不见的东西，是这种东西引导我们寻来的。”韩流笑指了一下世和的衣襟。“其实你一出京我们就知道了你行进的方向，但以为你是出城办私事，就没有立刻来追，直到——”

“东西？什么东西？”世和惊奇地翻着自己那未见任何异常的衣襟。

“保密！就像你研制的高能食品粒一样，这东西也属于保密范围。”

世和到了家，小艺自然是喜极而泣，一下子扑到他的身上，把温热的泪水往他胸前成片地涂了起来。世和正对女儿说着安慰的话，宋所长和同组的几位助手已走进了屋里。世和便转而向所长汇报被劫持的经过和他发现水晶矿藏的情况。宋所长听罢，一边叮嘱他今后要小心安全，注意接受特勤人员的保护，一边表示要把他发现巨型水晶的事向国家地矿部报告。世和接下来急忙询问助手们关于实验的进展情况，方知助手们已按各种比例把几样化学溶液搭配好了，明天就可以浸润高能食品粒以进行动物食用实验。几个人正说着，电话铃突然响了，来电话的是国家地震局的办公室主任，在问清世和已抵家之后说：“他们有紧急大事要立刻见世和。”

“什么紧急大事？”世和有些诧异，从一位助手手中接过话筒问。

“见面再说！我们现在就去你家。”那位办公室主任说罢就放下了电话。

世和刚要向所长请示是否见他们。不想所长身上的移动电话先已响了。电话是国防部齐秘书打来的，齐秘书在电话上命令：“立即安排张世和与国家地震局的领导见面，他们有紧急情况要和张世和商量！”

“什么事竟需要和我商量？”世和满脸惊异。

“见了面就知道了。”宋所长让世和的几位助手先回实验室工作，自己留下来陪着世和等待。不大时辰，门外果然就响起了汽车的急刹车声。所长和世和迎到门口，只见几个中年人正在接受韩流对他们证件的检查。那几个人进屋后只说了两句简单的寒暄话，一位名叫安平的局长就急忙在桌上摊开一张地图说：“世和同志，我们的地震监测网络最近两天突然发现陕西的渭河南北地区的地应力有一些变化。你可能知道，该地区在1556年1月23日也就是明朝嘉靖三十四年曾发生过一次强烈地震，死亡人数达83万之多，是我国有文字记载以来震级最高、损失最为惨重的地震。也因此，我们担心这次的地应力变化很可能是发生又一次地震的前兆。可目前我们的地震监测设备还不具备准确测出地下岩石和岩层是否断裂的能力，不能做出准确的地震预报。所以，我们想请你尽快随我们一块去陕西渭河南北地区走一趟，帮我们看一下地下岩石和岩层的情况。”

“当然可以！”世和一听说可能发生地震，心里骤然一紧，立时想起了父亲的那个录音遗嘱。“要我做什么都可以！”他看了一眼所长后再次表态。

“那就请你立即随我们去机场，直升机正等着我们起飞！”安局长一边卷起地图一边说。随后他又对小艺笑笑：“真抱歉，你爸爸刚回来就又被我们拉走，使得你们没有团聚的时间。”

“没什么。”小艺懂事地说道。她听过爷爷的那个录音遗嘱，她知道地震的可怕，更知道爸爸对地震预报工作的关注。她没说别的，只是急忙起身指挥阿茜和她一起为爸爸准备要带的衣物用品。

直升机是45分钟之后起飞的。世和透过舷窗看见京城在机身下变得越来越小。他闭上眼睛在心里叫：“爸爸，儿子现在就是专为预报地震而飞去陕西的，我原来以为我已经无法去实现你的遗嘱了，没想到老天爷在阴差阳错中又给了我一次机会……爸爸，你放心，我会利用我在科研中偶然获得的奇异视力，全心全意地为地震预报尽力，把地震造成的损失减到最低……我该好好保护我的两只眼睛。眼睛，你们已经立过功了；假若你们这次再能准确地预报地震，我会加倍地爱护和保护你们！谢谢那两粒神奇的高能食品，是你们给了我这种看透地底的能力，我会永远对你们心存感激……”

直升机在西安与骊山之间的灞桥附近降落时，夕阳已从渭河两岸撤走了全部光线，暮色正从骊山的林木间向四下里弥漫。世和匆匆走下飞机，立刻凝眸向地下看去。

“你看到了什么？”安局长迫不及待地问。

世和没有回答，只是睁大眼睛盯着地底。他的目光迅速地穿透地壳、上地幔上部、上地幔下部、下地幔、外地核、过渡层，到达6300公里深的内地核。

“安局长，请告诉我，我应该着重观察的是哪一个层面？”世和边盯着地下边问。

“地壳和上地幔，尤其是地壳和上地幔的顶部，也就是岩石圈。”

“要我观察什么现象？”世和依旧盯着地下。

“岩石和岩层有没有破裂？”

“有。是错裂，裂缝不大。”世和用手比划着。

“破裂的宽度是多少？”

“相当宽，我估计约有百余公里宽。”

“哦？”

“请告诉我，岩石和岩层破裂到什么程度会发生地震。”世和还在盯着地下。

“通常，岩石或岩层因蠕变而发生破裂并不引起地震，最可怕的情况是岩石的‘弹性回跳’——”

“弹性回跳？”

“对。由于岩石自身的弹性，破裂了的岩石还会‘弹回’到原来的状态，这就叫‘弹性回跳’，正是这种‘弹性回跳’要引发地震。岩层错裂这么宽的话，一旦发生弹性回跳，势必要引发强烈地震！”

“是吗？让我看看——”世和依然盯着地下，声音里露出了紧张。

“注意看清错裂的岩石是在继续错开还是开始了弹回！”

“是在开始弹回。”

“真的？”安局长的声音中骤然添上了恐惧。

“我看得很清楚，错裂的岩层正在慢慢向回移动。”

“再看仔细点！”安局长也两眼紧张地盯住地面，可惜他看到的只是地表的杂草。

“我看得很仔细，没有看错！”

“如果真的没有看错，我就要立刻向整个渭河地区的人们发出撤离房屋的警报，因为地震随时可能发生。”

“那就发吧。”世和仍然看着地下。

“可你知道这警报一旦发出意味着什么？”

“意味着不论干什么的都要停下手中的工作？”

“对！单就西安城来说，所有的工矿企业一旦停止工作，每一小时的经济损失，都是要用很大的数字来计算的。”

“我明白。”

“如果预报不准，你和我必须为此承担责任！”

“我懂！”世和的双眼自始至终一直紧盯着地下。错裂的岩层仍在往回移动。

“那我就发警报了！”安局长边说边打开移动电话，“总理办公室，我是安平，渭河地区即将发生强烈地震，请立即通知渭河地区所有城市、乡村的居民撤离建筑物，工矿企业停止工作；请立刻关闭该地区的电网；请该地域的所有水库开始放掉所蓄之水并注意监视大坝；请停发所有驶往该地的火车；请担负该地救灾任务的军队和警察迅速进入戒备状态……”

仅仅七分钟之后，原本灯火辉煌的西安城就骤然间熄灭了所有的电灯；尖利的警报声开始同时在西安城和四周的乡村上空响起。

“地下的岩层现在怎么样？”安局长不安地转向世和问。

“仍在缓慢地向回移动。”世和几乎是趴到了地上，两眼一眨不眨地进行观察。

“请吃点东西。”安局长把一个夹有香肠的面包递到世和手上。“要不要闭上眼稍歇一歇？这样长时间的观察会不会对你的视力有——”

“没事。”世和边嚼着面包边盯着地下。

天下起了雨，风也不知从什么地方钻了出来给雨助威。由于关了电网，工矿企业停了工作，远处的西安城和近处的乡村全都沉在了无边的黑暗里。四周很静，只有风摇晃树丛和雨滴扑打地面的声息。安局长手中的移动电话就在这时响了：“安平同志，我是总理办公室，渭河地域的防震撤离已经全部完成；负责救灾的部队已开始待命。你那里的情况怎样？”

“我们正在严密监视地下岩层的变化，一有消息我会立即汇报……”

时间在世和对地下的盯视和安局长及随行人员对手表表盘的凝望中缓缓流走。大约四个小时之后，也就是深夜11点15分左右，一直看着地下的世和突然叫了一声：“岩层猛然弹回到——”

他的话尚未说完，安局长和随行人员就感到脚下的土地倏然一动，有几个随行人员在这蓦然而来的晃动下扑倒在了地上。与此同时，他们听到了闷雷似的地声。停在近处的直升飞机也被摇动得“咔咔”作响。

地震发生了！

报告局长，刚才的地震震级为7.7级。一直守在一台仪器车里的一个中年男子向安局长报告。震中在咸阳西三公里处……

“谢谢你，世和同志！”安局长紧紧抓住世和的手摇着，“谢谢你帮我们准确地预报了这次强震，这会避免多少人的死亡呵！我代表渭河地区的几百万人民向你表示最深切的谢意！”

正揉着眼睛的世和轻声说：“我能不能坐上飞机去西安城上空看看？”

“当然可以。小孙，准备升空；老黄，立即与陕西省救灾办公室联系，询问灾情！总理办公室，我是安平，强震已经发生，但损失会减到很小，人员伤亡和房屋倒塌情况正在了解之中……”

打开了探照灯的直升飞机呼啸着飞向西安市区上空……

第五章

风闻社7月2日消息：1日23时15分，我国陕西渭河南北地区发生里氏7.7级强烈地震，震中在咸阳城西3公里处。该地域在明朝嘉靖三十四年曾发生过一次类似的强震，那次地震导致了83万人死亡。这次地震虽然造成了700栋高楼和11万间民房的倒塌，但由于事先做出了准确预报，所有人员均在4小时前撤离了建筑物，故只有11人受伤，5人死亡。这是人类历史上造成死伤人数最少的一次强烈地震，是人类抗震、防震史上最伟大的一次胜利。这次地震所以能准确预报出来，归功于总后勤部一位青年研究人员张世和，他的双眼能看清地下岩石和岩层的变化，是他协助国家地震局向人们预先发出了疏散通知。今天早晨，当他出现在西安东郊一处疏散的人群中时，许多姑娘从田野里采摘来野花献到他的手上；不少人欢呼着把他抬起抛上天空；一些老人则在他面前跪下称他为“救命神仙”。据有关人士估算，如果没有张世和的准确预报，这次地震的伤亡人数至少在百万以上……

法新社北京7月2日电：中国陕西省境内人口稠密的渭河西岸昨晚发生强烈地震，倒塌房屋十一万多间，但因为一名中国军人事先对地震做出了准确预报，从而使震区的绝大多数人躲过了这场灾难，仅有十余人伤亡。这是世界抗震史上的一个奇迹。人们现在对那位能准确预报地震的军人产生了浓厚兴趣，认为他不仅是中国的财富，也是全人类的财富，应该刻意加以保护。因为有了他，人类可以宣布：地震不再是不可战胜的……

大批写满滚烫字句的感谢信和慰问函几乎和世和同时抵达了家门。世和到家刚接过女儿递过来的水杯，邮局的邮车就把两大麻袋信函卸到了他家的门口。世和和小艺面对如此多的来信一时没了主意，两个人便只挑那些信封好看的拆开来读。信的内容全是对世和准确预报地震表示的感激。一些人在信中称世和为救命的菩萨；一些人叮嘱他注意保护好自己的眼睛；还有一些人建议他干脆到国家地震局工作……父女两个正看得兴趣盎然，院门外突然传来金娜的一声高喊：“小艺，快来接我！”

“妈妈！”小艺惊喜地站起，飞也似的奔了出去。片刻后，风尘仆仆的金娜出现在门口，她笑望着世和说：“我一看到香港报纸上的消息，说你准确预报了渭河地震就赶忙订回京的机票，我该回来看看你这个大功臣哪！”

“什么功臣？”世和不好意思地笑了，“快进屋洗洗吧，看你满脸都是汗水。”

“来，我向你介绍一个人！”金娜说着扭头招手，世和这才看见，院子里站着一个眉清目秀的小伙，小艺正新奇地围着那小伙看。

“这是阿南，我买回来的最新一代机器人；身价22万，我已把我这个月的收入两万元付上了，卖方同意分期付款。怎么样，模样还算英俊吧？”

“是不错。”小艺高兴地代爸爸回答，这一下阿茜有伴了。

“从今以后，家里的重活、脏活由阿南来干；轻活由阿茜来做。阿南，过来，向张先生问好！”

“张先生好，阿南从现在起随时听从你的指派；也望先生今后多多关照。”那阿南眉宇含笑，一派绅士风度地向世和鞠躬。

世和挥挥手让小艺拉阿南进屋，这才又含了笑问妻子：“他们给你月薪两万？”

“不少吧？”金娜边进屋放下身上的挎包边自豪地反问，“不过我现在想出了一个更大的挣钱主意！”

“嗬，啥主意？”

“咱们开一个地震预报服务公司！”

“什么？”世和眼瞪了起来。

“也怨我没有头脑，上次在家见你有异常视力后没有想到让你去预报地震，你这次预报渭河地震的成功才让我意识到，我们可以开一个地震预报公司赚大钱！你想啊，这世界上谁不害怕地震？只要咱们的预报公司一挂牌营业，保准有不少地方甚至外国来请你去看他们那里的地下岩层有无变化，这样，我们就可以收巨额服务费。要不了多长时间，我们保准就会暴富起来！”

“哦？”

“我听说你现在正领人进行‘高能食品粒与视力异变’课题的研究，我现在要建议你，立刻停止这项研究！这样，全世界就只有你一个人可以看透地底，也只有你一个人可以准确地预报地震，如此才能保证我们的公司是独家的，才能保证我们可以自由规定服务价格，尽快地成为大富翁！”金娜说得眉飞色舞。

“这些都是你一个人想出来的？”世和的语调突然间变冷了。

“当然。”金娜骄傲地一笑，“你不要怀疑我的经商才能！”

“我没有怀疑，我只是想告诉你，这个世界上值得人们为之奋斗的东西并不只是金钱一种！”

“又唱老调了！你什么时候才能不对我——你的妻子，再唱上一个世纪的那些陈词滥调？”

“好了，为了别再从我嘴里出来陈词滥调，我要走了。”世和说着向门口走去。

“你要去哪里？”

“研究所，研究‘高能食品粒与视力异变’的课题！”

“你？”

“亏你想得出，靠预报地震去赚钱。地震是灾难，面对灾难你竟然能先想到去赚钱，真是修行到家了！”世和说罢，摔门而出……

世和一连七天吃住在研究所，和助手们一起进行各项实验。对渭河地震的预报成功，让他更感到了他和助手们所从事的研究的重要，倘使研究出能使人一吃下去双眼就可看透地底的高能食品粒，让天下所有的人都吃下去两粒，从而让他们都能看清地下岩石和岩层的活动情况，那地震不就再也不能危害人类了？

但七天的实验过去之后世和发现，用各种比例的化学溶液浸润的高能食品粒，并没有使动物视力发生变异的能力。这使世和对自己确定的实验方向发生了怀疑。看来自己的视力发生奇变与那些化学溶液无关。那么究竟是什么东西给我那天吃的那两粒高能食品增添了那种魔力？世和坐在实验台前努力回忆自己那天服食高能食品粒的情景。会不会是震动？那天突然遭受雷击，整个大楼发生剧烈震动，高能食品粒会不会因为受了震动而使其中的某些成分发生了怪异变化？震动会使物质的性能发生改变吗？也许应该试试，好在这类实验并不复杂。

世和于是把几个助手叫到身边，对他们说了自己的想法。助手们听罢立即行动起来，先找来一部轰击震动器，尔后把高能食品粒两粒两粒地分批放进去，使用不同的轰击震动强度对食品粒进行震动以观测其成分变化。

实验正在进行时，一直守护在实验室门外的韩流匆匆走进来对世和说：“外交部来了两个人要见你！”

“外交部的人要见我？”世和双眼溢满诧异。

“是的，他们带的公函上有总后首长的批示，同意他们见你。”

“我与外交有什么关系？”世和自语着向门外走去。一个年轻男子和一个中年妇女含笑迎过来说：“我们是外交部亚洲司的。我们刚刚收到日本大使转交来的日本首相对你的邀请函——”

“邀请我？日本首相？”世和吃了一惊。

“对，请你过目。”

中华人民共和国外交部转张世和先生：

请允许我首先代表日本政府和日本人民，向您致以亲切的问候。我是从我国的《朝日新闻》上知道先生能准确预报地震的事迹的。先生以自己的预报使贵国渭河地域的几百万人成功地躲过地震灾难，使我既感到惊奇又感到无比的高兴。自从人类诞生以来，地震一直在危害和威胁着人类；现在，由于您，使这种危害和威胁有了结束的可能，这真是一件值得庆幸的事。

先生也许知道，日本是一个地震频发的国度，日本国民受尽了地震的折磨，地震经常给我国国民造成极大的生命和财产损失。因此，我十分迫切地请求您能在百忙中抽暇来日本一趟，来帮助我国的地震监测部门，对日本国土地下岩石和岩层的变化情况做一次观察，以对可能发生的地震做出预报。如果先生能够答应我的请求，我将十分高兴。我们将以国宾的规格来接待您，给您提供万无一失的人身安全保护，并付给您一笔巨额报酬。

我殷切地希望能早日得到您的应允……

“你愿意接受这个邀请吗？”中年妇女微笑着问。

“我知道日本经常发生地震，如果我能为日本人民防震抗震尽点力，我将十分高兴。”世和认真斟酌着字句。

“很好。外交部领导也希望你能接受这一邀请，这不仅涉及到两国关系，重要的是，减少地震危害是我们全人类的任务。”

“我明白。”

“我们将很快为你赴日做出安排。你对我们还有什么要求？”

“请把这件事告诉我的直接领导。”

“我们会的。请接受我们的谢意。”

世和默望着他们走下楼梯。这一刻，他记起他过去看过的日本地图，他脑海里浮出了那份由许多岛屿组成的国土。日本国，我就要见到你了吗？……

争吵是临去机场前爆发的。

世和这些天总吃住在研究所不回家原本就使金娜窝火，但她一直忍着没有让火气喷发。她知道要想说服丈夫利用他的奇特视力挣钱，就不能硬着来。因此，当世和因去日本而回家拿衣物用品时，金娜甚至还微笑着上前帮助整理箱子。行装整理好后，金娜柔了声说：“这次你去日本，有一点你要把握住，就是到了那里要先同对方讲定酬金。一个模特出场表演还要预先讲定酬金哩，何况你是科学研究人员，是去帮助他们预防地震！你这也是出卖劳力和智力，要报酬是合理的，不要不好意思……”世和先是默默地听着，后来见金娜提出了具体的数字让他衡量，便有些心烦，就说：“人没有钱不行，总说钱也让人乏味，亏你还是搞研究出身的！”这话的挖苦意味太浓了，一向自尊要强的金娜如何受得了？原先窝在心里的那股火气被这股怒气一撞，霎时爆响了。只见她手指着世和叫道：“张世和——你有什么了不起，跟我这样说话？这个三口之家没有钱能过日子吗？我跟你结婚这么多年，你什么时候有本领不让我操心钱了？你每月的那点破工资够干什么？不靠我爸妈接济我们连现在这样的日子都过不上！你当初向我求婚时是怎么说的？‘我要让你一辈子享福！’可你让我享了什么福？当别的男人领着夫人去夏威夷度假时你只能把我领到北戴河的沙滩上；当别的男人领着夫人在伦敦22世纪商厦购买穿两天增寿一天的宇宙衫时，你只能把我领进西单的亚细亚商店买机织棉布；当别的男人领着夫人去新加坡做全脸皮肤柔嫩手术时，你只能给我买一盒润肤霜外加一瓶上海香水；当别的男人让夫人坐卡迪拉克豪华车时，你只能让我坐一辆破富康——"

"又来了，又来了！"世和的眉头皱了起来。

"什么叫又来了？你当初去我们家求婚时你可是一趟又一趟地跑，不嫌自己又来了……"因忆起往事金娜伤心委屈以致哽咽得说不出话了。那个时候，中国商贸部部长的千金小姐金娜的美貌吸引了多少男人的目光，曾让多少男人魂牵梦萦。她在众多的求爱者中间最终选定了年轻军官张世和，是因为他当时表现得最为温文尔雅和殷勤恭顺，而且他的求婚誓词也最让人感动："我要让你一辈子享福！"可如今才13个年头过去，他的温文尔雅和殷勤恭顺全已飞走，动不动就惹我生气，而且把操持家务的担子全扔给了我！我享了什么福？……

"好了，好了！我马上要去机场，别哭了。你和小艺多保重！阿茜，快给金娜拿毛巾来！"世和朝女佣挥手的时候看见女儿小艺放学回来。

"怎么？二位又在战斗？"小艺进门一看那气氛和妈妈红红的双眼就准确地做出了判断。

"张世和，我和你已经过不下去了！"金娜没理会女儿的话，仍冲着丈夫叫，"我们正式离婚，你当你高尚的研究员，我过我卑俗的尘世生活，我们最好现在就拟一个离婚协议！"

"我为你们感到脸红！"小艺生气地翘起嘴唇，扔下这句话就进了自己的屋子。

世和没敢再说话，他担心万一说错什么又会引来金娜的哭诉。他也知道脾气执拗的金娜在火头上什么都敢作，万一和她僵持下去她打电话叫来那些专想拆散别人婚姻的律师就更麻烦，就会把家里的这点不和这点隐私捅到社会上去。他决定退却，三十六计走为上策。他趁金娜伏桌抽泣的当儿悄悄提上箱子来到外间，俯耳对男仆阿南交待一番，让他去劝慰女主人，又专门在阿南的背上把他的性情要求旋钮调到了"温柔"一格，这才放轻了脚步向院门走。

外边的大街上阳光灿烂，他舒了一口气。他看见韩流和几名士兵就坐在院门外的那辆警卫车里，便也拉开车门坐了上去。“机场！”他对韩流说。先去机场吧，到那儿看一阵报纸也比在家里与金娜争吵好！小艺，原谅爸爸没跟你告别。我很快就会回来，你要照顾好妈妈，别为我们感到脸红，每个家庭都会有争吵，从不争执、从无口角、一生和美的夫妇在世上很少，你长大了就会懂得的……

当飞机腾入高空开始和云絮嬉戏之后世和才发现，原来飞机上除了他和韩流他们几个内卫部队的便衣之外，就是日本方面派来迎接他的两名负责地震观测的官员，此外再无别的乘客。专机！“这是我国政府专门派来迎接你的。”那位名叫小江文二的日本官员看出了世和的诧异。

“这倒不必，其实坐普通的班机就行。”世和心里有些不安。他边说边揉了揉两个小腿肚，他最近两天忽然觉得两个小腿肚酸得厉害，坐在那里也感到两腿不太好受。

“这是应该的。”小江文二说着在世和面前摊开了一张地图，“我想先向张先生介绍一下我们日本国的有关情况。按照世界地震学界根据公元1961—1967年的29000次震中的分布所做的结论，大多数地震发生在三个轮廓明显的地带，即环太平洋带、地中海—喜马拉雅带以及大洋中脊和大陆裂谷带。我们日本国就位于环太平洋地震带上。这儿既有浅源地震，也有中源地震和深源地震，仅仅在20世纪，我国就发生过……”

小江文二的介绍一直持续到飞机在成田机场降落。世和因为惦记着国内尚未有结果的研究，想尽快完成在日本的工作，因此一下飞机就要开始计划中的环日本列岛对地下观察。小江文二见状只好取消原已安排好的欢迎酒会，命令载着世和一行人的车队向预定的观察地点开进。

第一个观察地是津轻半岛。一连两天，世和一直边走边对该地地下的岩石和岩层进行察看。这儿的地下岩层和中国大陆地下的岩层相比，有许多不一样的地方，但并未发现有错裂、断裂的现象，而且岩层下的岩浆流动有序，一切都显得十分平静。当世和把“此地近期内不会发生地震”的看法告诉了小江文二之后，小江文二松一口气道：“这下我们就放心了，我们原来把这个地方作为重点防范对象，把大批的地震监控人员和仪器部署在这一地区，已经花去了大量钱财和精力。从现在起，我们起码可以休息一些日子了。”

这之后，世和又依次到了北海道岛、东京、大阪、福山这几个地震发生比较频繁的地区，一一观察了地下岩石和岩层的状况。还好，这些地方的地下暂时都还是一派安宁的景象，短期内都没有发生地震的可能。这个结果使小江文二异常高兴：这么说我们可以在一段时期里放心地关注经济，拓展市场，而不必担心地震来找麻烦了。欢喜中的小江文二立刻建议说：“为了对你表示慰劳之意，今晚我们赶到福冈市住宿，我让福冈市安排了一场艺伎表演，你可以看个新鲜。我们在福冈市没有工作，那个地方从未发生过地震，是全日本最保险的地方，我们到那里只是为了歇息……”

世和一行抵达福冈已是日落时分，连日的劳累使世和原本就酸的两个小腿肚越发酸沉，加上市区里飘着的一种轻微的气味也令他难受，他实在没有去看艺伎表演的心绪，但为了不拂小江文二的好意，他还是在饭后坐车随小江文二去了剧场。剧场布置得豪华而具有典型的日本味，一种新奇感使世和来了兴趣，他开始兴致盎然地去看舞台上的表演。他平时不论在哪里落座都是目光平视，因为一低头就会看见地下那乏味的土层、水、岩石、岩层和岩浆。今晚他更是如此，目光从未向脚下的地面上落过，直到演出进行到剧场休息的时候，他为了捶捶酸软的两个小腿肚才让目光向地上落去。就是这一落让他吃了一惊：他清楚地看见正对脚下的岩层裂开了一道缝，裂开的断面有几十公里宽。他担心自己是眼看花了，忙假装去卫生间到了剧场外边，在剧场外他蹲到地上仔细地向下看去：没有看错！地下的岩层的确是裂开了，而且造成岩层断裂的能量像是已经释放完毕，断裂已经停止，接下来该是岩层的弹性回跳了。不好，这座城市就要发生地震！他这时才猛然想起，他一进福冈市就闻到的那股令他感到难受的气味，当初在渭河大地震前也闻到过，那是地下岩层裂开后释放出的怪味。糟糕！世和霎时出了一身冷汗。他急忙起身向剧场里冲去。剧场里这时已响起了重新开演的铃声，观众们又都重新回到了座位上。他快步走到小江文二身边，向他俯下身去。小江文二先是以为世和是要和他谈看表演的感受，笑容可掬地伸过了耳朵："请立刻向全城居民发警报，这儿不久就要发生地震！"

"什么？"小江文二惊得霍然立起，脸上的笑容顷刻间被惊慌淹没。

"请立刻通知全城居民撤出建筑物，这儿的演出也必须立刻终止！"

长期从事地震测报的小江文二很快就从惊慌中镇静了下来。他迅速召来两个助手向他们低声交待了几句什么，尔后飞步向舞台上跑去。已重新上场的演员见小江文二跑上舞台顿时愣住。小江文二没有理会演员们的惊愕，抓住台上的麦克风就高声宣布："演出到此结束，请观众朋友们立刻分散沿各个通道撤出剧场，到外边的空地上站着。可能要发生地震，但请不要惊慌，我们还有时间！"

观众们闻言轰一下站起向场外跑去。几乎在这同时，城区的四面八方都响起了尖厉的警报声。到底是多震之国，不仅预警系统灵敏，而且居民们的防震意识很强，听到警报声纷纷跑出建筑物站在了空地上。电和煤气也迅速切断了，原来喧闹的城市转瞬间屏息了。

世和蹲在离剧场不远的一片空地上，双眼一眨不眨地盯着地下，盯着错裂开了的岩层。

"怎么样？"小江文二在世和的身边蹲下问。

"我想不用很久就可能发生——"话到这儿他突然噤口，随即叫了一声，"不好——"

差不多在世和这声"不好"叫出的同时，大地突然剧烈地抖动了一下，随即四周便响起了楼房倒塌的声响。世和这是第一次在市中心感受地震，房屋一齐倒塌时的那种声响真是骇人。

但是没有人受伤后发出的哭喊声，随风飘过来的，只是几声叹息。

在这一刹那，世和一边抹着额头上的汗水一边在心里庆幸：幸亏在演出休息时自己向地下看了一眼，要不然……

他不敢让自己想下去。

"谢谢你，张世和先生，是你挽救了全城人的生命！"小江文二紧紧地抓住世和的手摇着，“我们一直以为这儿是全日本最安全最不会发生地震的地方，没想到危险就在眼前。倘不是你，这会儿城里将满是哭喊和呻吟声……”

震后的福冈城的形貌是伴随着渐亮的晨光慢慢出现在人们眼前的：成片成片的房屋倒塌，到处是断垣残壁。统计结果也是在这个时分汇集起来的：全城没有伤亡一个人；没有发生一起火灾。

“奇迹，真是奇迹！”小江文二边用望远镜观察着震后的市区边发着感叹，“只要人们都活着，我们重建这座城市就会变得很容易！”

从广播中听说了准确预报这次地震的是一个叫张世和的中国人的消息之后，人们开始从四面八方向世和和小江文二一行人所停的地方围拢过来。那会儿世和正仰躺在汽车的座椅上酣睡。一整夜对地下的观察差不多耗尽了他原本就疲劳的身体里的所有力气，在得知震区的人们都安然无恙之后，他开始安心地走进了梦乡里。

小江文二用手势告诉了围拢过来的人们世和正在睡觉。人们立刻自动停止了说话声并纷纷原地坐下，只把感激和尊敬的目光投向世和睡着的汽车。朝阳这时开始缓缓踱出自己的寝宫，满脸惊诧地注视着虽遭震灾却平静安详的福冈城，它分明也在讶异：人们什么时候学会了在地震面前保持平心静气？

世和睡醒一觉睁开眼已是日上三竿时分，他隔着车窗看见汽车四周全是静坐的人后不免吃了一惊：出什么事了？他疑疑惑惑地走下汽车时，静坐的人们呼啦啦全都站起向他鞠躬。他这才有些明白，急忙鞠躬还礼。这时，几个姑娘把一条用几件鲜艳的衬衣连在一起的横幅恭恭敬敬地献到他的手上。他看见那横幅上写着一行汉字：“感谢你，善心的中国朋友！”便忙用汉语说道：“这是我应该做的。”小江文二把他的话翻译成日语之后，人群中立刻响起了热烈的掌声……

那天的中午时分，准备离开福冈的世和一行人正要启程，忽见一架直升飞机在近处落地，一个中年男子在一群人的簇拥下向他快步走来。小江文二看见后急忙向世和说明：“这是我们日本国的首相，他亲自来看望你。”

“首相阁下，你好！”

“尊敬的张先生，我代表日本政府和全体国民，对你拯救几十万福冈市民的生命表示最诚挚的谢意！日本国民将会永远铭记你的这一功绩！”

“首相阁下，减轻人类的苦难是我们每个人应尽的责任！”

“此时此刻，我很想向你提一个希望，不知张先生是否允许？”

“请讲。”

“张先生想必知道，日本是个地震多发的国度，几乎每年都有地震发生。因此，我很希望张先生能长住日本，以使更多的日本人摆脱掉地震对他们生命的威胁。如果你答应，我将立刻命人为你建造一处宫殿式的府邸，我们将把你的夫人和女儿接来，将为你和你的家人提供最好、最舒适的生活保障，我们将给你世界上最高的年薪。”

“十分感谢首相阁下的盛情挽留；但你知道，我的祖国有时也发生地震，我作为一个中国人，更不应该忘掉地震对我的同胞生命的威胁！我虽不同意居留在日本，但我会常来，我会全心全意地帮助你们准确地预报地震！”

“很好！我完全理解张先生的想法。和你的想法相比，我刚才提出的希望显得有些自私了，我只考虑到了日本一国的国民。请允许我收回我刚才所说的那个希望。”

“谢谢首相阁下对我的理解。”

“那么现在该我来履行我当初答应你的条件了。”

“条件？”世和一愣。

“是呀，当初我在致你的信中不是说，我要付给你一笔报酬吗？河野川平先生，请把支票交给张先生。那是三亿日元，是我们全体日本国民的一点心意。先生回国后可以随时在日本银行驻北京的分行里兑换成现钞。”

三亿？世和听到这个数字的第一刹分明感到有一缕惊喜在胸中一闪，这一下不就彻底解决了家里的经济问题吗？不就满足了金娜所有的那些希冀么？从今以后，金娜不是再也不会为金钱跟自己闹别扭了？收下！收下这笔钱是应该的！是他们主动提出要给的，你收下既合理合法又合乎情，不要犹豫！他感到一句“那好，我就收下了”的话就要冲口而出。但另一个念头又像鸟一样地飞进了他的脑子里：我收下了这笔钱，我就失去了索要另一件东西的权利——这些天在日本国土上的巡行，使世和清楚地看到，日本各地都有人在主张用战争解决同韩国的经济纠纷。日本在上个世纪的30、40年代，曾有过向邻国发动侵略战争的先例，现在日本国内的一部分人的战争叫嚣，会不会再引发像上个世纪那样的战争灾难？也正是因为有这种忧虑，世和原准备在工作结束后向日本国索要一件东西，而现在倘是要了这三亿元钱，就不好再张嘴索要那件东西了！怎么办？世和在飞快地权衡之后做出了决定，只听他轻声说道：“谢谢首相阁下的美意。钱我不需要，我的衣食住行在中国都有保障。请把这三亿元用到重建福冈上吧。”

“张先生，不能让我享受一下履行诺言的快乐吗？”

“既然首相阁下一定要给我报酬，那我就开口了，不过我不要钱，我要一件东西！”

“一件东西？”

“就是一纸保证。”

“保证？”

“对！今年是2045年，首相阁下一定知道，100年前的这一年，日本在无条件投降书上签了字，从而结束了自己发动的那场侵略战争。那场战争造成了两千多万中国人的死亡，这个数字相当于几十次强烈地震造成的伤亡人数。我们应该努力避免相似的悲剧在这个世纪重演。我这些天在日本走动，又感受到一种企望用战争解决经济纠纷的气氛，这让我十分忧心。我们活在地球上的人本来就已经活得十分艰难，既要承受水灾、旱灾、风灾、火灾的袭击，又要承受地震的祸害，我们人类之间为什么还要再用战争来互相折磨？因此，我想向首相阁下要一个保证，一个以日本国名义作出的保证，保证今后永远不发动侵略别国的战争！”

“哦？这……”

“是不是让首相阁下为难了？”

“我理解你的心情，也理解你的忧虑……只是……我个人完全愿意满足你的要求，但这需要通过议会……需要给我一点时间，然后我再给你答复，可以吗？”

“当然。”

“我将竭尽全力使你满意……”

第六章

路透社福冈7月28日电：中国军界视力奇人张世和在日本又一次准确地预报了福冈大地震，从而使人口密集的福冈市在7.9级强震中无一人伤亡。这件事再次引起世人对张世和的注目。据悉，已有许多国家恳求中国出售可使人视力发生奇变的高科技食品……

法新社7月29日电：中国军人张世和以自己独特的视力预报了福冈地震后，拒绝日本首相亲自赠送的三亿日元巨款，而只要求日本正式作出承诺：永远不对别国发动侵略战争。可能是张世和拯救福冈市民生命的举动感动了全体日本议员，日本参众两院昨天均一致通过作出这项承诺，并把这项承诺刻在了竖在东京皇宫前的一座花岗岩石碑上。今天早晨，张世和在绚丽的霞光里来到皇宫前，亲手抚摸了一遍碑文后方去机场乘机返国……

世和走出北京国际机场时，星期五的阳光正准备溜走，一些性急的霓虹灯管已开始兴奋地闪烁了。他看见女儿小艺挥舞着一束鲜花向他跑来，急忙张开了双臂。他在把小艺揽到怀里的时候，俯耳笑问小艺："你妈妈在家里吧？"不知是不是人声嘈杂小艺没听清楚，小艺只是拉着他的手向研究所派来接机的车前走。

"爸爸，日本好吗？"当轿车启动时小艺问。

"好，那里有高大雄伟的富士山，有美丽大方的绿雉鸟，有万顷碧波的琵琶湖，有——"

"爸，那你给我带了什么纪念品？"

"看看这个！"世和从衣袋里摸出了一个晶亮的玻璃球放到女儿手里。

"这是什么？"

"这是日本大阪一个民间艺人送我的礼物。你仔细看看玻璃球的里边，那儿嵌着四个手拉手的人。那四个人的肤色分别是黄色、白色、黑色和棕色。"

"是的，爸爸，这四个小人手拉着手。这礼物有什么含义吗？"

"我也在猜哪，你先帮爸爸想想。"

"我想——"小艺皱了眉想了一会儿说，"那个民间艺人可能想通过这个礼物告诉你，地球上各种肤色的人应该手拉手成为朋友。"

"嗯，我的小艺很聪明，和我猜的意思有点相似。"

"你猜的是什么？"

"我猜那老艺人是在告诉我们，生活在地球上的人休戚与共，应该和平相待，成为朋友……"

父女俩对那玻璃球含义的讨论一直持续到家门口，下了车小艺拉着爸爸的手向家里走时，情绪突然低落下来，声音沉沉地说道："爸爸，在你进屋之前，有两件事我必须先告诉你：第一，妈妈已正式决定同你离婚，她已从家里搬走了她的所有东西。她现在香港，听说不久要去美国做生意；第二，妈妈委托的律师听说你今天傍晚到家，正坐在家中的客厅里等你。”

“哦？”世和的身上骤然一冷，因回到北京心里而起的那点欢欣顷刻间消逝得无影无踪。

“爸爸，你要经受得住。我不站在你们两个人中的任何一边，不对你们之间的矛盾作评判，但我会同你住在一起，我会努力争取尽快学会独立生活。”

“好的，孩子。”世和弱了声答，顷刻间觉出这些天一直跟着他的那股疲劳，猛然变重压得他直想往地上蹲。

“爸爸，你一定要想开，在这个离婚率越来越高的社会里，我们包括我这样的孩子，都应该学会平静地面对这种变故……”

世和默默地听着女儿的劝慰，他没再说话，只是沉重地稳步向门口走。推开门时，果然看见客厅的沙发上坐着一个微胖的中年男子。那男子见世和进屋，急忙站起说道：“是张先生吧？我是西城第九律师事务所的姜一成律师，我受金娜女士的委托，来同你协商她和你离婚的有关事宜。很抱歉，你外出刚到家我就向你报告这样的消息，希望你能够谅解……”

世和自始至终没有说话，一直坐在那里垂首听着，其实他连律师说的什么也没听清，他只感觉到了一种深入骨髓的累和空，他很想闭上眼睛立刻沉入到昏睡中去。他糊里糊涂地在那律师摊开的表上签了名字，尔后将律师送出门去。律师走后他便拉开被子躺到了床上，一种莫名的委屈和空虚使得他再也没有干任何事的兴趣。他感觉到女儿走进来替他关上了灯，还给他掖了掖被子。噢，金娜，你竟这样绝情，仅仅为了钱你就真要把我一脚踢开！钱，你这个杂种，我相信我会挣到你！金娜，我要让你后悔！我要挣来许多许多钱，我要让你终生为你的离婚决定后悔！你是为了钱和我离婚的，我就让你为钱而痛悔不已！我要成为富翁！我有条件成为中国的头号富翁！金娜，你等着瞧……

“高能食品粒与视力异变”的课题研究仍无新的进展。世和的助手们在对高能食品粒进行各种强度的震动后并没有获取新的东西。

一切都让人心烦！

世和白天在研究所里，忙碌还能把心里的那股烦躁压制住；晚上回到家中，那股烦躁就拱得他心里特别难受。这天晚上，他正烦躁地心不在焉地胡乱翻着一本书，家用电脑上的呼叫信号突然滴滴滴地响了。小艺听见响声，最先跑过去打开了电脑屏幕，屏幕上立刻出现了一句英文查询：“请问这儿是张世和先生的家吗？”

“是的！”小艺在键盘上敲出了答复后，屏幕上旋即出现了一幅地图。小艺凝目辨认一霎，但她的英文知识还不能让她立刻弄明白这是什么地方的地图，她只得扭头向餐厅喊：“爸爸，你来看！”

这是美国加利福尼亚州的地图。世和一边看着屏幕一边敲击键盘，屏幕上即刻显出了英文字句：“尊敬的张世和先生，我是比奇，美国加利福尼亚州地震灾难预防处的办事人员，我通过在北京的朋友查到了你的电脑代号，我刚才让你看到的就是我所在州的地图。我所以和你联系并让你看一下加利福尼亚州的地图，是为了告诉你，我所在的这个州近期内很可能要发生地震。我这样说是因为我养有一只名叫本塞的猫，这只猫在上次的洛杉矶轻微地震前七天，曾不停地在室内奔逃哀叫；而最近，它又出现了这样的症状。可州里正规的地震预测机构并没有发现地下有什么异常。因此，我想请你，一个具有一眼看穿地底能力的人，尽快来加利福尼亚州一趟，帮助我们看一下这儿的地下岩层情况。如果你能答应，我和加利福尼亚州的全体居民将会对你满怀感激，我将立刻上报美利坚合众国的有关部门，很快安排你的来美事宜。现在，我就坐在我的电脑屏幕前，殷切地期待着你的答复。”

一只猫？仅仅因为一只猫的反常就要让我去你们美国？世和有些生气地伸手便要关机，但在手伸向开关的一刹那，他又猛地让手指停住。

这倒是一个挣钱的机会！

金娜不是因为嫌你不会挣钱而离开你的吗？那么好吧，就抓住这个挣钱的机会！

他的手转而伸向键盘，迅速地敲出了一行字："尊敬的比奇先生，我同意去贵国一趟，但依据惯例，我想先知道我此行的报酬数额。"

屏幕上迅速显出了比奇的回复："报酬当然是应该给的，我将竭尽全力到我国政府为你多争取，请在一小时后收看我的回答。"

一小时后，电脑屏幕上出现了一串文字："我国政府已经同意，你一踏上美国的国土，就支付你500万美元的报酬。你同意吗？"

500万？世和冷冷地笑了一下。金娜，你知道吗，我的出场费是500万！好，就为了这笔钱去美国一趟。

他迅速地在键盘上敲出了两个字："同意！"

飞机在太平洋上空平稳飞行，世和双眼望着渐被黑暗充满的夜空，思绪却还在自己的实验室里：什么时候才能弄清视力异变的奥秘？唉，上帝，你只给我一个结果，却不让我知道造成这种结果的原因，你这不是在存心难为我们吗？

"张先生，到美国的飞行时间还很长，你可以躺下睡一阵。"这些日子一直在随行执行保卫任务的韩流此刻走进舱里说。世和点点头，顷刻间又感觉到了自己的双腿仍浸在酸疼之中。这种酸疼为什么总是挥之不去不见消失？莫不是因为得了什么病？

飞机在洛杉矶机场降落的时候，美国国家地震局局长赫斯伯格和加利福尼亚州那位名叫比奇的官员都迎候在机场上。已届中年的比奇紧紧拥抱住世和说："谢谢你能答应一个异国陌生人的请求来到美国，我和全体加利福尼亚州的居民都将把你看成最好的朋友！"

比奇说完欢迎的话后就从皮包里摸出一个信封："这是你来美国短期工作的报酬，500万，请你过目！我们说好在你一踏上美国国土时就支付的。"

世和的脸立刻红了，他还没有未干什么就先要报酬的习惯。他摆了摆手说："先放你那里，待我工作结束后再给我吧。"

"也好，怎么做都可以。"比奇笑着收起支票。

世和到宾馆后谢绝了赫斯伯格要举行正式欢迎宴会的好意，只是匆匆吃了点东西就登车前去观察——他知道倘真要有地震，提前一分钟就会救出许多生命。

对地下的观察是从洛杉矶市四周开始的，由于世和对地下一眼就看得清楚无比，所以进展很快。在洛杉矶、帕萨迪纳、里弗赛德、圣迭戈没有发现地震迹象之后，世和在赫斯柏格和比奇的陪同下，又向圣何塞方向驶去。

“但愿这只是一场虚惊。”比奇望着车窗外向后退去的景物含了笑说。“倘若真是这样，你不会生我的气吧？”他转向世和问。

“当然，不发生地震总比发生地震好。”世和让车开得慢些，双眼一直望着车窗外的地面，他的目光像探照灯一样在地下岩层上巡察。

“糟糕！”比奇突然紧张地叫，“你们看！他指指车窗外的后视镜，紧跟在我们后边的这辆旧福特车上的人好像手里拿着枪！但愿他们不是劫匪。司机，请加快车速，别让它超过我们！”

“不，不能加速，我要看仔细点！”世和也突然紧张地叫，“我看到了一道裂缝，一道不很宽的岩层裂缝！最好把车停一下，我需要站在地上仔细观察！”

比奇小心地看了看紧跟在后边的那辆旧福特，只得让车停下。他们的车刚一停下，那辆旧福特就越过他们的车在前边哧啦一声也停在了路中间，随之，从车里跳出了四个手端冲锋枪的彪形大汉，大家这时才知道真的遇到了劫匪。坐在世和旁边的韩流第一个作出了反应，“嗖”一下从怀里摸出了激光手枪。

“下车，都立刻给我下车！”持枪的一个歹徒大声命令。

“不要贸然反击！”坐在前座的比奇压低了声音对身后的韩流交待，“这都是些亡命徒，什么事都可能做出来！我们要用一切办法换取安全。”

世和身为军人，看见那几个持枪的家伙并未紧张，下车后仍聚精会神地去看地下岩层上他刚发现的那道小裂缝。不想那伙歹徒中的一个见世和双眼在地上寻觅，以为他要找什么反击的武器，“哒哒哒”就把一梭子子弹打到了世和脚边。

“请不要伤害我们！”比奇急忙用身子拦挡着世和，“我们只是从事地震预报的科学工作人员，请问你们需要我们做什么？”

“向远处走，走！我们需要和你们换换车！走，走得离公路越远越好！”一个歹徒大声吼。

“我们一定服从你们的命令，请不要开枪！”比奇边说边示意大伙快步向路边的野地里走。同时低声交待世和、韩流他们：“不要回头，不要有任何反抗的表示，走得越快越远越好！”

差不多在身后的公路上传来轿车驶走的声音的同时，世和也猛地停下了脚步，蹲下身对着脚下的地面仔细看了起来。

“他们走了！”比奇回头朝公路上看一眼后松口气说，“真对不起，让你们受惊了。我们美国的治安状况实在不能令人满意。”他边说边从衣袋里摸出一个微型移动电话喊道：“圣何塞警察局值班员，我是比奇，州地震预防处的，我和我的朋友们在贵市西南27公里处被一伙劫贼劫走轿车三辆，其中两辆是——”

“请通知你们的预警部门！”世和突然打断了比奇向警察局的报告，“请他们立即向下列城市发出地震警报：圣何塞、奥克兰、圣弗朗西斯科、伯克利还有萨克拉门托！”

“你是说真有地震？”比奇吃惊地抓住了世和的手。

“是的！”世和指着脚下的土地，“我刚才在汽车上没能看得很清楚，这道地下岩层的错裂细缝连着一道更宽的裂缝，看见了吗？这条错裂缝一直延伸到海里，可怕的大错裂处就在离海岸不太远的地方，在水下。地震马上就会发生，也许用不了几个小时，而且震动的强度将会很大，可能要影响到整个西海岸人的生活；受到严重破坏的将是我刚才说到的那几个城市，会有楼房倒塌、地面裂缝和海啸现象发生。”

“人员全部撤离建筑物？”比奇紧张地看定世和。

“是的，而且要向高处躲，防止海水上岸拉人！”

“我们两个同时报告！赫斯伯格局长也拿出了自己的微型移动电话，你向州长报告，我向总统报告！”

“州长，我是比奇……”

“总统，我是赫斯伯格……”

当无数的圣何塞市市民在紧急警报声里开始有条不紊地向海岸高地上撤时，世和和赫斯伯格、比奇也向离公路不远的一栋楼房走去。那是一座三层小楼，世和看得很清楚，这座楼房刚好坐落在一道地壳裂缝上，那道裂缝正在缓慢而持续地变宽。也许要不了多长时间，这座楼房和它下边的厚土就会下陷。

“请问这家的主人在吗？”比奇向栅栏门前的黑人女仆

“我在这儿！”二层的阳台上应声出现了一个金发少妇。

“你没有听到撤离房屋的警报吗？为什么不赶快离开建筑物？”

“我不想被人愚弄！这么好的天气，怎么可能会发生地震？”那少妇指了指湛蓝的天空。

“请你相信我们的预报！我们特意请来了中国的视力奇人张先生，他的双眼能看透地底，他知道地下的岩层正在发生会导致地震的变化！”比奇边说边指了指身边的世和。

“他？中国人？那少妇把鄙夷的目光罩在世和身上。我读过关于中国的书，知道中国有一些骗人的神汉，他们想尽办法把自己打扮成具有神秘力量的人物，其实他们什么也不懂！”

“请你和你的家人赶紧离开这栋房屋！”世和冷冷地用英文说道。

“我讨厌别人给我下命令！我更不会去听一个中国神汉的话。我不明白堂堂的美国地震学界为什么不去搞科学测报，却请来一个中国神汉来作弄人。你可以回中国去向你的国人发命令，但在这儿不行！这儿是美利坚合众国——”

“比奇先生，我们必须强制她离开房屋！”世和不再理会那少妇，扭头对比奇说道。

“可按照法律，我们在未得到她的许可之前，是不能进入她家的！”比奇满脸犹豫。

“韩流，跟我来！”世和焦躁地看了一眼地下的地壳裂缝之后，朝站在身旁的韩流一挥手，快步向院里奔去。

“你们不能进去！”站在栅栏门前的黑人女仆张臂阻拦，被世和一把推开。

“你们竟敢强行进入我的私宅！”金发少妇站在阳台上愤怒地叫道，“我要控告你们！这是美利坚合众国，我要立刻报警——”她的话还未说完，世和已冲上楼奔到了她的身子后边，一把拉住她的手腕就往楼下拖。

“放开我，你这个中国猪！你竟敢对我无礼，我绝不离开我的房间，绝不！”她猛地扑上前朝世和的脸上抓了一把。借世和松手的机会，她跑到床前用双手护住了她的两个婴儿：“不许过来！”

世和清楚地看见，地下的地壳裂缝在迅速增大，地面塌陷很快就可能发生。他一边对韩流叫道：“快抱上孩子出去！”边伸出拳头突然朝金发少妇的太阳穴上一击。金发少妇在这突然而沉重的一击下只叫了一个字：“你——”便失去了知觉。世和急忙伸手抱住就要倒地的少妇，紧跟在抱着两个婴儿的韩流身后飞步向楼下跑去。

“天哪！”站在院门外的比奇和赫斯伯格吃了一惊。

“快把女仆拉上向远处跑！”世和抱着那昏过去的金发少妇喘吁吁地对比奇喊。比奇和赫斯伯格虽然相信世和关于地震就要发生的话，但对地下的危险变化并不是很清楚，两个人犹犹豫豫地上前扯住那狂烈挣扎的黑人女仆，跟在世和、韩流身后向远处走。一伙人刚在一处小高地上站下，大地陡然一抖，众人扭头看时，只见金发少妇的住宅那里的土地裂开了一道大裂缝，一股泥沙从裂缝里喷出，那栋三层楼房正摇摇晃晃地向裂缝里陷。

“哦！”正在哭闹的黑人女仆这时猛地停住惊叫一声，两眼骇然地望着正在坍塌沉陷的楼房。

世和用手按了按那金发少妇的苏醒穴位，待她眨眨眼清醒过来后，指了指不远处正在解体沉入裂缝的她的楼房说：“看看吧，你！”

满怀敌意的少妇在短时间的怔愣之后，震惊地看着那副惨景。她的嘴张得很大，似乎想把无尽的意外和恐惧喊出来，但终于没能发出声音。

“好险呀！”比奇轻轻地叹了一句。

大地在比奇的叹息声里又一次剧烈地抖动了一下身躯。圣何塞市大片的高楼像小孩所堆的积木一样轰然坍塌；几十丈高的海水像一群疯狗一样向岸上扑来，抓住一切可能抓住的东西后又倏然缩回海里……

“呵——”金发少妇终于叫出了一声。她慢慢转过身子，先是对着世和看了一霎，随后猛然扑到他的怀里，双手抱住他的脖子一边亲吻他的双颊一边颤了声说：“谢谢你，我的中国朋友！是你救了我们一家，请原谅我当初的无礼……我叫姬丝，请告诉我你的名字，我要把它永远记住！永远——”

“张先生！”手握移动电话的赫斯伯格这时从一旁跑过来打断了姬丝的话，“我刚刚收到奥克兰、圣弗朗西斯科和伯克利三市地震测防处的报告，他们那里虽然也有房屋倒塌和海啸现象发生，但都未发现人员伤亡。这全归功于你的提前预报。总统刚才打电话来，他说他要给你2000万美元奖金，以感谢你对美国人的真诚帮助！”

2000万，金娜！这个数字你听了之后有什么感想？世和决定把这个数字立刻告诉金娜：金娜，你不是喜欢钱吗？我要让你因为离开我而终生后悔！他伸手从韩流手上拿过移动电话，离开人群几步拨通了北京家里：“小艺，你好吗？我想知道你妈妈在香港的电话号码，我要和她通话……”

但拨通金娜在香港的电话之后才知道，她不在香港，她为一桩生意已来美国。你来美国更好，我可以当面告诉你2000万的数字！他询问金娜来美国的哪个城市，有没有她的电话号码，对方的回答夹了浓重的睡意，可那含混的回答却令世和身子一悸：圣何塞市，她昨天傍晚飞去的，电话号码还不知道……

天哪！

你怎么会飞到了这座城里！

……

世和放下电话就急忙对赫斯伯格和比奇说：我有一个朋友昨天来到了圣何塞市，不知她现在是否已撤离到了安全的地方。我希望你们能帮助查找一下。赫斯伯格和比奇听罢立刻表示这事好办，马上让广播电台广播找人，让电视台播放寻人广告。因为电台和电视台都是在得到世和的预报后有准备地撤出的，所以目前都能正常工作。半个小时之后，圣何塞市的广播电台就中断了正常节目开始用华语广播："从中国香港来的金娜女士，你现在撤离到了什么地方，请立刻与我们电台联系，你的朋友急切地想见到你……"

40分钟之后，汽车上安装的微型电视机屏幕上就出现了中、英文的广告："中国香港的金娜女士，你现在何处？请尽快与我们电视台联系，我们的电话号码是……"

电台、电视台的寻人广告播出四个小时之后，仍无金娜的一点消息，这使世和焦急起来。一种对金娜是否平安的担心塞满了他的胸间。他请比奇通过美国国内计算机网络查询美国各城市的主要旅馆、饭店，看金娜昨晚是否临时又去了别的城市。但查询的结果令世和越加慌张：除圣何塞市的计算机网络遭地震破坏无法查询外，其他各城市的主要旅馆、饭店昨晚都没有接待过一个名叫金娜的中国女士。现在只有一个解释：金娜昨晚飞来了圣何塞，但她现在没有撤离到安全的地方。

金娜，你现在哪里？

赫斯伯格和比奇见世和为此事焦急，也急忙通过各种渠道查找金娜的下落。无奈圣何塞市已经一片瓦砾，旅馆、饭店的登记表格多已被毁，上哪里去找？

赫斯伯格和比奇一直忙活到第二天中午，也没有得到任何有关金娜的消息。金娜所在的香港金丰商行听说美国圣何塞市发生了地震，急忙委托中国驻美使馆来查找金娜的下落，可大使馆往哪里找？

绝望之中，世和想起了最后一个办法：悬赏寻人。他让赫斯伯格和比奇把他带到圣何塞市电视台的临时演播室里，他面对着电视摄像机说："我有一个女朋友名叫金娜，昨晚来到了圣何塞市，现在不知她的下落。如果有人能找到她的下落，不管是活着的她还是死了的她，他都会得到2000万美元的犒赏！"

赫斯伯格和比奇几乎同时吃惊地看定他。他们知道这是总统给世和的奖金的全部，为了寻找一个女朋友，值得出如此高的赏金？

到底是重赏之下有勇夫，世和的悬赏广告一出，立刻有无数个圣何塞市民通过各种办法去查找金娜的下落。到第三天傍晚，消息终于来了：金娜在地震的当天住在圣何塞市的一家名叫玛丽亚娜的中档饭店的2018房间里。

世和闻讯立刻和比奇一起去了市区玛丽亚娜饭店，但饭店的主楼已经坍塌。饭店的经理在坍塌了的主楼前告诉世和："我们那天在接到地震预报之后，立刻拉响了撤离楼房的警铃，只要那刻她不沉入酣睡，她是应该有充足的时间撤出的……"

世和望着饭店废墟心如刀搅：金娜，没想到你会在这里遇难，我当初应该坚决拦阻你去香港。这件事归根结底还是怨我，要是我早挣到了钱你就不会离家……

世和执意要让市区清理人员把金娜的遗体找出来。赫斯伯格和比奇这时早从世和的悲伤神色上看出遇难者对于世和的重要，急忙叫来最好的抢救清理人员，对玛丽亚娜饭店的2018房间周围进行小心而仔细的清理。

谁也没有想到，在废墟中压了四夜三天的金娜还活着——强震把昏睡中的她一下子抛到了墙角，一根斜倒下来的钢筋混凝土柱子在墙角造成了一个狭小的安全空间，就是这个空间保住了金娜那脆弱的生命。

因饥饿、惊吓和失血而处于昏迷中的金娜，在被营救人员抱出废墟时只是微弱地哼了两声，她无力睁开眼睛，当然也就没有看见世和颊上那心疼和庆幸的泪水……

第七章

美联社12月14日消息：因准确预报圣何塞大地震而挽救了数百万美国人生命的中国军人张世和，昨晚在白宫受到总统的热情款待。当盛大的酒宴即将结束时，总统亲自把一枚镌刻有“我们感谢你”一行字的纯金奖章挂在了张世和的胸前。总统含笑说：“我们很想请你永久地在美利坚合众国住下来，但我们知道，你应该属于整个世界……”

《基督教科学箴言报》12月27日消息：今天，中国视力奇人张世和把美国政府给他的2000万美元奖金送交给为查找、救援他的女朋友金娜女士而出力的22名美国人。这22名美国人在得知张世和就是准确预报圣何塞大地震的人后，均表示不要这笔钱，但张先生执意坚持把钱交到了他们手里。张先生的女朋友金娜女士今天也在送交现场。金娜女士是昨天才从华盛顿医院出院的，她的脸色看上去略显苍白，她自始至终紧挽住张先生的手。据她说：她在圣何塞地震发生的那天下午住进玛丽亚娜饭店，因感冒不适服了带有催眠性质的药物后即在房间睡去。当饭店的警铃响起时她模模糊糊听见了，但并未辨清警铃的性质，便又继续沉入了昏睡，直至地震爆发而被埋入废墟里……

《华盛顿邮报》12月28日消息：中国军人张世和今天上午八时乘飞机返国，十多万美国人自发赶到机场欢送。这么多人自动到机场为一个外国军人送行，这在美国历史上是绝无仅有的，以至于政府不得不出动大批警察维持秩序。大约有五万束鲜花被抛到张世和乘坐的飞机四周，机场工作人员不得不驱动铲车把鲜花铲走以便飞机滑离机位。张世和在走进飞机前，站在舷梯上向欢送的人群行了一个标准的中国军礼。在飞机关闭舱门就要启动时，一位名叫姬丝的美国少妇托着一对双胞胎女儿冲过警察的警戒线奔到了飞机跟前。警察们开始以为她有什么不轨的图谋，随后才知道，她是坚持要和她全家的救命恩人张世和先生吻别。张先生见状又重新走下飞机，吻了她和她的两个女儿。当姬丝回吻张世和时，把激动的泪水涂满了张先生的双颊和额头……

小艺看见爸爸和妈妈手挽手走进门时多少吃了一惊：这好像是一年前才有的情景！她一时不知该怎样面对父母关系的新变化，竟站在那里忘了招呼一声。

“怎么，不欢迎我们从美国回来？”世和笑着上前拍了拍小艺惊怔的脸颊，“快给妈妈倒杯水来。”

小艺这才回过神，开始忙碌。一边倒水一边招呼阿茜洗菜、指挥阿南打开音响，一种欢快的气氛顿时在这个原本冷寂的家里弥漫。

这是一顿欢乐的晚餐，三个人都露出了收藏许久的笑脸。连阿茜、阿南仿佛也受了这气氛的感染，笑得一脸灿烂。

晚饭就要结束时响起了门铃声，门开后才见是那位名叫姜一成的律师。律师在简短的寒暄过后说：“从今天的晚报上知道你们回来了，刚好有一份财产分割表需要你们两位都签上名字，然后你们的离婚协议才能生效。”

世和无语，只拿目光去看金娜。金娜朝姜律师摇摇头说：“不用签了。”

“要签的。”律师坚持道，“这也是规定的程序之一。”

金娜微微笑了：“谢谢你，姜律师，你的负责精神令我感动。不过我们刚刚得到上帝的通知，他不许我们一家三口人分离。”

“哦？”姜律师在短暂的惊愕过后也笑了，“我听到这个消息非常高兴，我祝愿你们幸福！”

姜律师走后小艺扑到了妈妈怀里，红了脸问：“妈，你不再离开爸爸去挣大钱了？”

金娜轻抚着女儿的头顶，双眼望着窗外淡淡的月光缓了声说：“你爸爸用2000万美元换回了我这条性命，他让我懂得了，这世界上最重要的不是金钱。”

“妈，你知道我此刻心里多么高兴吗？你知道当初你要和爸爸离婚时我心里是多么难受吗？”

“孩子，妈妈是一个普通人，每个普通人都难免犯错误，原谅妈妈吧。”

“妈，你知道我们班50个同学中有多少人的父母已经离婚了？”

“多少？”

“41个，包括我。不过现在可以减少一个了，40个。”

“哦？”

“社会上已经有人说：21世纪是一个离婚的世纪，是家庭变得更加脆弱的世纪。”

“别信这些，孩子。”

“你知道这些父母离婚的孩子的节日吗？”

“节日？”

“对，每月的最后一天，每人带一份自己做的午饭，大家集中在一间教室里，互相品尝对方做的饭菜，以重温过去的家庭生活；不过吃着吃着，大伙总是抱头痛哭……”

“噢，我的孩子。”金娜紧紧地把小艺搂在怀里，“妈妈没有想到，大人们对生活的选择，竟会是对孩子们的一种剥夺……”

“妈，你今后准备干什么？”

“重回地震局，仍搞我的防震研究。妈妈是亲身经历过地震的人，真切地体验到了那种对地震的恐惧和仇恨。妈妈现在理解了你爸爸为什么坚持要我从事防震研究，他也是地震灾难的幸存者……”

“妈，什么时候人类才能够完全制服地震？”

“说不请楚，但只要人们共同努力，也许要不了多长时间……”

也许是家庭的和睦给世和的脑子注入了新的活力，没过多久，原来一直徘徊不前的“高能食品与视力变异”的课题研究就获得了突破性进展。当然，这进展也像大多数科学发现一样，带有很大的偶然性。

那是一个阴云蔽日的正午，实验室的助手们都已下楼去吃午饭，只有世和还在那里摆弄雷电模拟仿真装置，那是刚刚由外地买来的一套设备。他打开开关之后，原来只是想看看由这个装置发出的雷电效果如何，没想到这个装置的镜头正对着一盒用于一项试验的G14粉，当几乎可以乱真的电闪雷鸣发出之后，那盒G14粉突然出现一种奇妙的闪光，而且因为震动，有一些G14粉溅落到放在一旁的世和的饭盒里，饭盒里有饭。由于G14粉是可食的，世和没有在意，就在吃饭时连溅落上的粉一块吃了。未料饭后不久他就感觉到自己的视力增强，向地底看时感到格外清晰。他在惊怔的同时突然忆起，当初研究大楼遭雷击那天，实验台上也放着这种G14粉。他在从试验台下拣那两粒高能食品吃时，发现上边沾有G14粉，他当时没有在意。莫不是这种经过雷电照射的G14粉有什么魔力？

他立刻进行实验并用仪器鉴定分析，发现经过雷电轰击照射的G14粉内部分子结构发生了很大变化，尤其是当这些经过雷电轰击照射的G14粉粘附在高能食品粒上之后，又使高能食品粒的内部结构发生奇怪的变异，而且每粒食品都有一种特别的电磁贮存，食品粒在暗处可发出一种微弱的肉眼不可见的光。

这会不会就是当初导致我的双眼视力奇变的缘由？世和心里感到了一丝惊喜，但他不敢让自己轻信。他忙对一个助手交待：“迅速通知两名自愿受试的人，让他们来参加食用实验，此事暂时保密！”

这已经是第二天的深夜时分了。正沉浸在梦中的两名自愿受试者被匆匆叫醒来到了实验大楼。世和亲自看着，让他们各吞下两粒浸湿后粘附有经过雷电轰击照射的G14粉的高能食品粒。尔后又亲自把他们送到招待所里，安排好观察、记录人员之后，世和才松一口气，拖着愈觉疲惫的双腿坐进汽车向家里驶去。

他对身上那种沉重的疲累感仍然没有在意，他估计自己这是繁忙所致。待研究结束我好好休息一阵就会好的！

他现在唯一关心的是两名受试者的身体感觉。

一听说两名参试者出现了头疼症状，世和高兴得几乎跳起来。当初自己在视力变异前不也感受过剧烈的头疼吗？很可能这是脑内掌管视力的那个部分发生神秘变化的必然反应。他特意交待名叫龚达和施肖的那两名受试者，一定不要吃治疗头疼的药，以免干扰身体内部的神秘变化进程。忍一下，我当初就是忍过来的！他再三对他们两人叮嘱。

世和盼望已久的结果是在四天后的凌晨出现的。当时他正在一个怪异的梦中挣扎：一只全身乌黑的怪兽死命地在身后追他，那样子分明是要把他踩到蹄下。是持续而响亮的电话铃声把浑身大汗的他从怪兽的蹄下救了出来。电话是他的一个助手打来的，助手告诉他：那两个受试者都说自己看到了地下的东西。世和摇了摇脑袋把怪兽的影子赶走，这才叫了一声："太好了！"他放下电话就下床，匆匆穿好衣服便和室外站岗的内卫部队的哨兵一起向受试者的住处奔去。

"告诉我，龚达、施肖，你们向下都看到了什么？"世和在曙色里紧盯住两名受试者问。

"看到了厚厚的土层。"

"土层下边是什么？"

"是岩层，岩层很厚，岩层中间有水在流动。"

"岩层下边是什么？"

"是岩浆。"

"好呵，成功了！"

世和高兴得紧紧抓住龚达和施肖的手摇着："这么说，是雷电赋予了G14粉从而也赋予了高能食品粒以神秘的能量，使得每个食用它的人的视力都能发生奇异的变化。这就好办了，眼下虽然还不知道雷电的能量与G14粉和高能食品粒内部的哪一部分哪一成分相结合并产生新能量，但是我们却已经可以复制出无数的能使人视力发生变异的新型高能食品粒了。随着这种新型高能食品粒源源不断地被复制出来，世界上具有看透地底视力的人也就越来越多。这样，地下岩层的任何变化都会被人们看清，地震不就再也不能对人类的生命造成威胁了？"

"立即向研究所宋所长汇报这一结果！"世和向一个助手交待后便向制造高能食品粒的实验工厂走去。进了厂门，他就高兴地大喊："按新的设计，立刻开工生产，两万粒！我要两万粒新型高能食品！"

这两万粒高能食品就可以使一万个人获得视力变异看透地下。让这一万个人分别住在全国的各个县、市里，随时在工作之余负责观察监视地下岩层的变化。一旦哪里的地下岩层发生变化要造成地震，便可立刻预报给当地政府和人民。地震，你这个给人类造成无数痛苦的魔鬼，今后再也不能残害中国人了！像1976年唐山地震造成二十多万人死亡的惨剧再也不可能发生，我们终于可以摆脱你的魔掌了！

“世和，刚接到总部首长电话，后天晚上，总理和总部首长要接见你们小组全体成员！”宋所长这时匆匆走过来交待。

“谢谢领导的关心。”

“告诉大家，到时候穿上礼服，把皮鞋擦亮，再刮刮胡子剪剪头发。那天晚上，全中国和全世界的人都会在电视上看到你们！”

“好的！”

扬眉吐气的日子终于到了。掌管成功的神祇，谢谢你的关照……

第八章

《国际文传电讯》2月11日消息：中国今天宣布，已研制成功可使人视力奇变看穿地下的食品粒。据称，人只要吃了这种食品粒，在一阵头疼过去之后，双眼就可以看穿地下的一切。这是迄今为止人类在改造人体上的最大一次成功。这项成功意味着人类可以永久地摆脱地震和火山爆发等灾难对自己生命的祸害。此事已引起世界各国政界和科学界的普遍重视。眼下还不知道中国是否向世界公开这一科学研究的细节并向他国转让有关技术……

埃菲社2月13日消息：中国视力奇人张世和和他的研究小组，已成功地研制出可使人双眼看穿地下的高能食品。最先食用这种食品的中国人龚达和施肖已应哈萨克斯坦和俄罗斯两国政府的邀请，分赴这两个国家对地下岩层的变化进行观察，以期对可能发生的地震进行预报……

德新社波恩2月14日电：总统特兰诺在得知中国研制成功可使人看穿地下的食品之后兴奋地说，这是一个振奋人心的消息，这表明人体器官的功能是可以经过人类的努力而加以改进的。早在许多年前，就有人预言将来的人体要发生巨大变化，中国的这一研究成果或许就是导致这种巨大变化的一个步骤……

美联社罗马2月15日消息：意大利经济部长哈维里尼认为，中国研制成功可使人看穿地下的食品，表明地下隐藏的一切东西都将不是秘密，寻找矿藏会变得十分容易。这对人类的经济生活和整个生活方式可能发生极大的影响……

共同社北京2月16日消息：中国总理昨晚接见以张世和为首的科研小组成员时可能出了点什么问题，实况电视转播突然中断了大约三秒钟。坐在电视机前的观众都有些疑惑。目前还不清楚出的是什么性质的问题。北京的电视观众对此有各种猜测……

共同社的消息并非杜撰，总理在接见张世和和他的小组成员时的确出了点意外：张世和在从沙发上站起向总理身边走去时，突然双眼一黑向地上倒去。幸亏电视台的摄像记者反应敏捷，在张世和身子一歪的瞬间关了机；三秒钟后就又开机对向了别的人。待张世和被人扶起从短暂的晕眩中清醒过来后方又把镜头对向了他。

这些日子一直缠着世和的疲累感近几天越见严重，使得他有时走路都要喘息，双腿软得迈步都没有力气。他一直以为这是自己日程排得太满休息不好所致，便也没有在意。总理接见那天，他和他的助手们先进接见大厅坐下等待。等待时他就觉得头有些发晕，待总理来到大厅他站起刚想迎过去，突然感到有一块黑布遮住了眼睛。所幸那天的晕眩持续时间不长，还能勉强再次面对摄像机。

接见一结束世和便被送进了解放军总后勤部医院。总理亲自给院长打电话，要他集中全院乃至全国的优秀医生给世和诊治，保证让世和尽快恢复健康。

但医院给世和作了全面检查后并未发现什么问题。全院的专家经过会诊也没弄清造成这种无名疲累和眩晕的原因。医院决定先让世和住院休息，在此期间抓紧对他进行食补，尔后再看症状有无变化。

金娜那些天一直陪在世和身边。除了医院给世和规定的食谱之外，金娜又变着法子给世和做好吃的东西：肉糜羹汤、八宝米粥、五味芙蓉包等等，逼着他一天多吃一顿。

可休息和食补并未使世和的疲累感有所减轻，随着时间的延长，他反倒愈觉四肢无力，有时下床去厕所，竟也需金娜或小艺搀扶了。

医院意识到不能再这样拖下去，可因为弄不明白这种持续疲累感产生的缘由，医生们又无法采取有效的医疗措施。医院院长只得把情况向总部首长报告。总部首长的指示是：迅速与世界各大医院、医科院和医学研究机构取得联系，一旦了解到有可治疗这种无名疲累的医院和医生，即行出国治疗，要不惜一切代价使张世和恢复健康！

医院很快了解到，英国的朴次茅斯市有一家专治无名疲累的医学研究所。该研究所的哈德博士早从英国的报纸上知道了世和的事迹，听说他愿来就诊，马上表示欢迎。

金娜于是便立刻做随丈夫出国就医的准备。

世和夫妇是在一个朝霞满天的清晨，和韩流等几个保卫人员一起乘机离京的。因上学而不能随父母同去的小艺坚持要把爸爸送到机场。在飞机的舷梯旁，小艺紧紧抓住爸爸的手说："我记得你过去对我说过，不论做成一件什么事都要付出代价，你的病也许就是成功向你索要的回报。爸爸，你要相信这一切都会过去，安心配合医生治疗，争取早日平安归来！"

"好的，孩子，你要照顾好自己……"世和的叮嘱声被飞机的轰鸣压了下去。他扭身让金娜搀扶他向机舱走去。在舱门口，他最后一次回头向女儿挥手，他瞥见小艺的泪珠正像花瓣一样纷然落地。傻闺女，哭什么，我会很快回来的！我回来时会浑身充满力量，我要把你拦腰抱起向天上抛去，我要让你的笑声翩然飞进云端里……

那时候世和根本不知道，在前边等待他的是一个令人绝望的宣判……

给世和治病的是哈德博士。哈德博士是朴次茅斯市这所专攻无名疲累症的医学研究所的创始人，在治疗无名疲累症方面极有经验。他在世和到达的当天曾满怀信心地说道："放心吧，我的中国朋友，我会让你精神抖擞健健康康地回国的！"

从第二天起，哈德博士就用自己的方法开始对世和进行全面检查，用排除法耐心寻找可能给世和造成身体疲累的缘由。半个月之后的一个黄昏，哈德博士缓步走到世和的床前说："我得坦率地承认，我没能一下子找到造成你疲累的原因；你是一个极罕见的例外，我三十多年来积累的经验在你身上没有派上用场；我恐怕还需要一段时间对你身体的各个部分进行更细致的分析。"世和听罢笑笑说："那你就慢慢分析吧，我不会着急。"

其实世和心里哪能不急？他分明地觉出身上的疲累感在一天一天加重，每次上厕所没有金娜搀扶已经不行。一定是身体内部钻进了什么可怕的东西，但愿哈德博士能早日找出这个捣蛋的家伙……

金娜当然看出了丈夫的心情不好，为了宽慰丈夫，她想了不少办法，比如陪他看电影、看歌剧、看球赛等。那天，她见报纸上登载消息说，英吉利海峡上三天前出现一样奇观：在长约三千米、宽约七百米的一片海面上，不断有海鱼跃出水面，极像在跳舞；而且那片水域不断有鱼像喝醉了酒似的漂浮在水面上，但当人伸手去捞时，它们又翻身潜入海里。消息还说从昨天开始，有大批游人乘游艇前往观看这一奇观。金娜就问世和愿不愿坐游艇去英吉利海峡上看看这个奇观。心情抑郁的世和兴致不大地点点头说："好吧。"

那是一个连一片云絮也不见的天空湛蓝的上午，英吉利海峡上风平浪静，碧绿的海水毯子一样地直铺向对面的法国海岸。游艇在海面上平稳地行驶，间或有几只海鸥在艇尾追逐着浪花，矫捷的翅膀扇出美妙的图案。游艇驶近那片奇特的海域时，果然可见有不少海鱼跳舞样地跃出水面。世和坐在游艇一侧的一个沙发上，望着蓝天、碧波、鸥群和飞舞的海鱼，听着艇上游人们的欢声笑语，也暂时忘却了压在身上的疲惫，在眉梢间浮出了一个舒心的笑纹。

游艇又继续前行不久，艇上传出了导游员的声音："诸位游客请注意，现在游艇已抵达连接英法两国的海底隧道的上部。在这澄碧的海水下边，隧道列车正隆隆驶过，在英法之间来回运载着无数的车辆和行人。这条隧道是上个世纪人类所建设的最伟大的工程之一，希望你们有时间去坐一坐隧道列车……"

游人们在导游员的介绍中纷纷围向栏杆边向水面望去，世和也从飞翔的鸥群那儿收回目光去看艇下的海水。和别人不同的是，别人看到的仍然是水，而他却透过海水一下子看见了正在海底隧道运行的列车，看到了列车上装载的汽车和坐着的行人。多么杰出的设计，多么宏伟的工程！他一边望着海底一边在心里惊叹。游艇越过隧道上部的海面继续前行，世和的双眼也离开隧道在海底移动。突然，他的双眸一下子凝住，双唇吃惊地张开：裂缝！海底岩层出现了裂缝！这么说海面出现飞舞的鱼不是没有原因，那些鱼一定是受不了海底岩层裂缝涌出的气味莉激，才想跃出水面呼吸。糟糕！海底要发生地震！世和猛地抓住艇边的栏杆站起身子高喊："艇长，请立刻返航靠岸！"

"靠岸？"年轻的艇长不解地瞪大双眼，"我们的游览安排是在海上吃午饭，午后三点靠岸。"

"立刻返航，有危险！"世和仍然高了声喊。

"危险？什么危险？"游客们闻言纷纷围了过来。

"这里的海底很快就可能发生地震！"世和指着艇外的海面说道。

"地震？"年轻的艇长笑了，"你怎么知道要发生地震？"他转向站在世和身边的金娜和韩流："他的神经是不是有点——"

"他的话你们应该相信！"金娜急切地对艇长说，"他的双眼可以看透地下的一切，他说的话不会有错！"

"怎么可能？"艇长越发不信了，年轻光润的脸上浮出了讥讽的笑容，"谁的眼睛能看透这些海水？你是在讲神话？"

"哈哈哈。"艇上的游人都笑了。

一直默站在一旁的韩流，这时不动声色地打开了手上的移动电话，对着话筒说："请接中国驻英国大使馆。大使先生，张世和先生要和你讲话。"

"是身体不舒服吗？"电话里传出大使关切的询问。

"不是，大使先生。"世和对着话筒急急地摇头，"我现在英吉利海峡上的一个游艇里，我刚刚发现海峡的水底岩层出现了巨大的错裂缝隙，预计在未来的几个小时之内，这里的海底会发生一次强震。届时，英、法两国的海岸上都将出现海啸；海面上将出现巨大的波浪和漩涡，海底形貌将发生很大的改变。因此，我希望英、法两国政府迅速做到以下三点：一、立刻通知海底隧道的管理部门，请他们马上封闭隧道，停止营运，并采取一切可能采取的抗震措施保护隧道；二、立刻通知在海峡里航行的所有船只尽快靠岸，船上的人尽早离船上岸；三、立刻通知海峡两岸靠海居住的居民向远处撤离以防海啸袭击。如果他们做不到这三点，就会有惨剧发生！你理解我的话吗，大使先生？"

“我理解。请放心，我会马上同英、法两国政府联系……”

艇上的游人们都惊异地看定世和。

大约半个小时之后，竖立在朴次茅斯港的信号塔上就挂起了危险预报信号旗；无线电广播里传出了播音员焦急的呼喊：“所有在英吉利海峡航行的各国船只，请即刻驶靠离你最近的港口，继续留在海里将有巨大危险！”

那位年轻的游艇艇长这时才明白世和不是在瞎说，才意识到这位面露疲惫之色的中国人不是一个普通游客。他一边惊异地看着伏舷而望海水的世和，一边对操舵的艇员下令：“立刻返航！”

第九章

《伦敦快讯》3月13日消息：英吉利海峡海底今日午后1时17分发生强烈地震。地震在海面造成五米高的骇人巨浪。我国的朴次茅斯、普尔、韦茅斯和法国海岸的卡朗唐、瑟堡等处都发生了海啸。所幸的是，由于在朴次茅斯哈德诊所就医的中国视力奇人张世和对这次地震进行了预先通报，在海峡海面上航行的绝大多数船只都已避开了灾难，只有11艘未来得及进港的船只被巨浪击沉。海峡两岸的沿海城镇，由于得到预报事先有了准备，在海啸发生时未造成大的人员和财产损失。今天傍晚时分，英、法两国政府均已派人前往朴次茅斯哈德诊所，当面向中国军人张世和表示了诚挚的谢意，并祝愿他早日康复。英国政府代表还当即给哈德诊所拨了一笔经费，嘱咐哈德博士尽一切力量为张世和先生治疗……

法新社3月13日消息：英、法间海底隧道多处被地震毁坏，数千人在隧道口侥幸逃生。今日正午，在英吉利海峡海底隧道的英方和法方进口处，均有大批车辆和行人等待进入隧道列车通过海峡。就在这时，由中国视力奇人张世和发出的海底地震预报抵达隧道管理部门，管理部门当即决定关闭隧道。当时，在两个隧道口等待通过海峡的人们均对这一预报持怀疑态度，一时抱怨声四起。但没有多久，地震果然发生，隧道随即遭到严重破坏，人们亲眼看到从隧道里奔涌而出的海水。所有在场的人都被吓得脸孔发白。倘没有张世和的预报，这数千人都将葬身海底……据有关人士估计，隧道将需要经过很长时间的修复，之后才能恢复运行……

世和有气无力地坐在沙发里，一边喘息着一边缓缓抬手把挂在胸前的两枚金质勋章取下来放到了旁边的茶几上。这两枚勋章是英国皇室的代表和法国总统的代表在刚才的授勋仪式上刚刚替他佩戴上的。刚才的授勋仪式耗尽了世和身上的最后一点力气，以至于让他觉得佩戴那两枚勋章都是一个负担。

“要不，你先去休息？”金娜忧虑地望着丈夫问，声音中浸满着心疼。

“不，就坐这儿歇歇。哈德博士不是说他待会儿还要再取我的一点血来分析？”

金娜点点头，轻轻地叹口气。她清楚地知道丈夫的身体已经疲惫、虚弱到了何种程度，可哈德博士依然没能找到原因。老天，这可怎么是好？

“金娜、韩流，我今天对我的病有了新的想法。”世和声音低低地说，“哲学家告诉我们，世上的什么事都呈平衡状态，这种平衡状态表现在人身上大概就是得失相当，我既然获得了看透地下的视力，那我就必须失去一点东西，这东西就是力气。要不然，别人就会觉得造物主不是太公平，认为把好东西全给了我了，就会对造物主生出抱怨——”

“世和，你的电话！北京你们研究所小靳打来的。”韩流把移动电话递到了世和手里。

“小靳——”

“老张，你身体好些了吧？吃饭怎么样？可以独自散步了吗？睡眠情况如何？需要什么东西么？组里的同志们都想你！还有，告诉你一个好消息，已经造出了两万粒新型高能食品粒。国家已经向全世界发了消息，并宣布中国这项发明将为世界人民造福，所有可能发生地震的国家和地区，都可以派三至五人来到我们国家进食这种食品粒，待视力异变可以看穿地壳后再返回其所在国，负责监视他们那里的地下岩层活动情况，以对可能发生的地震做出准确预报。

到今天傍晚，已经有一百多个国家和地区的近千名代表抵达北京。今晚八点半，中央电视台一套节目将播送各国代表抵京的情况。”

“好呀！”世和激动地抬手捶了一下沙发扶手，不想，这一激烈的动作害得他对着话筒喘息了半天。金娜见状急忙把电话拿了过去。

早已进屋默站在一旁看着世和听电话的哈德博士，这时轻步走到世和身边，一边用手绢替他擦着额上的虚汗，一边低了声说：“张先生，我还需要从你身上取点血——”

“取吧。有没有新的发现？”

“我想我已经接近找到造成你疲劳虚弱的原因了。”

“太好了，可以告诉我是什么吗？”

“我还需要再做一次分析。”哈德博士指挥着跟在身后的护士从世和身上取血样，一双碧蓝的眸子里浸满了忧虑。

“找到了原因就可以治疗了吧？”世和的声音里满是迫切。

“应该是这样的。”哈德博士说完就垂下了眼睛，没有让世和看见他眼里的不安和慌乱。

“我很快就可以恢复健康了！”当哈德博士的身影在门外消失之后，世和快活地说，“金娜，请把电视打开，我要看看北京中央电视台的一套节目，看看那些就要进食新型高能食品粒的外国代表。”

电视打开了，但一股难以言说的疲劳却极力地想要合上世和的眼皮。他拼力与这股疲劳和紧随疲劳而来的虚弱搏斗，睁大了双眼去看屏幕：

这是来自智利的四名代表。智利也是一个多震的国家，1960年5月21日至25日发生的智利大地震，使智利的地形完全改观，一些火山出现了，一些岛屿沉没了；25日地震时，海洋上掀起4.5米高的巨浪，冲击着智利沿岸的岛屿；新西兰、日本、菲律宾、美国等海岸也遭到巨浪的破坏；距智利地震中心16800公里的堪察加海面也受到了影响。这四名代表都表示，这次来中国进食新型高能食品粒，在获得看透地壳的异常视力后，将回国做智利国民的平安卫士，以全副精力监视智利国土下的岩层变化，及早而准确地预报可能发生的地震。

这是来自希腊的三名代表。希腊历史上也曾发生过强烈地震，1878年和1885年的两次地震，使克里特一赞蒂海底电缆有两处断开，在断开的地方，海底从水下240米下沉到3000米深。这种变化在海面上造成的涡旋，使得不少在这一海面航行的船只沉入海底。这三名代表中的凯特先生表示，这次在中国获得可看透地壳的异常视力后，他将保证使希腊人不再受地震的惊吓。

这是来自葡萄牙的两名代表。葡萄牙的里斯本在1755年11月1日曾发生过一次强烈地震，里斯本全城在六分钟内被摧毁，同时引起大火和高达六米的海浪——海啸，死亡人数达六万多！这两名代表非常感谢中国朋友发明了可使人看透地壳的新型高能食品粒，他们表示在获得异常视力之后，将保证葡萄牙今后不再发生因地震而死人的惨剧……

在电视台播音员的欣喜声音里，世和终于没有能抵抗住疲累和虚弱的强制，合上眼睛睡熟过去……

当晨风走过多佛尔海峡和英吉利海峡的水面，轻轻撩开世和和金娜病室兼卧室的窗帘时，刚刚起床的金娜吃惊地发现：显然一夜没睡双眼红肿的哈德博士正定定地站在窗外望着她和丈夫住的房间。一定是有什么事情！金娜匆匆穿上外衣轻步来到了室外。哈德博士见她出来，迟疑了一下走过来说："夫人，非常抱歉，在这样美好的早晨，我却有一个不好的消息要告诉你。"

"什么消息？"金娜心里不由得一紧。

"我发现了造成张先生极度疲劳和虚弱的原因。"

"那不是一件好事吗？这样不就可以开始治疗了？"

哈德博士缓慢而伤感地摇了摇头："张先生的血液里有一种奇怪的东

西——这种东西我在其他人的血液里从未发现过，迄今为止的医学文献里也从无记载。这种东西的形态极其特殊，它多次逃脱我的眼睛，在我终于捕捉住它之后，发现它的破坏力极大。它能很快使人身上的血变得像水一样——这不是科学术语，这只是为了让你听懂而做的比喻。目前，我们人类发明的药物和达到的手术水平，对它均不能造成任何威胁。”

“哦？”金娜骇然地后退了一步。

“我很愧疚，张先生为英国人的安全做出了那么大的贡献；而我竟不能保证他的生命平安。”

“救救他！哈德博士，求你救救他！”金娜急切地抓住哈德博士的手摇晃着，两个眼角涌出了泪水。

“你知道，我非常想为张先生做点什么，让他活下去不仅仅是你和中国人的希望，也是我和世界上许多人们的愿望。但我们不能和上帝的旨意抗衡，上帝还没有赐予我这样的本领。夫人，请你原谅——”

“我想知道我大约还能活多长时间！”门口突然传来了世和的声音。哈德博士和金娜闻声扭头，原来世和穿着睡衣扶了门框正站在病房门内。

“世和！”金娜急忙跑过去扶住了丈夫。

“对不起，张先生，打搅了你的睡眠。”

“你们的话我都听到了，我想知道我还能活多长时间。”

“张先生，我想告诉你的是，造成你血液出问题的原因，是你当初服用的那种高能食品粒。我已经通过贵国的外交部门拿到了两粒高能食品，并在动物身上做了实验。”

“是吗？”世和、金娜和一直站在门旁的韩流一齐惊问。

“这也是没有办法的事，人类在科学上的每一次进步，都可能要带来副作用。用你们东方的哲学来解释，也可解释得通，有和无，正和反，得和失，总是要求一种平衡的局面……一个人在视力上获得了巨大发展，那么在别的方面就可能——”

“我懂了。”世和点点头，“我现在希望知道的，只是我还能活多长时间！”

“有些结果我们不知道反而更好些，张先生，你能明白我的意思吗？”

“我还是想弄明白！哈德博士，希望你坦率地告诉我。”

“那么好吧，一个月左右。这实在残酷，可我没有——”

“谢谢哈德博士，别的请不用说了。我看见你的双眼布满血丝，你为我连续熬夜，现在请去休息吧……”

送走哈德博士后，世和又开始大口喘息。“一个月！”在喘息的间隙他自语道。金娜已被这个结果吓懵了，木然站在一旁。只有韩流还能轻声劝道：“世和，你想开些……”

“想开了，我想我这样已经值了，我用我的眼睛让那么多人避免了死亡，因此而缩短我一个人的寿命这并没有什么了不起。韩流，请与大使馆联系，就说我想要立刻回国，最好就订明天返国的机票。金娜，不要紧，你不是很坚强吗？人早晚都是要死的，早一天晚一天并没有太大关系。来，把眼泪擦干，别让英国朋友看见了笑话。记住，今天你的任务就是去街上采购，要为小艺多买点礼物，要把她平日希望要的东西都买到，这是我最后一次送她礼物了……”

第十章

《新德里时报》3月20日消息：具有奇异视力的中国军人张世和，因准确预报地震而使几个国家的上千万人免于死亡，但他自己却因患了目前医学无能为力的怪病而面临生命危险。昨天，在英国朴次茅斯市就医的他已偕夫人飞返北京。据给他治病的哈德博士透露，张世和患不治之症的消息传出后，已有一百多个国家和地区的总统或总理拍来电报慰问，全世界有三万人打来电话询问他的病情，有四千多人要求亲往探视……

共同社3月21日消息：世界各国派往北京预备进食新型高能食品粒的代表，在获知视力奇人张世和患不治之症的原因是服食新型高能食品粒之后，普遍开始惊慌失措。尤其是当英国的哈德博士计算出一个人服食新型高能食品粒视力异变后，至多能活十个月左右时，五千名代表已相继表示不再服用该食品粒。从昨天开始，已有代表乘飞机返国，预计几天内就可走完。全世界的人们原来怀抱着的“地震从此将会被准确预报”的希望开始落空。看来，虽然有此发明，今后人类却仍将浸泡在对地震的恐惧之中……

经过长途飞行的折腾，世和到达北京家中时已经卧床不起了。他脸色蜡黄地仰躺在床上，听任女儿小艺用手绢去揩他额上的汗珠。小艺并不知道爸爸病情的严重，依然眉飞色舞地说：“爸，待你病好再出国察看地下岩层时，我也和你一起出去，让我和外国人直接用英语交谈，顺便也可以锻炼我的英语会话能力。”

行。世和勉力点头。他想抬手去抚摸一下女儿的脸颊，但手刚抬起便又无力地垂了下去。

“爸，我昨晚做了个梦。”

“噢，梦见什么了？”

“我梦见我们班的同学的眼睛全像你一样，都能看透地壳，我的眼睛也变了，把地下的岩层看得清清楚楚！”

世和艰难地笑了。会的，这一天会到来的。我已经给我的实验小组全体同志说了，请他们不要被眼下的事情吓住，要继续努力研究、试验，争取早日造出既可使人视力发生巨变又无致人患病副作用的食品。人体器官的潜能应该开发出来，人应该在地球上成为能够防止一切灾难发生的生灵，地球应该变成一个平安的世界。但他没有出声，他只是抓住女儿的手摇了摇：“小艺，有一件事要告诉你，爸爸可能要去很远的地方出一趟差。”

“哦？去哪儿？”

“具体的报到地点还没有通知。”

“时间长吗？”

“长，很长。”

“需要妈妈去陪吗？”

“不用，人家只让一个人去。”

“要我为你做什么准备吗？爸爸？”

世和摇了摇头："爸爸只需要你记住三件事！"

"哪三件事？"

"第一，学会独立生活。自己会到银行取钱；自己会调整、规定机器人阿茜和阿南的工作程序；自己会操作家里的电脑系统；自己会做富有营养的饭食；自己会洗熨衣服。"

"这我懂。"

"第二，培养自己对地质学的兴趣，争取将来从事地震学的研究。你已经知道，你爷爷死于地震，你妈妈和我从地震中死里逃生，地震是我们家的敌人！你也已经知道，你是张衡的第70代后裔，你理应继承先辈的遗愿，去制止地震再制造灾难！"

"可俺们的学习还没有开始分科哩。"

"我说的是以后。第三，要能够正确对待困难与挫折。由于爸爸外出，不再可能给你提供保护，你生活中遇到的挫折和困难必然会增多，你要有承受这些挫折和困难的心理准备，不要动不动就哭鼻子，甚至对社会和人生产生绝望情绪。不论生活中发生了什么可怕的事情，你都要让自己打起精神去面对！"

"爸爸，你想得未免有点太远了吧？好像你外出就不再回来似的！再说，妈妈不是还在家吗？"

"妈妈也不可能总陪着你，她还有她自己的生活——"

"她还能去哪里？"小艺瞪大了眼睛问。

"妈妈哪里也不去！"门口突然传来金娜的声音，惊得父女俩一齐扭头。

"小艺，出去玩吧，让爸爸歇歇。"

女儿出门之后，金娜才扭头对世和嗔怪道："你怎么跟孩子说开了？"

"我想让她做好独立生活的精神准备。我走之后，你还年轻，可以再另组家庭生——"

金娜一下子伸手捂住了丈夫的嘴，用目光要求世和别再说下去。片刻之后，金娜才又看着丈夫说："有一件事我想我应该告诉你，因进食新型高能食品粒而有了看透地壳能力的龚达和施肖，最近在听说只能活十个月左右后，精神相继失常了。”

“哦？”

“目前两个人都已住进了精神病医院接受治疗。”

世和长长地叹了口气：“我理解他们的精神状态。人知道自己的死期是一桩可怕的事情，很少有人能承受得了死期一天天逼近的情景。只是他俩一躺下，目前世界上就再也没有人能准确观察地下岩层变化从而去预报地震。地震又可以对人们为所欲为了。我听宋所长昨天说，云南那边又在闹地震，许多工矿企业因为担心地震伤人，已经停工多日了。”

“我也听说了。目前云南人心惶惶，那是个多震地区。”

“咳，要是我不成这个样子，要是龚达和施肖不住进精神病院，坐飞机去一看不就解决问题了？”

金娜无声，只把目光望向窗外，窗外是湛蓝的没有一点点脏物的天空……

哈德博士的预言没错，世和回到北京不到一个月，就向那种人类还陌生的血液怪病交出了生命。

那些天，世和躺在床上，平静地用话语指挥着金娜、小艺和阿茜、阿南整理他平日的研究资料，他说他要全部留给小艺，直到那个黎明来临。

那是一个静谧的黎明，一直守护在世和身边的金娜刚沉入一阵短暂的睡眠，便被一阵持续的喃喃声惊醒。她抬起头时才发现：原来丈夫一反这几天的昏沉状态，双眼圆睁，口中正喃喃自语：“……我听见了笑声……我听见了笑声……”

“谁的笑声？”金娜有些诧异。

“……地震这个恶魔的笑声……你听……你听……”

“世和，你醒醒！”金娜意识到丈夫沉入了谵妄状态，忙去摇他的身子。但是晚了，世和的双眼正在一点一点地合上，目光正在一下一下地缩回，喃喃声也越来越低。尽管闻声跑进来的小艺也上前紧抓住爸爸的右手摇着、喊着，可女儿的呼唤也未能拽住世和走向另一个世界的脚步。小艺摇动的结果是把父亲紧攥五指的手摇开了，一个不大的物件在父亲五指张开的同时落到了她的手里。

她认出这是当初爸爸让她看过的那个微型录音机，里边录着爷爷夹了喘息和呻吟的遗嘱。

“爸爸——”小艺哭喊着扑向了父亲的遗体……

金娜没有哭，她的眼泪早在看护世和的这些天里悄悄流尽了。她只是默默地合上世和那依然睁着的双眼，轻轻地为他更换了一身新军装……

金娜是在第二天乘飞机飞往河南南阳的。世和生前曾说过，他想把自己的骨灰埋在先辈张衡的墓地附近；他去世后，国家科委也提出把他的骨灰安葬在张衡墓侧，以便后人来纪念这两位对测报地震作出过巨大贡献的学人。金娜想提前去看看以最后确定墓址。

金娜这是第二次来南阳。作为张衡家族的第69代媳妇，她只是在当初和世和结婚时回过一次南阳故里。但那次回归故里因为是在蜜月之中，她关心和思考的多是另外一些事情．因此竟没时间进一趟张衡墓园来祭奠先祖。

天上无云，四周无风，阳光像金子一样铺满静静的张衡墓园。金娜脚步放轻，一步一步地走进墓园大门。看见了，那高耸的墓碑；看见了，那巨大的坟冢；看见了，那按比例放大后复制的、竖在墓地两旁的地动仪和浑天仪。先辈，你的第69代孙媳来看你了。我来得太晚，你不会生气吧？我虽然是你的后人，但却没有你对科学的那份执著精神；我虽然也研究地震，却没有拿出一项像地动仪那样的实实在在的成果来。我面对你的陵墓，心里充满了愧意。但我想告诉你的是，你有一个可以引为自豪的孙子——你的第69代孙子世和继承了你的遗志，在地震预报上做出了举世公认的成绩。我今天来，就是要征求你的同意，把他送回到你的身边，让他日日夜夜陪伴你，好和你继续切磋地震预报的事宜……让他睡到你身子的哪一侧好些？东侧？西侧？或是后边？就在西侧吧，这里树木稀疏，挖墓坑容易；再说，在炎热的夏季，他也能为你遮去些午后滚烫的阳光，你说行吗？……

就在这里吧！金娜对随行的南阳市长和张家族人指了一下墓坑的位置，就缓缓地向地下跪去……

第十一章

华新社4月16日消息：总后勤部视力奇人张世和于今晨在北京家中逝世，从而结束了他短暂而辉煌的一生。张世和患病期间，国务院总理和总后勤部领导及国家科委负责人多次亲往探望、慰问。今晨，最早获知他去世消息的附近街区市民，自发地排成长队前往他家吊唁。

广闻社4月20日消息：曾数次准确预报地震从而拯救了无数人生命的张世和的葬礼，今天在他的故乡河南南阳隆重举行。国务院总理和俄罗斯、日本、美国、英国、法国、德国等97个国家的总统和总理特使参加了张世和的葬礼。一千多名来自世界各国的民众代表在张世和的灵柩前献了鲜花。上午九时整，张世和的灵柩由两名黄种人、两名白种人、两名黑人和两名棕色人组成的抬灵队缓缓抬起，向墓地走去。他将被埋在汉代科学家张衡陵墓的西侧，与他的先祖永久作伴……

美联社4月27日消息：为纪念中国已故的视力奇人张世和而镌刻的一个纪念碑今天在圣何塞市中心广场竖起。纪念碑的正面镶嵌着张世和的一帧照片，在他的照片下方镌刻着一句话：“人类在向平安世界迈进的长途中将不断忆起你的名字！”

法新社4月29日消息：中国军人张世和的威武铜像，今日在英吉利海峡海底隧道法方一侧的车站广场上立起。铜像的底座上镌刻着一行字："世界不会忘记任何一个为其谋取平安的人！"

共同社4月29日消息：中国视力奇人张世和去世的消息传到日本福冈市以后，十万余名市民自动捐款在市中心竖立了一尊张世和的变形雕像。雕像单脚立地，呈飞升姿势，双手向天捧着两个巨大的汉字"平安"！雕像的基座上刻着一句诘问："人不是天使，但人为什么不该成为天使？"

丧事全部处理完的一天后晌，金娜默然开车向军需研究所驶去，她要把世和留下的一串钥匙还给研究所。她知道那些钥匙是各种保险柜和库房上的，不能丢失。研究所的门卫认得这是世和的车子，没加阻拦便让车驶进了院里。

她走进宋所长的办公室时意外地发现，当初她曾打过交道的姜一成律师正在和宋所长神色严峻地说话。她一愣之后问："你来这儿是？"

"我受宋所长他们委托，为高能食品粒一案辩护。"姜一成微笑着回答。

"高能食品粒一案？"金娜越加惊异，"高能食品粒怎么还立案啦？"

"哦，姜律师！"宋所长显然想制止姜一成说下去。

"你还不知道呀？"姜律师并没看明白宋所长的制止意图，仍旧热情地介绍道："当初除了你家张先生之外，不是还有另外两个人也服食了能使人视力发生异变的高能食品粒吗？那两个人如今都已住进了精神病院。现在，这两个人的家属向法院提出了控告，控告军需研究所在没有弄清高能食品粒的副作用之前就决定在人身上实验，是草菅人命的行为，要求研究所作巨额赔偿！"

"嗬！"金娜眼瞪大了。

"金娜，你不要再为这事担心，一切由我们来处理。"宋所长急忙安慰金娜。他知道金娜听到这样的消息心里不会好受。

"不！"金娜固执地摇了摇头，"我知道当初让龚达和施肖二人服食高能食品粒是世和的决定，与研究所宋所长他们没有关系。如果说有责任，应该是由世和的家人——我来负。"

"金娜，别瞎说了！怎么能让你负责？你只管照看好小艺的学习和生活……"

金娜没有理会宋所长的话，只是转而问姜一成："这案子什么时候开庭？"

"后天。"姜律师此时才意识到不该对金娜说这件事。

"后天我也去法庭，我有义务向法庭说明情况！"金娜断然地说完之后，放下那串钥匙就扭身出门向实验大楼走去。

金娜因为过去常来实验大楼，对楼里的一切都熟悉。她去敲高能食品实验室的大门时，多么希望世和仍像过去那样来为她开门，但是不可能了。一种空落感再次挤进金娜的心里。

来开门的是世和过去的助手小靳。小靳看见金娜也有些意外，忙问："嫂子，你来是——"

"我想看看那些可使人视力发生变化的高能食品粒！"

"哦，看它们干啥？因为它们有使人血液患病的副作用，所以已经全部封存。看，就在那个玻璃柜里，两万粒，花费了我们多少心血，如今没半点用处！"

"给我拿两粒来！"

"要它干啥？"

"有点用处。"

"是要研究它的副作用吗？好，应该把这个问题弄清。我们研究小组如今也正在这个问题上动脑筋。早晚有一天，我们会攻克这个难关，制造出既可使人视力奇变又无副作用的第三代高能食品粒！"

"拿两粒来！"

"好吧。如今这东西没人希罕了，给你。嫂子，你可要保管好，别让谁误食到肚里，那样可就麻烦了。"

金娜默默地看着停在手心里的那两粒微呈白色的高能食品。是你，让世和获得了看透地壳的能力从而拯救了那么多人的生命；又是你，让他得了怪病提前夺走了他的性命。你为什么要把善和恶混合在一起？你是想用此来警告我们：任何成功都必须支付代价？可你知道不，当你夺走世和的生命之后，地震那个恶魔又要狞笑着去开始行凶了！

法院开庭那天，金娜早早到了法庭。小艺那天见妈妈神色严肃地说要去法院，不知道出了什么事，也担心地悄悄跟在妈妈身后去了法庭。

宋所长和世和当初的助手小靳站在被告席上。

庭审开始，原告方聘请的律师宣读了控告书，控告军需研究所在不明新型食品粒副作用的情况下贸然在龚达、施肖身上实验，致使二人身体严重受损，目前在精神病院接受治疗等等。

金娜这时由旁听席上站起，径直走到被告席上站立。她的举动引起满庭人的惊奇，法官只得示意原告方的律师暂停发言，转而询问金娜：“请问你这是——”

“我觉得庭审如果继续下去，我应该站在这里！金娜平静地回答。我叫金娜，是已故军需研究所研究员张世和的妻子。当初，是张世和决定让龚达和施肖服食高能食品粒的。作为张世和的妻子，我要向龚达和施肖的亲属表示深深的歉意。不过，我认为这是科学实验中的一次失误，不涉及法律，不应该把研究机构和科研人员的宝贵时间浪费到这里，他们需要分秒必争地去研制第三代高能食品粒。”

“你是说这件事仅仅由你道一下歉就行了？”原告席上飞过来一句冷冷的追问。

“我们当然应该在经济上帮助龚达和施肖的亲属，我在这里想说的是：不能要求科学实验百分之百都能成功。龚达和施肖虽在这次实验中身染重病，但他们是保证世界平安的先驱者，是——”

“说得这么好听，你当初为什么不去进食这种高能食品粒也当先驱？你不还是在地震局工作？”

这句来自原告席的尖刻的反问扎得金娜一下子住口，血色从她的双颊倏然退走。她一边艰难地咽着唾沫，一边慢慢抬手去衣袋里掏出了一个小小的纸包。

旁听的人们都凝目看着金娜的举动。

金娜缓缓把手中的纸包打开。站在一旁的小靳认出那纸包里是两粒自己当初交给金娜的第二代高能食品，不禁一愣，低了声问：“嫂子，你这是要干啥？”

“这是两粒龚达、施肖他们当初服用的那种高能食品。”金娜平静地看着那两粒食品说。“我现在就把它们吃下去！”说罢，手一扬，猛把食品粒扔进了口中，尔后抓过旁听席上一个人的水杯，喝口水咽了下去。

满庭的人一齐惊住。

“妈妈——”小艺哭喊着从法庭一角向妈妈扑了过来。

“别怕，孩子！妈妈之所以吃下这两粒食品，是为了告诉人们，我们在认识未知世界时，应该有你爸爸那样一种拼命精神。还有一个原因，就是如今云南的百姓们正为大地震会不会爆发而惶恐不已。妈妈吃下这两粒食品，就会获得看透地底的视力，从而给他们一个切实的帮助。”

“可是，妈妈，你知道爸爸就是因为——”

“我当然知道，孩子。金娜轻拍着女儿的后背。用一个人的死，换来许多人的生命，这是一笔合算的生意，妈妈经过商，妈妈知道应该把这笔生意做下去！再说，妈妈还有十个月的时间，妈妈在这段时间里会培养起你的独立生活的能力……人类在自己的前进途中，总是需要一些儿女在前边为她开辟路径，这话是谁说的？别哭，孩子，流眼泪只会让地震那个魔鬼高兴，我们要让它看看，人类从来都没有在威胁面前后退过；我们也让它看清，人类在同它搏斗时即使遇到失败，也决不会发生内讧……”

法庭一片静寂。

“世和，你现在可以放心了，你不会听到地震那个魔鬼行凶后发出的快意笑声了……我将像你一样，在十个月的时间里监视它的破坏行为，我将随时向人们发出准确的地震灾情预报……世和，十个月，十个月之后我们就可以相会了……你也不用担心小艺，她会理解我们的行动，会坚强地生活下去的……”

第十二章

《北京时报》5月7日消息：国家地震局地震测报部门的研究人员、已故军人张世和先生的夫人金娜女士，在明知第二代高能食品粒具有致病并可引发死亡副作用的情况下，为清楚观察地下岩层变化以准确预报地震灾情，于三天前在西城法院法庭当众服下了两粒高能食品。今天，获得看透地壳视力的金娜女士，已乘机飞往云南观察地下岩层变化……

香港东亚电台5月12日消息：具有看透地壳视力的中国军人张世和的遗孀金娜女士，今天在仔细观察了云南地区的地下岩层之后断言，云南在今后的半年之内不会发生地震，从而解除了这个省份人们普遍存在的恐慌情绪。今天下午，停工多日的各家工厂已相继开始恢复生产，避免了经济生产和日常生活继续陷于停顿和混乱的局面。另有消息说，秘鲁政府已向金娜女士发出正式邀请，希望她能访问秘鲁并对该国的地下岩层变化情况进行观察……

路透社5月20日利马消息：中国已故军人张世和的夫人金娜女士今天在利马机场走下飞机时对记者说："她将在她仅剩九个月零几天的生命里尽最大努力去避免地震对人类的祸害。"她的发言令现场的许多人流下了感动的泪水……

尊敬的金娜女士：

在获悉你为避免地震对人类的祸害而毅然吃下了具有致病副作用的高能食品之后，我和所有在联合国机构工作的人员都深为感动。谨请你接受我最真诚的敬意。世界正在变成一个鸡犬之声相闻的村庄，人类正在变成这个村庄里生死与共的居民，你用你的行动告诉了我们，每个人都应该为全体村民的平安操心。我在此还要特别告诉你，我已下令联合国所属的科教文组织，在最短的时间内集中世界上最优秀的病理学家和医生，来研究延长你的生命和解除高能食品粒副作用的办法。我希望他们能够成功。

请接受我最良好的祝愿。

请转达我对你女儿的问候，并请告诉她，她在这个世界上永远都不会感到孤单！

联合国秘书长　吉特

公元2046年6月1日于纽约

向上的台阶

一

（一）

廖老七从儿子怀宝三岁起，就开始教他识字。这是廖家的规矩，孩子从三岁始就要“学写”，这倒不是因为廖家是书香门第有这种家教传统，实在是因为这是谋生的需要。廖家的祖产除去三间草房和几床破被，就是一方砚台和几管毛笔，此外再无别的，廖家几辈子都是靠在街上代人写点柬帖状纸为生，作为廖家的长子，不识字怎么能行？

这小怀宝倒也聪明，四岁时就能把“上下左右天地大小金木水火”等字，用他爹那杆狼毫毛笔在老刀牌香烟纸上写了，而且写得很有几分样子。七岁时，便已能用小楷抄完《论语》。九岁时，小怀宝已把常用的柬帖格式全部学会。这时，廖老七出摊时，便把儿子带上，老七在前边一肩挂着那个装有笔墨纸砚的小木箱，一肩扛着那个窄窄的条桌走；小怀宝则抱着一条歪七扭八的长条凳在后边紧跟。父子俩到了小镇邮局门口，先将桌凳摆好，后把笔墨纸砚放开，再把托放在邮局门后那个写有“代书柬帖对联一应文书廖”的布幌在桌后的墙缝里插好，父子俩便在桌后坐了。小怀宝就开始研墨，用长条的墨块在大石砚上一圈圈旋转，不一会儿就有乌亮沁香的墨汁在砚里洇出来。这时老七就叫一声：宝，行了。小怀宝也就住手，坐一边聚精会神地看爹写，同时用手指在自己的腿上跟着照样描画，偶尔也帮爹挪挪纸。若是信封需要封上的，怀宝便伸出细细的手指，从一个瓶里抹些娘用高粱面打成的浆糊，小心翼翼地按爹交待的方法把信封粘好。遇到一些简单的请帖，如“请过重阳节"和“订婚请媒人”一类的帖子，廖老七便放下笔，手捻着下巴上的短须说：“宝儿，你来！”父子俩就互换位置，小怀宝拈笔蘸墨，先问一声来人姓啥名谁所请何人，尔后小嘴巴一鼓，低首便在信封和信纸上写：

谨择十四日寒舍丁宅订婚洁治嘉筵
恭雅
冰驾
光临丁振西鞠躬
大红叶冯老生阁下
十七日登高萸觞
候
光
梁洪生鞠躬
上乞
郑德忠老夫子文几

小怀宝每次写完，桌旁站的人看了，都要说声：“好！”怀宝这时脸就羞得通红。遇到来求写帖写联的人，不是立等就要的，廖老七就一边忙一边嘱怀宝：“宝儿，把这位大叔要写的东西记下来！”怀宝就摸出一个用旧纸装订的本子，把来人要写的内容和写讫的日期一一记下，尔后收下润笔费。

润笔费不高。有时父子俩一天不停地写下来，所得的钱扣去纸墨费用，只够买二升包谷，够全家人吃两天。当然也有好的时候，逢到急等寄信的人或慷慨而稍有钱的顾客，父子俩的中午饭就常由人家买来，或几个烧饼或是两碗面条，这就省下一小笔饭钱。还有更好的时候，那就是大户们的“请写”，也就是富户们家有事时把廖老七和儿子请到家里写字。每逢这时，所得润笔费就比平日多出许多，而且父子俩可以饱饱地吃它几顿。但是，这样的好机会不多，怀宝记得最清的，是他十一岁那年到镇南头有两顷地的富户裴仲公的家里写字，整整写了三天，三天里顿顿可以吃到白馍、豆芽和猪肉，而且写完后整整得到了三斗包谷，使全家人吃了许久，更重要的是，他就在那次认识了裴仲公的小女儿姁姁。

那是怀宝第一次走进富人家家里，真是开了眼界，第一次知道人竟可以住这么宽敞的屋子，裴家有三进院子，前院住的都是长工佣人，中院住的是裴仲公和夫人，后院住的是裴家老人和孩子，光是两个女佣住的那间屋子，就比他全家住的房子宽出一倍。写字桌就摆在两个女佣的房里。那次是裴仲公为大女儿举办婚礼请客，裴家的亲戚朋友真多，不说对联，光各式请帖就有几百封。怀宝那时已可正式执笔，父子俩一人一桌一砚，不停地写，不停地封，当然，中间，廖老七也暗示怀宝放慢点速度，以免少吃几顿饱饭。怀宝记得，在他们到裴家写字的第二天后晌，他正按爹给他的“婚娶喜联选”往红纸上写着：“鸾妆并倚人如玉，燕婉同歌韵似琴”，“缘种百年双璧白，姻牵千里寸丝红”，忽听一阵轻轻的脚步声响进屋来。怀宝停笔抬头，只见一个穿粉红绣花衣裳的俊俏小姑娘正站在桌前，歪了头看他写好晾放在地上的喜联，边看边小声念着，念毕，抬头瞪了漆亮的眸子问：“你们这是为我姐姐出嫁写的吗？”廖老七这时认出这小姑娘是裴仲公的掌上明珠——小闺女姁姁，忙起身答：“是的，小姐！”那姁姁这时就又说：“给我也写一副好吗？”“你呀？”廖老七笑了：“还早哪。”“我是女的，也是要出嫁的呀，为什么不给我写？”姁姁依旧坚持。“好，好，给你也写一副。怀宝，你给姁姁也写一副！”廖老七嗬嗬地笑了。怀宝就按爹的话，看一眼那婚娶喜联选，为姁姁写了一副：“双飞不羡关雎鸟，并蒂还生连理枝。”姁姁嫌一副太少，怀宝就又照着那喜联选上的顺序写了：“且看淑女成人妇，从此奇男已丈夫。”怀宝刚写完，那姁姁就高兴地提着两副喜联跑出了门。

这是怀宝第一次见到姁姁。姁姁给他的小脑袋里留下了一个聪明漂亮的印象。不过，仅仅是一个很淡的印象，没过几天，他就把她和那两副喜联忘了。他根本不曾料到，姁姁今后还会介入他的生活。多年后，当他回忆旧事重想起那两副喜联时，他才意识到，那第二副喜联选得不当。

怀宝十二岁那年冬天，一直卧病在床的廖老七的爹也就是怀宝的爷爷去世。这个为人写了一辈子字的老人是在傍黑掌灯时分咽气的。像所有知道自己要远走西天的老人一样，枯瘦如柴的怀宝爷爷在咽气之前，也要把自己在人世上弄明白的最重要的世理留给后代，他那刻望着儿子、孙子断断续续地叮嘱：“……不能总写字……要想法子做官！……人世上做啥都不如做官……人只要做了官……世上的福就都能享了……就会有……名誉……房子……女人……钱财……官人都识字，识字该做官，咱写字与做官只差一步……要想法子做官……官……”

廖老七和怀宝那阵子都含泪连连点头。

仿佛要证明老人的遗嘱正确，第二年廖家就被一场官司推入到灾难之中。官司的起因很简单，镇公所所长新娶一妾，让廖老七给写喜联，廖老七写的是：“好鸟双栖嘉鱼比目，仙葩并蒂瑞木交枝。”廖老七写罢喜联，又紧忙为另一丧家写挽联，喜联和挽联放在一处。也是不巧，镇公所所长派人来取喜联时，老七和怀宝都不在家，派来的人不愿久等，就问怀宝娘哪一副是给所长家写的。怀宝娘不识字，就顺手指了摊放在那儿的对联说：“你自己拿吧。”不想那人也不识字，而且多少还有些呆，胡乱动手挑了一副八个字的对联就走，回去就贴，岂不知那是一副挽联，上边写的是：“绣阁花残悲随鹤泪，妆台月冷梦觉鹃啼。”所长一看就叫了起来，说这是故意毁人名声和家庭，当即告到了县法院。廖老七再三出庭辩解，法院仍判廖家赔款三十块大洋。可怜老七四处喊冤，终因原告是镇公所所长而未得改判。廖家只好卖了两间房子把款赔上。廖老七因此气病在床，整整躺了一年。廖老七病好起床时含泪对儿子怀宝叹道：“还是你爷爷说得对，只要有一点门路就去当官，这世道只有当了官才能不受欺负……”

怀宝当时听了也不过是苦苦一笑，心想谁会让咱去当官？他那时根本没有料到，一个巨大的变动正在中国的土地上发生，一个重要的机会正向他快步走来！

（二）

他们知道那个变化的发生是在怀宝十七岁那年的一个午后，当时，怀宝和他爹仍在镇街的邮局门口摆摊写字，怀宝那会儿正为一个哭哭啼啼的妇女写一状文，状告东唐村的村长。怀宝刚写一句："尊敬的橙州国民法院院长阁下……"忽听镇北响起一阵枪声，枪声中伴着汽车引擎响。眨眼之间，一长溜汽车便驶到了镇街北口，车上满是穿黄衣的国军士兵。父子俩见状慌忙搬桌拿凳躲进了邮局。两人隔窗看到，汽车队过去之后是马队，马队过去之后是步兵，步兵过去之后是伤兵担架队，队伍松松垮垮吵吵嚷嚷却又走得十分急迫。人车马整整过了一天，他们父子躲在邮局一天没敢出门回家吃饭。直到第二天早晨他们才知道，国民党第五绥靖区中将司令王凌云放弃了南阳城防率兵逃往襄阳，这整个豫西南已成了共产党的天下。第三天，他们看到一队穿便衣的挎枪的人来到街上贴一张毛笔写的公告，公告上写着自即日起柳林镇回归人民手中，镇上店铺商号尽可以放心开张营业等等，末尾署名是柳林镇工作队队长戴化章。十七岁的怀宝胆胆怯怯趋前看了那张公告后回家只给爹说了一句："那毛笔字写得太赖！"

镇上店铺开始营业，怀宝家的摊子也照样摆了出去，摆出去的那个上午他们在写字桌前刚坐下不久，就看见三个挎枪的共产党便衣向他们走来，为首的一个膀宽腰粗二十六七岁，斜挂着的匣枪在屁股上一晃一动极是威风。父子俩第一次见共产党不免有些慌张，离老远就站起来点头哈腰打着招呼："老总好！""不要叫老总，要叫同志！"为首的那个走前来朗朗笑道，与此同时伸手摸了摸怀宝的头说："小伙子，你的毛笔字写得挺好嘛！"边说边拈起一张怀宝正写的帖子放眼前看着。这时候怀宝闻见了从三个身上飘过来的汗酸味和刚吃了蒸红薯的那股甜味儿。这熟悉的味儿让他对这些人的胆怯消去了许多，于是就开口说了一句："你们要是有什么写活叫我干我可以帮忙！""是吗？"那为首的习惯地摸了一下屁股后的匣枪，饶有兴趣地看着怀宝，同时把手中捏着的帖子递给同来的那两个人说："你们看看这字！"那两个人看了一阵之后差不多同时点头说："队长，是不孬！"怀宝这时才明白眼前站着的是共产党工作队的队长戴化章。"你们家有几间房子，几亩土地？"戴化章忽然转向廖老七问。"回老总，地没一分，只有一间草房。"廖老七毕恭毕敬地答。噢，这么说是属于城镇贫民。戴队长转向他的两个队员点头，然后就拍了拍怀宝的肩头说："小伙子，我们是一个阶级，愿不愿出来跟我们一块干？"怀宝被"阶级"两字弄得有些茫然，问："干啥子？""就是来镇政府干呀！我们正在筹建柳林镇人民政府，正缺人才，你来当个文书，如何？"戴队长又摸了摸怀宝的光头，动作中带着亲密和信任。"不，不能呀，老总。"廖老七慌了，"全家人还指望他挣钱糊口哩！"戴化章哈哈笑道："你以为当文书就不能挣钱糊口了？共产党能叫人饿死？你知道镇政府的文书是什么？用一句旧话，就是官！懂么大伯？'官'！"

这最后一句话起了决定性的作用，中国所有的老百姓都知道这个字的含义。廖老七和怀宝自然更懂，听懂了之后他们又有些吃惊：共产党的官就这样好当？

"愿不愿干，小伙子？"那戴队长又拍了拍怀宝的肩膀，有一种即刻要走的意思。

"愿！"怀宝尽管心中还有疑虑，但答得十分干脆，一种要改变自己穷困生活的潜在愿望使他本能地觉得，不应该丢掉这个机会。

那好，明儿上午你去镇公所找我！戴化章摸了摸匣枪就转身走了。

"答得对！"廖老七对儿子的表现很是满意，"只要是官我们都当！"

怀宝那刻扯了扯自己的耳朵，他对自己这选择是吉是凶是福是祸还心中无底。许多年后当他回望这一天时，他才明白这其实是他命运的转机，他能抓住这个机会并不是凭他的智慧、知识和对局势的分析，他凭的是本能！

有时对本能做出的选择也不能看轻！

（三）

新政府正急需用人，廖怀宝不仅识字而且字写得漂亮，就被看作了宝贝，他去见戴化章的当天，就被任命为柳林镇人民政府的文书。

文书这个官当起来并不是太难，怀宝很快就胜任有余，无非是抄抄报表，发发通知，写写布告，一点也觉不出吃力。戴化章这时已是柳林镇的镇长，他很满意怀宝的工作，见了面常拍拍他的头说："小伙子，干得不错！"

怀宝现在常住在镇政府院里值班，那架手摇的直通县上的电话就由他守着，铃声一响，他便恭敬、肃然地拿起听筒，把县上的通知、通报什么的用毛笔在本子上工工整整记下，尔后呈送镇长。逢到有人找镇长办事而镇长不在，他便抻抻衣襟很庄重很严肃地出面接待，而且开口说话前必学戴镇长的样子，先咳嗽两声，然后再开腔。

街上的人都已知道怀宝在政府里做事，平日见他时，眼里就多了不少恭敬和畏怯，怀宝发现后心里就很舒服，对戴化章就生出更多的感激，就在心里暗暗发誓：一定要干得让镇长满意！

廖老七见儿子果真当上镇政府的官，心里的那份高兴更不用提。他一家人平日都穿土布，那次他上街到布店一下子扯了一丈四尺蓝士林布。布拿到家怀宝娘吃了一惊，问："你是不打算过日子了吧，一次扯这么多洋布，这要花多少钱？"廖老七把手摆摆说："少啰唆，快动手剪，给咱怀宝做身官服！他如今是官场上的人，不能再穿咱百姓的衣裳，干啥啥装扮，不的话会遭人笑，他也难有个官气魄！"怀宝娘一听这话，也不再争执，只问："剪啥样子的？"廖老七沉吟了一下说："要依我自个的眼光，大清朝的官服最威风，可一个是咱没那布料，做不起；二个是戴镇长都没穿那样的，只咱怀宝穿，也太惹眼；我看你就照早年同咱打官司的镇公所所长的那身官服剪，那样式穿着也行！"

怀宝娘于是拿起剪子，边想边剪，接下来就是缝，几天后，一身崭新的介乎马褂和中山服之间的一种衣服就做了出来。

怀宝脱下原先打补丁的那身旧裤褂，穿上这身新衣服，果然就长了不少精神。因为衣服板整，他走起路来胸也挺得更直。廖老七看见就说："行，有点像个官人的样子了。"

长期为人代写柬帖状纸，使得怀宝懂得看人眼神面色行事，变得十分乖巧。如今对戴镇长，他也极会察言观色揣摩他的心态，把事情做得让对方满意。戴镇长喜欢发表演讲，怀宝就暗示镇上的中学校长多请戴镇长去给学生们讲话；戴镇长喜欢读史书，怀宝就去镇上早先的几个富户家搜罗古书；戴镇长喜欢让自己的讲话家喻户晓，怀宝就常用粉笔把自己记录下的镇长讲话抄在镇政府门前的黑板上。在生活上，怀宝对镇长也照顾得颇周到，早上起来，他总要把洗脸水给戴镇长打好；晚上睡前，又总是把戴镇长的被子抻开；逢了开会，戴镇长刚在座位上坐下，怀宝便把他的茶杯泡了茶放到了他的面前；过节时怀宝家包了饺子，他也总要给戴镇长端来一碗。一来二去，戴镇长就越发喜欢怀宝。有天晚上，戴镇长拍拍怀宝的肩膀说："好好干，将来会有更重要的担子交给你。我们正在建立一个崭新的政权，这个政权需要许多新干部，知道什么叫干部吗？干部就是'官'，但我们的官将不会同于中国历史上任何一个朝代和世界上其他国家的官，这些官一个个清正、廉洁、有才，全心全意为平民百姓做事、谋利益。我们中国吃昏官、贪官、赃官的亏太多了，我们要有一大批全新的官……"

怀宝对戴镇长大部分话听不太懂，但有一点他听懂了：中国需要许多官，自己有可能当再大一点的官。

那天晚上他回家把自己听懂的意思给爹讲了，廖老七听后两眼放光，抓住儿子的手说："好呀，你娃子遇上好年代了！听你老爷讲，咱们廖家祖上只有一位爷在明朝时当过一任乡官，其余的都是布衣百姓，如今该你为咱廖家光宗耀祖了！好好干，千万不能大意！……"

二

（一）

新政权对富户们资产的清抄工作正在进行。那日镇上清抄大地主裴仲公的家时，戴镇长让怀宝去负责登记。这是他又一次走进裴家大院，这次和过去不同的是，他再没了那种缩头缩脑唯恐惹了主人不高兴的胆怯心理。他昂首走进中院，看见抄出来的各种物品山一样堆放在那里，也看见了裴家一家人战战兢兢立在院子一角的情景，更看见了裴仲公那个掌上明珠姁姁。姁姁已长成了一个身个苗条的漂亮姑娘，正用胆怯而惊慌的目光望着他。这景况让他确实感受到了一种翻身的自豪，他想起了他过去来裴家代写帖子时的那份恭敬和惊恐，以及看一眼姁姁都怕对方着恼的那种心情，更觉得解放军把权力夺过来交到像他这样的穷人手里实在重要。

他煞有介事十分威严地坐在一张桌前，在另外几个农民的帮助下清点登记各种物资。登记好的东西，便送进没收来做镇政府仓库的裴家厢房。干了一阵，当几个农民去前院喝水时，怀宝忽然听到身后响起一个胆怯而柔细的声音："廖文书，能不能把那一小包衣服还给我？那是我的内衣，拿走了我连换洗的东西也没了。"怀宝闻声扭头，看见姁姁正站在自己身后，白嫩光洁的脸上满是胆怯和恳求。怀宝被姁姁那神情弄得慌忙起身，他几乎没想到拒绝，便顺她手指的方向去物品堆上把那卷红红绿绿的衣服拿来递到了姁姁手上。在递过去的瞬间他闻到了从那卷衣服中散发出的一种好闻的香味，同时瞥见了放在最上边的是一件粉红的裤头，他心里陡起一阵莫名的激动，同时感觉到自己的脸已经红透。姁姁把衣服接到手后鞠了一躬，感激地说了一声："谢谢！"这一切是在几分钟内发生的，到了当晚怀宝躺到床上重忆这件事时，心里满是一种甜丝丝的感觉。姁姁那光洁的脸、红润的唇、白嫩的颈、幽幽的眼，总在他眼前晃，那卷红红绿绿内衣散发出的香味仿佛还留在鼻腔，使得他在床上翻了无数个身才算勉强睡着。

自这天以后，不由自主地，只要一有了空闲，怀宝就往裴家大院跑，好在他往那里跑还有借口，那时候裴家已被指定在前院的东厢房里住，剩下的房子或是做了镇政府的粮食、物资仓库，或是做了农会、民兵们的办公处，他要么借口去仓库里有事，要么借口送什么通知。每次跑去的真正目的，则是想看一眼姁姁。姁姁的父亲这时已潜逃在外，哥哥去了嫂嫂家居住，姐姐也回了婆家，家里只剩了她和有病的母亲以及一个五十来岁的女佣。怀宝去时，开头几次见到姁姁，也只是红着脸点点头，不好意思说话；后来去的次数多了，加上那次看见姁姁挑水时把水桶掉进井里，他急忙跑过去帮着捞，两人边捞边说些话，把原先存在二人心中的那份拘谨就消了。以后再见面时，姁姁也不再胆怯地喊他“廖文书”，而是喊他“怀宝哥”。他也敢直呼她的名“姁姁”。只是每次都叫得很轻很轻。

姁姁家的生活此时已是一落千丈，吃的和用的都见紧张，姁姁的母亲有时看病开了药单，姁姁却又无钱去抓药，就急得捧了药单哭，怀宝知道后，总是把自己身上的钱朝姁姁手里塞几张。姁姁对这接济很感动，每次接了钱都是双眼含泪。姁姁家这时在镇上的地位更是低了，姁姁有时上街，常会遭到一些泼皮酒鬼的纠缠。那日她去杂货铺里称盐，遇上一无赖店员，趁往她篮里倒盐的机会捏住她的手腕嬉笑，姁姁羞得连叫：“放开！放开！”那店员竟仍捏住不丢嘻嘻笑着说：“嗨，看看你长得白不白，怎么，你这地主的千金小姐，我们就看不得了？”恰好这时怀宝由街上经过，见此情景，上前朝那店员叫道：“住手！你还要脸不？！”那店员一见怀宝，知他是镇政府当官的，不敢回嘴，赶忙讪笑着进了里间。如此一来二去的接触，姁姁渐渐就也离不开怀宝了，偶有一天见不到他，就有些神不守舍，再见了面必问：“昨日咋没见你？”那日，怀宝在裴家大院仓库里收拾东西，出汗时就脱光了上衣。这情景让姁姁看见，第二天两人再见面时，姁姁就朝怀宝手里塞了一团东西，怀宝展开一看，是一件手做的白布汗褐，胸口那里还用红线绣了一对蝴蝶，看了那对头相接翅相连的蝴蝶，怀宝美得嘴里直咽唾沫。那晚他回家穿上汗褐，高兴得在屋里转了几圈。

此后，两人见面愈加频繁，姁姁甚至把自己住的那间厢房上的钥匙悄悄给了怀宝一把。一日正午歇晌时间，天热，院里无人，怀宝过去开了姁姁的门，原想进去说说话的，进门后才发现姁姁穿着短裤背心仰躺在床上熟睡。怀宝惊得本想回身就走，但姁姁那雪白的半裸的身子却又吸得他挪不动步子，他脸虽扭向门口，双脚却像被人绑了绳子一样一步一步向床边拉近。这是他第一次观察姑娘的睡态，原来睡着了的姑娘竟是如此美妙，那白嫩浑圆的大腿，那微凸起伏的小腹，那饱满如梨的双乳，那被背心压扁了的状如樱桃似的两个奶头，那白玉一样的臂膀，那轻微闭合红红润润的双唇。他的目光像舌头一样把姁姁的身子舔了一遍，他感觉到自己的呼吸开始变急变粗，一阵哆嗦从双脚升起并停在两条小腿上。他咽了一口唾沫，双手不自觉地慢慢抬起，像捉一个即将惊飞的小鸟一样向那其中的一个乳头伸去。他只轻轻地触了一下，一阵快感就像虫一样地沿着胳膊爬向了他的心里。他刚要再去触第二下，姁姁醒了。她的眼睛在睁开的那一瞬间，满是惊恐，及至看清是怀宝，又放心地笑了。她这个安恬的笑，一下子消除了怀宝的胆怯，给了他极大的鼓励，只见他像久饿的饥汉见了馒头一样，猛地伸手朝那两个乳峰攥去。姁姁没有半点抗拒，姁姁说你别慌干脆让我把衣服撩起来。他没理会，他只是把两团东西抓得很紧，以至于疼得姁姁的眉心一耸，随后就见他三下五除二撕开了那件背心，把嘴伏了上去。他吸得很响，像那些饿极了的孩子一样，姁姁红透了脸呻吟似的说道：“轻点，别让俺娘听见。”怀宝哪管这个，吸溜声响更大，像吃西瓜，姁姁只好不再管他，只把眼睛闭了。当怀宝的双手去撕姁姁的紫红短裤时，姁姁有些惊慌地睁开眼来，两只手急急地去护，口中喃喃地求道：“怀宝哥，不行，晚点了再……行吗？行么？”但怀宝那刻哪能听见这话，只一个劲地忙着。姁姁的恳求最后被那声撕疼的“哎哟”弄断，此后，她便又合了眼，一任怀宝去忙了。

当怀宝终于做完，喘息着坐在床上看着赤条条柔顺地躺在身边的娴娴时，心中升起一股从来没有过的满足和自豪：我的天呵，要在过去，一个两顷土地的富翁的女儿，怎么可能归我呢？老天爷，我廖怀宝知足了！

那天临走前，他一边给娴娴穿着衣服一边俯在她耳边说：“我要娶你做老婆！……”

（二）

如今，廖家的境况已与往日大大不同：有了房——分得了一家董姓地主的三间堂屋；有了地——分到了三亩休耕田。重要的是，因为怀宝在镇政府做官，廖家在镇上的声望地位高起来了，廖家人外出走在镇街上，满街的人争着打招呼。

廖老七如今是再不低三下四去街上代人书写柬帖状文了，除了在地里忙活之外，就是拉了小女儿在街上悠闲地溜达，再不就是在院子里哼几句戏文。他还特意让木匠做了一把黑漆太师椅，他认为这椅子气派，作为一个官人的父亲，坐这种椅子才合身份。每到傍晚，他便把太师椅搬到院里，沏一杯茶，仰靠在太师椅上给小女儿讲古时皇亲国戚们的各样故事。

日子开始变得有滋有味起来。

一天晚上，廖老七正坐太师椅上品茶，忽见东街的刘顺慌慌提一个竹篮进院来，到他面前扑通一声跪了下去带了哭音说：“廖老哥救我，他们要把我定为中农，我家的境况你该知道，下中农都够不上呵！这定了中农，以后就和你们不是一个阶级了，求你让怀宝侄替我说句话吧……”廖老七在最初那一霎有些愣怔，他活这么大岁数，还从来没有人朝他跪下求过情哩！过去，都是他朝别人下跪，当年为那场笔墨官司，他曾跪求过多少人呀。在这刹那愣怔过去之后，他心里感受到了一阵从未有过的满足：我廖家到底也可以让人求了！他缓缓起身，弯腰扶起了刘顺说：“都是兄弟，快起来，有话好说。”

那晚刘顺临走时，把竹篮里装的礼物掏了出来：三斤白糖，一斤洋碱，一丈五尺花洋布，一小坛黄酒，一包信阳毛尖茶，五盒大舞台香烟。廖老七看着那些礼物，嘴上说着何必破费，心里却着实又惊又喜：送这么多东西呵！——这是他第一次接受亲友之外的人送的礼物。

第二天头晌怀宝由镇政府回来时，廖老七把那些礼物指给了儿子看："这些东西，要在过去，我们得为人写多少对联书信才能挣来哪！今儿，咱们不费半点力气就得了来，是因为啥？是因为你是个政府里的官，你手上有权，你能为人说话办事。所以你要记住，今后啥东西都可以丢，唯有这官不能丢！懂吗？丢了别的，只要你是个官，还都会再弄来……"

怀宝那天无心去听爹的训教，他心里有事——他回来是要同爹商量娶姁姁的大事。待爹的话告一段落之后，他才找到了开口的机会，说："爹，我该找个人了。"

"找人，找啥人？"廖老七一时还没从自己思考的事情中拔出身来。

"老婆，如今叫妻。"

"哦？"廖老七略略有些意外地看了儿子一眼，不过随后就笑了，"可不是嘛，该找了，前几天我和你娘还在说这事哩，你有没有相中了谁？"

"姁姁。"

"姁姁？"

"就是裴仲公的小女儿。"

"噢，我想起了，嗯，那姑娘的貌相是不孬，日后生的孩子也会仪表堂堂，行，你还有点眼光。这裴家的千金，在过去，你要没有一顷两顷田地，是甭想娶她的。如今她家虽说败了，但虎死威不倒。我们娶了她，别人也会说：'看，裴家的漂亮小姐跟了廖家儿子。'这也是一份荣耀。中，这门亲事中！再说如今她虎落平阳，要的嫁妆也不会多，到咱家也会听招呼，只是，她会不会不愿——"

"她愿。"

"托人问过她了？"

“问了。”

“好，这就好，我和你娘这就为你们着手准备，咱先行个订婚式，再择喜日子，反正你的年岁也到了，早成婚早得子早得济……”

怀宝没有再去听爹的话，他只是在心里快活地叫：“姁姁，爹同意了，同意了，咱们就要名正言顺地做夫妻了！……”

（三）

夜色把裴家大院捂得严严实实。怀宝轻轻拉开姁姁的门往外走时，屋里的黑暗和院中的夜色很快融在了一起。怀宝放心地舒了一口气，放轻脚步向大门走去。直到这时，他才感觉到腰部那儿微微有些发酸，两条腿在迈动时略略嫌沉，他估摸这是因为刚才和姁姁连续三次做成那事时间太长的缘故。他今晚原准备来同姁姁说完订婚酒席安置的事就走的，可一见姁姁在灯下那副娇柔美艳的样子，他就忍不住了，就不由分说地动起手来。好在姁姁在经过那个正午的第一次之后，对他已经完全顺从，他要做什么她都羞笑着依了，要她怎么躺她就怎么躺，还时不时地帮帮他，使得他越发激动。本来做完第二次他已经准备要走，已经穿好了衣服，可一看裸身猫一样躺在那儿微微笑着的姁姁，他又舍不得走了，就又宽衣解带起来。只是在这时，也只是在这时，姁姁才柔柔地说了一句：“好像俺明儿就不是你的了，你不怕累？”他说了一声“我不累”。就又扑了过去……

街道有些高低不平，他走得有点跌跌撞撞。他觉出有一股睡意想缠住他的头，在把他的上下眼皮往一起挤。他在朦朦胧胧中忽然记起，很久之前他曾在这街上听到过两个光棍汉的对话，一个说：“我要是娶了老婆，一夜非干十回不可。”另一个说：“我要是有了老婆，保准会超过你五回！”他当时听不明白他们说的几回几回是什么意思。如今明白了。他满是倦色的两颊在黑暗里浮上了一个笑意。

“女人真是宝物！”他含混地嘟囔了一句。他的眼前再一次浮出了姁姁那雪白柔软的胸脯，她竟可以把你带到那样一个快乐的境地。姁姁，我发誓，我要跟你永远在一起！

戴镇长还没睡，仍在灯下读书。怀宝进屋时他扭头招呼了一句："回家了？"怀宝应了一声，急忙抖擞起精神，上前给镇长的茶杯里续了点开水。他和镇长住里外间，镇长住里间，他住外间，他往外间走时，忽然想起，摆订婚酒席时，该把镇长请去。凭自己和他的感情，他兴许会答应参加的，他一到席，也给自家添了荣耀。于是就开口说："镇长，过几天，我想请你到我家喝酒。"

"喝酒？你应该请我抽烟，我对酒一向缘分不深。"戴镇长笑道。

"可这杯酒你该喝，这是我的订婚酒。"

"订婚？嗬，你找到对象了？是哪家的姑娘？"

怀宝于是就说了姁姁的名字，说了和她相识的过程，说了她的家庭，当然，两人亲热的事是要隐了。先上来，他注意到戴镇长满面笑容地听着，但渐渐地，他发现对方脸上的笑容在减少，到末后，竟全是一副肃穆之色了。

怀宝的心一紧，本能地感到这事情哪点有了毛病，他有些慌慌地看着镇长。

"怀宝，这件事你应该早告诉我。"镇长的声音很沉，"你如今是政府里的一个干部，像这样的婚姻大事应该先报告领导知道。姁姁那个姑娘我有一点印象，看上去是个不错的姑娘，但她的家庭属于我们的敌对营垒，同我们不是一个阶级，在政治上她不适宜同你结婚！我还要特别告诉你，我们已经准备提升你为副镇长，名单已经报到县里，估计不久就要批下来，这种职务对你配偶的家庭出身要求得更为严格。这倒不是说姁姁就会搞什么破坏，而是担心她以妻子的身份来软化你的立场。当然，你的生活道路归根结底要由你自己来选择，你还不是共产党员，我们不会用纪律来要求你，只是你如果选择姁姁做妻子，你就不能再在这镇政府当干部了！"

怀宝愕然地望着镇长，他根本没想到一个人娶谁做老婆也要由领导决定，没想到娶姁姁和当官只能二者取一。他嗫嚅着说道："让我想想……"

那天晚上他基本上没有睡着，娶姁姁和当副镇长，两样东西都是他渴求的，如今生生要他丢掉一样，丢哪样他都不舍，不娶姁姁？不！一想到姁姁那柔嫩丰腴的身子不再属于自己，他就心如箭穿，他不能想象别的男人去触摸昫昫的身体，那种想象会使他的双腿打起哆嗦。那么不当副镇长？不！廖家世代都当百姓受人欺负，可有一个做官的机会再白白放弃？放着人人尊敬的官不做，难道再去低三下四地为人代写柬帖状文不成？两条路由他的脚下向远方伸展，他真想两只脚各踏上一条路同时往前走。天亮的时候他合了一会儿眼，几乎刚一合眼就沉入了一个梦里：一叠巨大的台阶竖在眼前，台阶顶端隐约可见放有一把椅子，椅子闪着耀眼的金光，椅子上放着一身缀满饰物的衣服，一个空洞而巨大的声音正对站在台阶底部的他叫："孩子，上吧……"

（四）

廖老七吧嗒着烟锅望定双手抱头蹲在那儿的怀宝，脸上的皱纹在不停地聚拢波动，不过随后又慢慢舒展，终于完全静止不动。刚才，儿子刚说完戴镇长谈的那番话之后，他也有些吃惊：一个人娶谁做老婆竟也需要他的上级同意？不过，他很快就在娶昫昫做儿媳和让儿子当副镇长这两桩事上做了权衡，并决定了取啥舍啥。他慢腾腾地开口说："宝儿，既是戴镇长说这两桩好事你只能选一件，那你就狠狠心选吧，爹相信你会选对的。爹只想给你提一个醒，就是有些东西丢了后会永不可再得，有些东西今儿丢了明儿还会再有。"

怀宝娘那当儿就急忙插嘴说："当然是要娶昫昫，丢了这姑娘不娶，人家要是找了婆家，你上哪再去找个昫昫？"

"放屁！"廖老七狠狠瞪了老伴一眼，"没有裴昫昫，不会再娶个刘昫昫张昫昫？"

"那可不一样，那不是一个人！"怀宝娘大着胆子顶了丈夫一句。

"不都是一个女人？"廖老七的脸气白了，"脱了裤子不都是一样？"

"说这话你不嫌脸红！"怀宝娘的脸先红到了耳根。

"好了，好了！"怀宝这当儿赌气地打断二老的争执，站起身钻进了自己原来的睡屋里。

怀宝在睡屋里整整蒙头躺了一天，傍晚时才走出门来。一直不安地守在外边的廖老七那当儿小心地说："让你娘给你做点吃的吧？！晌午那阵喊你你不应，饿了一天——"

"爹，你去说吧！"怀宝没理会爹的话，而是眼望着屋角，突然开口这样说。

廖老七先是一怔，不过转瞬间就明白了，于是问："是找姁姁？"

"话要说得不伤她的心。"

"这我懂！只是我去时心里要有个底，你给我说句实话，你和她有没有做了那种？"

怀宝红了脸咳一声算做回答，尔后就急忙出门去了镇政府。

那天天黑之后，廖老七提了一篮鸡蛋，鸡蛋上盖了两块花布，向裴家大院走去。

姁姁一见廖老七进屋，慌得急忙让座端茶，她内心里已早把这老人当作了自己的公公，她估摸老人来是同自己的妈妈商量订婚酒席的事，于是就红了脸说："俺妈身子不好，已先睡下了，我去叫她——"

"不用，不用。"廖老七急忙摆手，"我是来给你说桩事的。这两天我原本正忙着为你和怀宝置办订婚酒席，今儿后晌才得到消息，政府里不让咱两家结亲，说要是结了亲，怀宝就错了立场，就不能再在镇政府干了！要挨处分！怀宝的心意，当然是宁可不做那个官，也要和你过一家人，他说不行就和你一起去逃荒要饭。他让我来问问你是咋想这事的。我倒赞成他那想法，反正咱祖辈子没当过官也活过来了，不当官有啥不得了的，人有了好前程怎么着？到头来还不是个死？我如今是担心你和怀宝真要出去逃荒要饭，我和宝他娘就说凑合着活几天作罢，可你妈她一个人咋过日子？你心里咋安排这事？"

见了公公满心欢喜的姁姁，被这番话说愣吓呆在那里，她根本没想到未来的公爹带来的是这样的消息。长长的一阵呆愣之后，她才能让自己说出话来，她的声音虽然抖颤，却也清晰："大伯，怀宝和你的心意我记下，可我不能毁了怀宝的前程，一个男人有个好前程不易，要是因为我怀宝把前程毁了，我会一辈子活不安生，告诉他，让他把我忘了……"

一丝满意和欢喜闪过廖老七的嘴角，不过只是一闪而已，随后他就又愁着脸痛着心说了许多安慰的话。当他终于走出姁姁的房门时，他听见姁姁压在喉咙的哭声到底放了出来，不过很低，他估摸她是扑在被子上哭的。他停了一下脚，摇摇头，仰脸向了天喃喃道："这也是没有法子的事，俺们廖家几辈人才有这一个做官的机会，俺们不能丢哇！……"

（五）

怀宝任副镇长的决定是在一个日头将熄的后晌宣布的。镇民们噼啪的掌声和同龄年轻人惊羡的目光令怀宝感到了一种由衷的自豪。不过一团不安总塞在他的胸口，弄得他有些难受。他知道这是因为对姁姁的背弃，他从内心里感到对不起她。但我没有办法，姁姁，水往低处流，人往高处走，我们廖家在官场里占个位子可不是常有的事！任命宣布的当天晚上，他把镇政府的通信员双耿叫到屋里，双耿小怀宝两岁，是一个穷庄稼人的孩子，为人很实诚。小时候怀宝就常和他在一起玩，解放时两人又先后进到镇政府做事，彼此很知心。怀宝对双耿说："我过去和爹卖字时认识了裴家母女，如今她们日子过得很难，她们虽和咱不是一个阶级，终也让人可怜，你日后要悄悄给她们点照顾，经常观察着她们的生活情况，这事你知我知就行了。"双耿当时就点点头应道："中，这事你放心就是。"

这样一个安排使怀宝心里的那团不安慢慢变小，他开始把心思全转到工作上。他因为识字和聪明，加上肯学习，很快把一个副镇长要懂的东西全部弄懂了：如何下去检查工作，怎样向上级汇报，如何开会传达上级文件，怎样组织人们讨论，如何接待上级领导，怎样写总结报告，等等。一个基层政权的领导干部应懂的那一套，他没用多久便已掌握。

爹说得没错，有了官果然就有了一切。如今，他们家的许多事情几乎不用操什么心，就能很容易地办妥。镇上新成立的粮管所的所长跑到家里，请廖老七去当了会计；供销社的经理让怀宝妈去当了仓库保管员；识字不多的妹妹，也被请到镇办小学教书。更使怀宝意外的是，副镇长这个职务给他自身带来的东西是如此之多！先不说镇上人对他的那份敬畏，不说大姑娘小媳妇们对他的那份献媚，单说生活上的那份舒适吧：早上起来，镇政府食堂的厨子已把饭菜送到他的床前；上午开会，椅子、茶水也早有人摆好；后晌要是去稍远一点的地方检查工作，镇政府的那辆马车就会立刻套好在门口等着。这些对于从小受人白眼遭人欺负饥一顿饱一顿的怀宝来说，真等于上了天堂。人的生活还能怎么样？每当他想到这些，他就觉着当初自己在要姁姁还是要副镇长这个职务时选择后者是对的。当然，对于姁姁，他也不是一点不想，每到夜深人静他躺到床上时，姁姁的身影就会站在床前，而且总是裸着身子，把双乳挺得好高好高，似乎要特意引他回忆他们过去在一起时的那些美好时光。那些令人心荡身颤的一个个细节的回忆，总要把他弄得燥热激动而又痛苦不堪。有些夜里，他受不了那份可怕的欲望折磨，真想起身就去找姁姁，但至多是走到镇政府门口，凛冽的夜风就会使他冷静下来，使他强抑下那股冲动而返回到副镇长的宿舍。

他只能从双耿那里了解一点姁姁的近况，自从爹和姁姁谈了之后他就再没有见过姁姁，所有可能与姁姁见面的机会他都没有利用。他自觉心虚，他害怕面对姁姁的眼睛，他担心在姁姁面前他很难掩饰住他那个宁可抛弃一切也要在镇政府干的决心。双耿对姁姁情况的汇报倒也及时。开始那一段，双耿总是说："她常常在哭。她总是呆坐在那儿。她扑在她妈妈怀里抹眼泪。她老在镇边的河堤上转悠。她不大讲话……"怀宝听了这些心里也暗暗难受，他知道这都是因为什么。又过了段日子，双耿汇报时话音轻松了许多："她开始到留给她和她娘种的那块地里干活。她愿意和邻居的姑娘们来往了。她开始进街上的店里买东西。她和她娘说话时带了笑意……"

到这时，怀宝心里也才慢慢轻松起来。她到底也能承受了这场变故。姁姁，原谅我，生活中的好东西很多，我们每次能拿到手的看来也就一件，总要有所舍弃，这没有办法……

三

（一）

秋天的一个潮湿的下午，县上突然来了一个电话，让戴化章即刻赶到县城，说有领导召见。第二天戴化章从县上回来，见到怀宝的第一句话是："我要走了。""去哪里？"怀宝有些意外。"上级调我去任县委书记兼县长。"戴化章的声音里浸着肃穆。

怀宝一怔："那这儿谁来接替你？"

"我已经提议，我离开柳林镇以后，由你接替我的职务，我相信你会不负柳林镇人，让这儿的百姓们生活幸福。我们的人民需要大批好官、清官，我自信我的眼睛看人准确，你会成为一个柳林镇人喜欢的官！"

怀宝吃惊地嗫嚅道："我咋能行？"欢喜和恐慌同时涌进怀宝心里。当镇长，主宰这镇上的一切，这个欲望是早就在怀宝心里悄悄滋生了，只是这欲望还很小很模糊，如今突然要他真当镇长，他自然欢喜，不过此时心里恐慌却也是真实的，他过去都是在戴化章的指点下去干工作，干什么，怎么干，须先有人交待，今后全靠自己来，能行？

"怎么不行？你现在不是已经学会当副镇长了吗？不管什么样的事，只要认真学，都可以学会！戴化章望着这个自己一手培养起来的干部含笑鼓励。当官无非是三条：第一，有一颗为百姓谋利益的心；第二，有点子，知道自己该先干啥后干啥；第三，会用人，知道一件事派谁去干合适！……"

怀宝急忙点头说对。

此后几天，便是怀宝陪着戴化章到镇上各个部门告别，同时，两人也一同办着交接手续。所有这一切都办完的那天晚上，两人在办公室坐下喝茶，双耿进来给他们续水时，脸红红地吞吞吐吐地说："两位领导都在，我有一桩事想求你们同意，我要结婚！"

"结婚？好呀，新娘子是谁？"戴化章笑问。

"是姁姁，裴姁姁！"双耿低了头扭捏着答。

"哦？"怀宝惊得差点跳起来，身上的血一下子冲到脑门上，幸好他坐在灯影里，双耿没看出他的失态。

"你如今是镇政府的干部，和地主家庭出身的姑娘结婚，恐怕于你不好！"戴化章这当儿开口，同时看了怀宝一眼，那意思仿佛是说："看，又出了这种事。"

"我反正是喜欢上姁姁了，领导要是觉着我和她结婚后不适合再在镇政府做事，那我就还回家种地，我们家老辈子都种地。"双耿的语气里透着坚决。

"走啥子路由你自己选择，你要是一定要娶她，我和怀宝也没办法。"戴化章遗憾地摊了摊手。

怀宝那刻虽然望着双耿，目光却早已像沙一样地四散开了，他只在心里后悔：当初不该安排双耿去照应姁姁的，那样，他也就无从去接近姁姁并生了娶她的心！一想到姁姁有可能躺到双耿的怀里，他心里就别扭得难受。"你既然已经决定不要她了，为什么还不愿人家嫁人？"他心里的那股难受被自己的这句责问最后硬压了下去。

他勉强用一个微笑送双耿出了门。

戴化章是第二天去县上赴任的。送走戴化章的当天傍晚，怀宝慢腾腾地在街上踱步，整个柳林镇从今往后就完全归我管了！那些商店、饭铺、旅栈，自己有权指点它们怎么经营；这些男人、女人、孩子，自己都可以有权指派。一丝莫名的快意又一次涌上心头。就在这时，他忽然发现在街道的另一头，双耿和姁姁相傍着从一家杂货铺出来。他们显然没看见他，两个人脚步轻快地折向另一条街走。一股冷风呼地钻进怀宝心里，把刚才萦绕在他心头的那股快意一下子刮走了，天呵，为什么有得就有失？姁姁，你知道我失去你心里是多么苦吗？当然，总有一天，我也要找个女人，而且一定要是一个比你还漂亮的女人！……

（二）

怀宝接任柳林镇镇长日子不长，聪明的他便摸准了政界里的一条规律：你要想在工作上受到表扬，你就必须尽早摸准上级的意图，摸准后你就回来赶紧把它变为现实，不管下边有多少怨言，你都要尽快办，办到其他村镇的前头，这样领导才能注意到你，才能当上先进受到赏识。为了及时摸准上级的意图，他除了常到县上去见见戴化章之外，还同县委办公室和县政府办公室的两个主任交上了朋友。每次去县上开会，他都要给他们带点芝麻、香油一类柳林镇的土特产品去他们家里看看，这样他们就常常把刚刚听到的动态性消息及时告诉他。办农业大社和公社的事就是县委办公室主任刚听到省委书记有这个意思，就通知了他。他知道后虽然心里也有些不解：让农民把土地、耕牛都交到社里，大家一块种一块收再平均分着吃，劳动和实际得益相分离，会不会使他们种庄稼时不再像过去那样卖力？但他还是立刻雷厉风行地干了。农民们想不通，就逼！他成立了一支由年轻人组成的入社帮教队，哪一家不同意入社，这支帮教队就开进那家，又讲又批又吓唬，而且吃住在那家里，直到这家人同意。在这种措施下，各家的土地很快交出连成了一大片，各户的农具很快集中堆在了一个院子里，各人的耕牛开始拉在一处喂。

一天晚上，怀宝正脸含笑意坐在办公室看建社进度表，双耿跑了进来。双耿和姁姁结婚后，怀宝倒没有让双耿离开镇政府，这开始是因为怀宝和双耿毕竟是很好的朋友，他想庇护一下双耿；后来则是因为双耿弄清了姁姁的妈原来是裴仲公家的一个丫环，也是穷人家的女儿，是被裴仲公强行纳为小妾的，这样，姁姁的成分可以随她娘，定为贫农。双耿喘着气说出的第一句话是：“镇长，你这样办不行！”

“什么不行？”怀宝一时不明白他所指是啥。

“你把土地、农具、耕牛变成公家的。你想，地里的粮食不再属于农民自己，谁还会去精心种地？农具变成了大家的，谁还会去仔细爱护？耕牛成了集体的，谁还会去小心喂养？这样干下去的结果，恐怕是亩产降低，农具毁损，耕牛瘦弱……”双耿说得很激动，他当时只是根据自己农民之子的直觉这样猜测判断，他还不知道他其实已经触到了一个深奥的道理，他更不知道几十年后，有一个伟人会依照他的心意又把这政策做了修改。

“别瞎说，这是上级让干的！”怀宝的神色很严肃。

“上级让干也有个对不对——”

“双耿！”怀宝站起来打断了双耿的话，“你这样说是要犯错误的！我们如今是干部，上级指到哪儿，我们就要干到哪儿！我告诉你，我办的这一切，上级最终会肯定和表扬，不信你等着瞧！”

怀宝的话果然没错，没有多久，一个全国范围的公社化高潮到来，柳林镇办大社的经验立刻得到了肯定和推广，怀宝不仅受到了县里和专区里的表扬，事迹还上了省里的报纸，廖怀宝的名字在全县传开了。

“怎么样双耿，我们谁对？”有天晚饭后怀宝在镇政府院里碰见双耿，开玩笑地问。

双耿摇了摇头，叹口气：“我真担心今后庄稼人的日子——”

“好了，别小脚女人似的担心这担心那，告诉你，我准备提你当副镇长！”

双耿一惊：“我？”

怀宝点了点头。怀宝最近读了点历史书，都是关于官场生活的，这些书有些是廖老七特意为他借的，有的是他自己去镇上学校图书馆里寻到的。他从那些书上明白，在政界里做官，要紧的是挑选好身边的人，尤其是副手，弄不好就会毁到副手身上。古今中外，很多官最后都是被他的副手搞下去的。副镇长这个位置他一直让它空缺着，就是为了慎重选择。他最近经过反复考虑，决定让双耿来干。双耿这个人除了和㛚㛚结婚这点让他觉着别扭外，其他的地方都让他放心：没有当官尤其是当大官的野心；不会玩心计耍弄手腕；不爱出风头争成绩夺荣誉；干事认真不怕吃苦；懂种庄稼。

“我干不了！”双耿像推开什么重物一样急忙抬手去推。

“我说你能干你就能干，就这样定了！”怀宝果断地挥了一下手。

“我……我……起码得和妁妁商量商量。”

又是妁妁！怀宝的眉头痛楚地一耸。一个男人干什么都要征求女人的意见，你这个男人还能干成什么大事？当然，也就是你这种干不成什么大事的样子，才让我相中了你……

四

（一）

1958年是中国现代史上一个值得记住的年份，中国人就在这一年开始跑步进入共产主义。也就在这一年的年初，怀宝从县政府办公室主任嘴里得到一条动态性消息：省里准备提倡收小锅办大食堂，以显示共产主义的优越性。他听后如获至宝，决定立刻动手建大食堂，走到周围村镇的前面，像上次办大社一样，再次让上级领导刮目相看。

改变柳林镇人在几千年间形成的以家为伙食单位的习惯，不是一件容易事，人们采用种种手段抵制吃食堂。但有了上次强行办社的经验，怀宝不怕这种抵制。他先指挥人买大锅、砌大灶，把七个千人食堂建好，尔后组建一支拿枪的民兵队伍，开始挨家挨户收小锅、收粮食，凡藏锅、藏粮不交的，便抓起来集中“教育”。人们家里没了锅，没了粮，自然得拿了碗到食堂吃饭，于是七个千人食堂热热闹闹地开张了。

柳林镇办食堂的消息很快在周围传开，这种迎合上级领导心意的事当然让领导高兴，专区和县立刻在柳林镇召开了吃食堂现场会，省报头版刊登了柳林镇办食堂的消息和经验，省长专门在推广柳林镇经验的一份简报上划出廖怀宝的名字，并在这名字下批示：此人可用！

此时已升任专区副专员的戴化章，也专门来了柳林镇一趟。在一个千人食堂门前，他看到社员们十人一桌地围坐一起，大盆吃菜，大口嚼馍、大块吃肉、大碗喝汤，高兴得眼睛里都漫上了水雾，他喃喃地对怀宝说：“我们当初起来拎着头干革命，就是为了让人们吃饱吃好过上舒心日子。”

戴化章临走时拍着怀宝的肩膀说："干得不错，不要骄傲，县上已决定调你去当主抓农业的副县长，近日可能就要任命，你可不要辜负人民的期望！"怀宝听了这话，脸上虽是一副惶恐神色，心却因为高兴差点冲到胸外。副县长？这可是他一直在心里暗暗向往的位子。难道就真是归我了？这可就等于过去的知县啊！怀宝读过书、看过戏，知道一个知县坐轿的威风和权力！一个县几十万人，难道几十万人的耕种吃喝，今后就全归我管了？……

当晚怀宝回家给爹娘说了这个消息后，娘担心得连声说："你能行？不行趁早给人家辞了，免得将来出祸！"爹却一声不吭地在屋里踱步，半晌之后才猛地抬头朝怀宝娘叫："真是头发长见识短，七品，懂吗？县官是七品，你儿子要当七品官了！而你却在这里胡唠叨，还不快去拿酒？！"

晚饭后，怀宝心情畅快地出门向双耿家走去，双耿既是自己的朋友又是副镇长，这消息应该让他知道。再说，怀宝还有一个隐秘的打算想同双耿商量，一旦他到县上当了主管农业的副县长之后，他想把双耿调去当农业局局长，这样干起工作来就比较放心。他从这些年的实践中已经明白，当一个领导干部，手下必须有一帮完全听你话的人，不然你的意志就很难贯彻。双耿这人虽常向自己提些不同意见，但一旦怀宝决定下来说必须办，双耿就不再言语，认真协助办起来。这种不玩花招让你知道他的真正心思的人，才真正可靠！

双耿在家，在看一张报纸，旁边坐着正奶孩子的姁姁。见到他来，都起身让座，自从双耿和姁姁结婚后，怀宝就没再来双耿家，怕的是见了姁姁想起旧事尴尬，他早听说姁姁已生了孩子，他原以为生了孩子的姁姁会像镇上大多数奶孩子的女人一样，变得头发蓬乱面色苍白衣履不整，没想到一见之下竟是一怔：姁姁竟还是那样水灵可人，凡是呈现在怀宝眼里的部位，都显得丰盈光洁。而且服饰素净雅致，透出一股让人舒心的妩媚。

姁姁起身去里间床上放孩子，怀宝扫了一眼她的背影，那饱满的分成两半的臀部让他陡然想起当初手抚在那弧形的柔软臀尖上的美妙感觉来。这一霎，一股对双耿的嫉妒又爬上了心头，这么美妙的一个女人，竟完全归他所有了。

姁姁给他端来一盅茶，在接茶盅的当儿，他瞥了一眼姁姁的脸，想发现她看他的目光中有些什么内容，但妁妁的目光早已晃开，根本没有看他。

最初的几句寒暄过后，怀宝用自豪的语气，把要调县上工作同时希望双耿也去的事讲了出来，双耿听罢还没表态，妁妁在一旁已冷冷开口了：“双耿不去！”

“为啥？”怀宝有些意外，他原以为妁妁会因为进城高兴。

“官当到何时是头？俺们不想离开柳林镇！”妁妁眼斜向屋角，声音很硬，当初她含了苦痛狠心对怀宝爹说了不同怀宝结婚的话以后，她估计怀宝肯定会再来找她解释恳求的，没想到他就势作罢再不见自己一面，他的心好狠哪!

“这倒也是，我不是当官的料，一个副镇长就够我干的了。”双耿也轻声附和。

怀宝略略有些着急，倘是双耿真的不去，一时很难找到像他这样可以不用提防的助手。看来，这家里现在说话算数的是妁妁，得先把她说通。他于是改用恳切温和的腔调：“叫双耿和我一块去倒不是图做什么官，主要是我俩熟，到一个生地方好互相帮忙，我想妁妁总不愿看我一个人在县上做难受罪，我真要是有个病病灾灾，双耿也好给我点照应，妁妁你说是吧？妁妁！”

怀宝这几句满含感情的“妁妁”一喊，把原本压在妁妁心底的对怀宝的那种依恋又喊了出来，她呼吸变得不匀且颊上开始洇红，她经受不住他这种带了恳求的声音，她因为气恼而变硬的心在这种恳求声中霎时变得柔软无力。

“我不管，只要双耿愿去。”她飞快地瞟了怀宝一眼。

“你呢，双耿？妁妁可是已经允许！”

“那就去吧。”双耿望着自己心爱的女人笑了。在这一刻，怀宝忽然判断：妁妁一定没把自己当初和她的那些事说给双耿！倘是说了，双耿决不会笑得这样满足……

（二）

县政府礼堂里座无虚席。全县所有的生产队队长和各公社主抓农业的领导和县农机、农科站的干部全部坐在这里，准备聆听新任副县长廖怀宝关于农业生产大跃进的报告。

九时整，怀宝手拎一个皮包准时出现在主席台上，怀宝在掌声中向人们点头微笑。他今天的打扮十分讲究，他已按县城干部中流行的发式，把原来的平头留成了后拢头，黑亮的头发讲究地向后梳去，这使他身上平添了一种稳重和成熟。他按县城一些男青年的做法，把白衬衣塞进腰带扎起来，衬衣最上边的那个扣子不扣，两袖稍稍挽起。他的身材原本就很挺拔，这样装束便显出几分潇洒。他专门买了一块雪白的手绢，把它叠好塞进裤子口袋，在讲台上就坐之后先把手绢掏出，仿佛十分随意地按了按鼻子，这才开始说出第一句话：“同志们”，一种文雅的风度便显了出来。今天他是第一次同下属们见面，他要给他们留下一个很好的印象。给下属的第一印象很重要，他要觉出你窝窝囊囊不可敬不可怕了，你休想让他今后顺顺当当落实你的话!

他没有去看讲稿，而是双眼直盯着他的听众讲话。他已把讲稿熟记在了心里，为了准备这个讲话他用去了三个白天三个夜晚。一定要征服听众！他从县政府办公室主任那里借来的那本《领导人必读》上知道。讲演能力对于一个领导者十分重要，它可以增加你的魅力和威信，很多国家的元首和领袖都很注意锻炼自己演讲的本领。为了把今天的报告做好，他曾面对墙壁把讲稿背了两遍，尔后把农业局局长双耿找来，让他做一个听众又听了两遍，并要他把听出的毛病全向他指出来。

讲得很成功!

这从听众的眼睛中可以看出，每一双眼睛中都有一点新奇和意外，农业工作的报告往常都比较枯燥，但今天的不同，怀宝知道，这一点要感谢爹爹从小逼他读的那些诗词、散文和史书，他在讲深翻土地、选种密植、田间管理时，不断地加上一点有趣的东西，他最后是用自编的一首诗歌结束报告的：

人间跃进一句话，
土地老爷都害怕，

我说亩产一千斤，
他说你还可再加！
种的高粱高又大，
戳进天宫一丈八，
织女开窗来相望，
碰了一头高粱花。
……

掌声雷动。在人们徐徐散去的时候，几个女青年手拿着日记本向他跑来，为首的一个娇笑着喊：“廖县长，请把你刚才念的诗给俺们写在本子上做个纪念！”怀宝高兴地接过她们递来的笔和本，流利地写着，写字是他的拿手好戏，姑娘们接过本子一看他那近似钢笔书法字帖似的行书字迹，又相继啧啧地称赞：“哟，廖县长的字写得这么漂亮！”在姑娘们欢笑着离开他时，其中一个鸭蛋形脸蛋的漂亮姑娘以极快的动作把一个纸条塞进了他的手里。他懂，他没有立刻去看，只是淡淡一笑。自从他来县城上任之后，不算机关里那些愿当月老的人介绍的那些姑娘，单用这种办法大胆追求他的漂亮姑娘，连今日这位已是第五个了。他慢腾腾地将纸条撕碎，他忽然记得很久之前爹阻止他和姁姁结婚时说过的那句话：“天下漂亮姑娘多的是！”

是啊，多的是……

（三）

听到那种敲敲停停停停敲敲的顽皮敲门声，怀宝就知道是县豫剧团的晋莓来了，他笑了笑，推开面前的报纸，叫道：“还不快进来？！”

晋莓便笑着推门跑进了门槛，把手上捧着的一张绿豆面煎饼送到怀宝嘴边叫：“快，快吃，还热着哩！”

怀宝于是伸嘴咬了一口，同时也把晋莓身上的香味吸了一股到肚里，边嚼边美美地舒了口气。

晋莓是怀宝在县城里众多的求爱姑娘中最后选定的对象。他所以选定这个豫剧团的红演员，除了她长相漂亮之外，还因为这姑娘在身个和脸型上略略有些像昫昫。当然，因为晋莓年轻而且受过表演训练，她和昫昫又有许多不同，她的那双眼睛不像昫昫那样文静沉郁，而是充满顽皮，双眸灵动飞腾，不时把千种风情万种娇媚向四下里抛掷；她走起路来也不像昫昫那样轻手轻脚如风吹弱柳，而是胸凸臀摆袅娜娉婷，十分招眼。

“香吗？”晋莓又倒了一杯水递到怀宝手里。

“香！”怀宝笑望着晋莓，在心里再一次把她和昫昫做了番比较。她一点也不比昫昫差，上天没有亏待我！

“哟，天都县玉米亩产都六千斤了？！”晋莓这时瞥了一眼报纸惊叹道。

“是呀，如今是大跃进的年代，什么样的奇迹都会出现，我们都要跑步迈进共产主义的门槛！”怀宝边说边走到晋莓身边，用手拍了一下晋莓的肩膀，意味深长地笑笑说，“好了，我们不说那些大事，我还想喝点更香的东西！”

“啥？”晋莓一时没有听懂。

怀宝抬手摸了一下晋莓的嘴唇：“装糊涂？”

晋莓明白了，脸倏然间涨红，忙垂了头说：“那你把灯拉灭。”

灯灭了，但窗外的月光却一下子溜进屋里，悄然而惊奇地瞧着怀宝把晋莓抱放到腿上，把水杯朝晋莓嘴边递去，晋莓喝了一口，却不下咽，只待怀宝的嘴接近自己的唇，两个人的嘴相挨时，只听怀宝嗞嗞嗞又香又甜地从晋莓的口中吸那些水。三口水吸罢，怀宝扔开了杯，一下子噙紧了晋莓的舌尖尖。

一阵长得没有尽头的吻。

他开始去解她的衣服，这还是第一次，他估计她会委婉地反对，但她没有，她只是轻轻地哆嗦了一下身子。

当他把她脱得通身银白时，他把脸朝她柔软的腹部埋去，那一刻，他再一次体验到了一种快乐的自豪：“我想要什么，便都可以得到。爹，你说得对，一个人只要有了官位，他就会拥有一切。”

（四）

双耿又一次抓了抓自己的头发，把目光投到那张《中原日报》上，用眼睛把头版头条消息再次逐字过了一遍："农业跃进捷报频传——天都县今年玉米产量大放卫星，平均亩产六千斤——省委省府领导接见天都县长进行嘉勉。"

四五根寸来长的黑发被他从头上抓掉，飘落到了那条消息里，这是第三遍！短短的一条消息，他已经读了三遍。可能吗？双耿家住柳林镇边上，家有三亩祖传旱田，世代都靠这三亩地生活，双耿的父亲是一个种田好手。双耿自小在田里干活，知道父亲那双手是如何精心侍弄那三亩地的。但就是这三亩地，在最好的年景里，亩产玉米也不过一千多斤。不知天都县的玉米是如何种的，竟然能亩产六千！

这张报纸是怀宝刚才亲自拿来让他看的。双耿刚刚从乡下检查秋收回来。他本来还为今年的玉米产量高兴，他今年抓田间管理抓得很紧，他也很想做出成绩，让怀宝高兴，也让人们看到，他这个农业局局长不是白吃饭的，他在几个生产队里估了一下产量，亩产不会低于六百斤。他刚进屋时还为这个数字高兴，现在一看报纸，方知应该脸红，两下相差太远了！

他默默地回想着怀宝刚才说的话："……双耿，今天郑书记和钱县长把我找去，专问今年的粮食产量，说别处都在放卫星。唯我们默默无闻不声不响，可不能不敢想不敢做，在思想上右倾啊！……双耿，我们刚来县里工作，头三脚踢不开，这位子可不好坐呀……"

他又揪了一把自己的头发，怎么办？得去取取经验，看看天都人究竟是怎么种的，或许真有什么秘方！但六千斤玉米粒需要长在多少株玉米上？一亩地能种那么多株玉米？心里晃着的那团怀疑使他的眉头紧蹙，他那张年轻光洁的额上一时出现了几道横纹。

"双耿！"姁姁挎着菜篮忽然由门外慌慌地进来，声音紧张地喊了一句。

"咋了？"双耿起身，从姁姁手中接过菜篮，诧异地问。双耿来县里当了农业局局长后，把家也搬了来，姁姁如今在书店卖书。

“知道吧，县里的工业局局长刚才让关起来反省了，上级让他年底以前炼出两千吨钢，他说他没办法炼，人家说他右倾！”

“哦？”双耿打了个轻微的寒战。右倾？！谁发明的这个罪名？仅仅因为工作无法达到上级希望的目标，就要给戴上这个帽子？如果以后我在粮食产量上达不到上级希望的数字，也会得到这个罪名吗？他的心不由得一紧。

“他爹，我有些怕。”姁姁这当儿在双耿身边坐下。如今人们干什么事都说大话，俺们书店卖的那些书中，净是些喝令三山五岳开道之类的句子，而你，又不是个会说大话的人。

“唉。”双耿叹了口气。他再一次想起了天都县的玉米亩产，六千斤，能吗？会吗？但愿这不是大话。

看见丈夫心情也不好，姁姁又紧忙劝慰：“你也不要太担心，大不了咱们还回柳林镇。”

“这倒也是。”双耿轻轻抬手去抚妻子的头发，我家世代没当过官，我也从没想到来当官，不行了咱就还回去种田。我这辈子有了你和咱们的儿子，我就挺知足……

（五）

“看嘛！我这条裤子行吗？”晋莓将刚换上的那条卡叽新裤往上提了提，在怀宝面前转了一圈，好让丈夫欣赏。两个人是七天前举行的婚礼。

“嗯，嗯。”怀宝眼望着妻子，目光却缩在眶里，含混地应了两句。

“怎么了，你？”晋莓对丈夫的冷淡有些生气，声音提高了，同时三下五除二地褪下了那条新裤，上床钻进被窝里。

“噢。”怀宝被妻子的高声惊得一震，忙扭过身去轻抚了一下晋莓的额头，轻声说，“你先睡吧，我因为工作上的事心里有些乱。”

他心里是真乱，是吃惊、意外、不解和茫然掺在一起的那种乱。双耿下午由天都县参观回来，刚才来向他汇报，说天都县的玉米高产其实是假的，他已经看破了他们玩的把戏：先说假话，虚夸产量，然后在仓库里做名堂，在粮囤下半部填上麦秸草，麦秸草上铺一层席，席上才盛玉米粒，给人一种囤囤米满，仓仓粮丰的感觉……

假的？！怎么可以如此造假？为什么呢？

是农民自愿要造假的么？是他们想证明自己种粮的技术高吗？不，不可能！他们知道产量高交的公粮也要随之增多，他们不会去办这种傻事！

这样做假虚夸对谁好呢？对农民无半点好处！对县里干部呢？好处已经可以看见，他们上了报，出了名，今后可能会更快地晋升。对省里干部呢？也可以证明他们的领导正确，组织跃进得力，将来可以受到中央的表扬。

这就是说，这样造假，至多是引起农民不高兴，其他引来的后果都是高兴，专区的干部高兴，省里的干部高兴，农民不高兴有什么不得了的？他们至多不过是三几人凑在一起嘀咕嘀咕罢了，他们不敢对造假干部怎么着了。干部是上级任命的，只要上级高兴就成！农民们嘀咕得多了，可以吓唬！

一般的农民都经不了吓唬，用右派、反革命、反三面红旗这样的帽子稍稍一吓，他们就会闭嘴，就会老老实实，甚至还会替你掩护！胆小怕事是农民的本性，很少有人敢公开指出当官的不对。

这就是天都县领导敢于造假的原因吧？

本县怎么办？天都县可以造假你就不会？当然，也不能乱造，只说某一社的产量放了卫星，这样可以让一般人摸不着头脑；放卫星的产量也不能太高，太高了容易让人不信，比天都县略低一点就行。这样差不多就可以上报纸了，各级领导的面子上也可以过去了。

怀宝抽出钢笔，把手中的那张表格在桌子上铺好，仔细地看了一眼表格，尔后把柳林镇人民公社玉米平均亩产570斤的数字，改成了5700斤。

他长舒了一口气，开始脱衣上床歇息。被子掀开时，已经沉入酣睡的晋莓翻了一个身，把雪白柔软的臀部呈现在他的眼里，他心中顿时涌起了冲动……

（六）

双耿默默地看着崔庄几个生产队干部向粮仓的一个个圆形粮囤里填麦草，崔庄是柳林镇公社靠公路边的十几个生产队之一，他奉怀宝的指示，亲自来监督指导他们把粮仓弄好，弄成一幅粮丰仓满的情景。怀宝估计，一旦柳林镇公社玉米产量大放卫星的消息见了报纸，上级和兄弟单位说不定会派人来参观，这十几个靠公路边的生产队将可能是参观的重点，粮仓里必须是一幅特大丰收的景象。

每看见他们向粮囤里填一捆麦草，双耿的眉梢都要火烧似的抖一下，他看出敢怒不敢言的神色就隐在那些队干部的眼角里，但我有什么办法？有什么办法？几天前怀宝把他叫去进行那番交待时，他曾再三地表示他的意见："决不虚夸！"但他那颗善良诚挚的心经不住怀宝的反复劝说："大家都在虚夸，你一人不虚夸能有什么意义？上级喜欢这样做的干部，你不干就会失去领导的信任！我现在是抓农业的副县长，你即使不想干也要看在我的面上去办，再说，出了事也有我顶着，你只当是去执行我的命令就行……"

还能有什么说的？作为怀宝的下级和朋友，双耿不能不默默点头。办吧，就这样办吧，但愿神灵能够宽恕。

"这样行了吧，局长？"一个队干部站在囤边问。双耿走过去看到麦草已快垫到囤顶，就把头点点。那几个人随后开始在麦草上铺一层苇席，接着，便往席上倒玉米粒，玉米倒得与囤顶相齐，让在囤旁一看，满囤都是玉米。全公社所有生产队的粮囤，都是这样满起来的。

叮铃铃，随着一阵自行车铃声，怀宝带着两个县政府机关干部到了仓库门前。"咋样，都弄好了？"怀宝笑问，同时从衣袋里抽出一张报纸朝双耿递来："看看，咱们柳林镇放卫星的事已经上了省报，旁边还加了照片！"双耿的手像被针扎似的向后一缩，但为了不露出什么，又伸手把报纸接过。

报上的消息是头版头条，旁边附了一张怀宝和双耿在一个大粮囤前会见记者时的照片，照片上的怀宝风度潇洒脸含自豪，双耿却有些忐忑不安缩头缩脑。他一看见这张照片，一股巨大的歉疚感就又把他的心攥住，他觉到了一种彻身的疼痛。

“再看看，各县都开始放卫星了！”怀宝用手指了一下报纸的第二版。双耿把目光移去，是的，都开始放了，双耿稍稍放了心，大伙都在这样办，老天爷要惩罚也不会就我一个……

“双耿，昨天接专区通知，专区后天要组织十三个县管农业的副县长来咱柳林镇参观，我们要抓紧准备！”怀宝掏出折叠好的手绢，极高雅地擦了擦脸上的汗，言语中露出一股抑制不住的兴奋。

“是吗？”双耿一惊，双颊慢慢开始发白，心中不安地祷告道：“神灵保佑，但愿别露馅……”

（七）

副专员戴化章是在苑城专区医院的病床上，读到那张刊有柳林镇公社玉米丰产消息的报纸的。他的目光一触到“柳林镇”那三个字，因为低烧而发软无力的身体陡然来了精神，一口气把那篇消息读完。柳林镇的一切，他不能不关心，那里是他转入政界的起点。就是在柳林镇，他脱下军装走上政坛，开始执掌权力；也是在柳林镇，他发现培养了这个极有才干的干部廖怀宝，这是他在内心一直引为骄傲的事情。

他仔细地审视着报纸上附在“消息”旁边的那张照片，照片上的怀宝比过去越加显得有风度了。戴化章眼中显出了笑意，他个人倒不讲究什么衣着风度，但他却希望怀宝有点风度，怀宝能写会说，处事灵活，有办法有魄力，会是一个很好的接班人，能担负更高的职务，他应该有点风度！培养一个接班人不容易，他应该在各方面都令人满意。有人说干部不能靠一个人去发现，接班人不是培养起来的，这是胡扯，一个人再有才，没有另一个人去发现他，他的直接上级不委任他职务，他怎能成功?

看一阵报纸上的照片，他又把目光停在了柳林镇公社玉米平均亩产5700斤这个数字上，这是使他唯一有些不安的东西，这么大的数字！产量会有这么高吗？戴化章自小跟父亲在铁匠炉上学打铁，对种田的事一窍不通，他当初在柳林镇工作时，把主要精力放在镇反和肃反等政治问题上，对生产尤其是对农业生产很少过问。

他的心微微打了一个颤，他想起了最近在各项工作中兴起的浮夸风，专区不论统计什么数字，其中都带了不少的水分，甚至统计各县右派的数字时，有的县为了争第一，也虚报了不少。华县本来有右派四百多人，上次统计时为了争全区第二名，竟多报了一百二十多个，后来专区派人逐个复查时他们慌了，便急急忙忙地把一百二十多个名额分派到各单位，让加班把人打成右派！他上次知道这件事后专门把华县县长叫来，在办公室整整骂了他两个小时。妈的，这些东西！但愿，柳林镇这丰产数字没有虚夸的水分。

可吃午饭时他还是让这件事搅得心神不定，他让护士找来一个家在农村的医生，问他家乡在丰收年景玉米一般亩产多少，那医生说最高时达到七百斤。这个数字又让他心里犯了嘀咕：柳林镇亩产5700斤可能吗？应该问问，问问怀宝，究竟这数字里有无水分！

他起身想去院长办公室给怀宝挂个长途电话，不料刚站起迈了一步，一阵带着金星的眩晕就猛扑过来，一下子把他按倒在了地上……

五

（一）

廖老七手捏香烟仰坐在当院那株榆树下的躺椅上，隔着枝叶的缝隙仰望着银河岸上疏淡的星星，远处的什么地方，有人哼着杨继业兵困幽州时有些悲凉的唱词，喜欢豫剧的他轻声随着那声音哼了几句，但终觉那调门不合自己的心境而很快止住了。

廖老七现在的心境可以用“惬意”两字概括，如今，唯一让他操心的就是如何保护好自己的身体，好好享受享受一个县长的父亲应享受的东西。前天，柳林镇公社的社长专门跑来屋里告诉他：“廖副县长已经被任命为正县长了！”正县，正七品！有这样一个儿子，谁都会去想到长寿享福这些词儿。

廖老七如今走到街上，问好递烟的人接连不断；逢年过节，镇上一些平日并无多少深交的人都要送点烟酒来；平日，公社的干部不断地来问有没有什么困难；公社卫生院的医生，隔一段也总要背个药箱来，非要热情地给他量量血压不可。这种尊重和待遇，老七何时受过？他现在越来越明白父亲临死时说的那些话是多么正确。看来，做官并不在官位本身的俸禄，而在受到的这份恭敬和额外收入。老七读过不少古书，知道自古以来，中国的官俸就不优厚，宋朝以前大体上还可以养家而仍有余裕，元朝以后官俸减得厉害，清朝时，官分九品十八级，一品官的俸银每年一百八十两，每月只合到十几两银子。一个七品县官，每年俸银四十五两，每月只有几两银子。依靠这样微薄的官俸，岂不要喝西北风了！重要的不在官俸，而在官俸之外的这份收入……

为了养好身体，老七现在基本上不再拿笔写字了。每日晨起，拄一根竹杖，去镇边的寨河旁散步；上午，泡一杯毛尖绿茶，和邻居一个老友下几盘象棋；午后小睡，然后去街上遛遛，乏了，回来躺在躺椅上看书。老七专门去镇上中学的图书馆里借来一些诸如《资治通鉴》一类的古书，回来看看想想，以史为镜方可久长。他要给儿子怀宝当个参谋，老七知道当官虽好，但也有险恶，必须多加小心，要时时用历史上的事给儿子一个提醒！

老七这两天就有些轻微的不安，主要是因为粮食征购得太多，公社里的人们有了怨声。老七知道原因是今年的产量说得高了，产量一报高，公粮自然要多交，公粮交得多了，人们吃啥？没吃的自然会有怨声，这怨声眼下还不太高，倘是高到载道的程度，恐怕就要麻烦，就要出乱子。乱子一出，当县长的就可能失了上边的喜欢，这一点得给儿子说说明白，他毕竟年轻，古书读得又少！刚好，儿子领着媳妇晋莓后晌回来看望全家，这正是一个说话的机会，老七原本想在晚饭时就给怀宝说的，不料公社几个干部听说怀宝夫妇回来，来家硬把两个人拉去接风了，到这阵还没回家。

老七又换了一根烟，慢慢地品着，银河岸里的星星又多了不少，地上一个丁，天上一颗星，不知地上的人是不是真和天上的星星一般多，倘是一般多，哪一颗星星是怀宝的呢？但愿那颗星星会越来越亮，越来越大。

外边响起脚步声和儿媳晋莓的笑声，他们回来了。老七坐起身，咳了一声。“爹还没睡？”怀宝拉着晋莓的手走过来问。

“没哪，”老七应道，“莓儿忙了一天，该去睡了，宝儿，爹有几句话给你说说。”老七看着儿媳走进屋去，凑着屋里的灯光，他发现晋莓走路的姿势与往日有点异样，莫不是怀了孙儿？

“爹，有事？”怀宝在爹旁边的一把木椅上坐了。一股酒气飘来，钻进了老七的鼻孔。老七抽了下鼻子，缓缓地开口：“你如今喝酒的机会多了，记住，此物不可多！它有时会使人脑子不清醒，看不到危险，把正事误了！”“放心，我喝不多，不过是应酬。”怀宝答。“那么，你看没看出眼前的危险？”老七的眼睛在黑暗中一闪。“危险？”怀宝的声音里透着茫然。“对。你们把产量报得太高，征购公余粮的任务自然派得重，已经有怨声了。

知道吧，唐永徽三年，青州有县令叫王彤的，征赋太重，引起民怨沸腾，后高宗知悉后，即将县令斩首以平民愤……”

“爹，天不早了，你去睡吧。”怀宝平静地说道，而身子，却不由自主地打个寒噤……

（二）

当闷热漫长的秋季终于把太阳的热量耗尽，冷风开始漫天掠着的时候，饥饿怪兽的狰狞獠牙已开始露出来了。起初只是柳林镇公社的几个大队报告，公共大食堂的存粮已经不多，希望上级给以解决。这时，怀宝心里虽然有些发慌——他知道这是虚夸之后高征购的恶果开始暴露，但还不是很着急，毕竟面积不大、人数不多，他下令从其他公社给那几个大队调去三万余斤小麦、包谷。但当第一场大雪埋地不久，局面严重了，整个柳林镇公社所有的食堂都已没了存粮，告急电话一个接一个。这时从县内其他公社调粮也已经很困难了，因为其他公社夏秋两季的粮食产量虽没有柳林镇公社浮夸的幅度大，但也都有浮夸，上交公余粮后所剩都已不多。怎么办？向上级伸手要粮？如何开得口？大丰产之年竟无粮吃，如何自圆其说？打开国库赈济？谁有这个胆量？

身为一县之长的怀宝，此时是真正地慌了！他一面强令其他尚有不多存粮的公社匀粮救急，一面用电话通知下边，想尽一切办法寻找可吃的东西。榆树皮碾碎可以做糊场喝；麦糠磨碎可以做窝头吃；牛皮、猪皮去毛经开水暴煮后可充饥……所有能想到的办法都用电话通知到了下边。

当太阳经过一冬的歇息，慢慢缓过气来开始发热，地上错错杂杂地出现青草时，饥饿怪兽露出了它整个吓人的身形，遍及全县的粮荒开始了。全县所有的食堂都已经没有存粮，人们全靠吃树皮、野菜度日，大批人身体开始出现浮肿，柳林镇公社个别生产队已有老年男性因饥饿开始死亡。

怀宝此时方知县长这副担子的沉重，怎么办？他开始睡不着、吃不下饭，感到一种手足无措的恐慌。只有向上级真实反映情况了，再隐瞒下去，后果更不堪设想。他找到县委书记，两人边叹息边商量，最后决定向专区汇报饥馑情况。请求上级拨调救济粮。但当通往专区行署的电话挂通后，怀宝揉了揉发烫的脸刚准备说话时，未料接电话的行署秘书长先开了口：“廖县长，我正要找你哩，全地区已有七个县发生了粮荒，我们准备从你们县调出十万斤粮食来救济他们……”“天啊……”怀宝没听完对方的话就呻吟似的叫了一声，他不敢再犹豫，一口气把本县的情况说了出来，说完之后，电话那头出现了一阵长长的沉默，许久许久，对方才说：“好吧，我马上向领导汇报，不过我先告诉你，你们不要对由外地调粮抱太大的希望，这次粮荒是全国性的……”

全国性的？怎么会是全国性的？他昏昏沉沉地回到家，看见妻子晋莓正在由笼屉里向竹筛中拣刚蒸好的雪白的馒头，还好，家里倒不缺吃的，这要感谢县政府的办公室主任，他在刚入冬不久的一天，让人送来了十袋面粉，当时怀宝还嫌保存这么多面粉麻烦，未料到这倒是一种先见之明。来，尝尝！晋莓腆着怀孕几个月的肚子把满满一筛雪白的东西朝他递来，他惊慌地向门外看了一眼，尔后接过筛子快步向里间走去，进了里屋后扭身对晋莓交待。“今后吃饭一律在卧室，不要端到外间，明白？”晋莓先是一愣，随即把头点点……

当天晚上半夜，专区来电话通知：“无力拨调大批救济粮，你们可先从本县的国库粮中调出二十万斤解急。”同时告诫：“加强对国家粮库的保卫，严防抢粮事件发生！”

二十万斤粮食对于一个有五十五万人口的县来说，杯水车薪，能解什么急？不过七天之后，各公社就相继来电话报告：“已经开始死人，死者多为壮年男性。”半月之后的一个半晌，柳林镇公社社长把电话打到了他的办公室里，他一拿起话筒，那惊慌的声音就掉到了桌上：“廖县长，今天早晨，仅柳林镇四条街上，就发现饿死的男尸十一具，女尸五具，如此死法，怎么办？你快给想个办法呀！……”

怀宝长久地捏着话筒，直到对方没有了声音仍在捏着。他的目光穿过对面的墙壁，分明地看见了柳林镇，看见了他熟悉的柳林镇街道，看见了一个个横躺着的尸首，大片的水雾漫上他的眼睛，那些水雾很快凝成水珠……

（三）

当六部大卡车的引擎在十字街口骤停，戴化章走下驾驶室时，第一眼看到的是两具卧在街边的男尸，一具男尸的手中还攥着一把棉衣上的套子放在嘴边；第二眼看到的是一个浑身肿得又黄又亮的青年妇女，拎一个小竹筐，筐里搁一把镰刀，正从一个门坎里趔趄着迈出来，显然是要去剜什么野菜；第三眼看到的是一个浮肿的男孩，正在街边大便，他显然是吃了糠和树皮一类的东西，大便干结得厉害，怎么也拉不下来，他哭着喊了一声妈妈，一个中年妇女出来，手中拿一根一头削尖了的筷子，伸进孩子的肛门里慢慢地拨着，剩下的就是寂静，一种彻底的寂静，不仅没有人的歌声笑声骂声话声，连鸡叫鸭鸣狗吠猪哼都没有，镇子完全如死了一般。

戴化章呆呆地站在那里。前天他听说柳林镇公社发生了严重的饿死人事件之后，慌忙带病从医院出来回到机关，先是要求办公室迅速给柳林镇拨去了救济粮，但办公室主任拿出那张表格让他看了以后他才知道，专区掌握的救济粮已经全部分到了各县，中央拨调的大批救济粮还未到达，到处都需要粮食。没法，他又急忙给在省粮食厅当厅长的一个战友挂了长途电话，恳求他想法拨点粮食，到底是在战场共过安危的战友，听说柳林镇死人死得厉害，当即想法给粮食厅设在苑城附近的一个专供部队的粮库打了电话，拨了五万斤小麦。戴化章随即在地区运输公司要了六辆四吨装的卡车，连夜向柳林镇赶来。在路上他还想着，车到镇上人们会欢呼着迎上来，现在方知道，人们已经饿得连迎上来说话的力气也没有了。

“去，叫各大队的干部都来！”他阴着脸对站在一旁的怀宝和其他公社干部说。戴化章从专区动身走时给怀宝拨了电话，让他也到柳林镇。戴化章想弄清柳林镇这次的饥荒为什么这样严重，怀宝是县长，他应该参加。

没有多久，各大队干部相继来了。戴化章站在他们面前，挨个地盯了一阵他们的脸，尔后冷冷地开口：“我看你们中没有一个人浮肿，这证明你们这些人还能吃到粮食，但我告诉你们，如果有谁胆敢把这些救济粮贪污一粒，我戴化章决不饶他！你们应该晓得，我姓戴的说话算数！现在，你们上车，去挨队分粮，粮分完后你们仍来这里！还有，请顺便转告乡亲们，中央调拨的大批救济粮就要到了，让大家不要绝望，想办法坚持下去！”

六辆卡车分头向几个大队驶去，戴化章眼望着汽车走远之后，无言地走进近处一家院子，怀宝默默地跟在身后。一个十来岁的女孩，正手拿一个早抠去了米粒的玉米棒芯啃咬着嚼着，嚼满一口吞咽时，粗糙的玉米棒芯憋得她流出了几滴眼泪。戴化章无言地站在那里看着，眼泪慢慢地漫出眼眶，顺颊而下……

当六辆卡车陆续返回十字街口把那些大队干部又带来时，戴化章缓步走到大家面前声音沙哑地问：“你们这里为什么会出现这样的情况？你们去年秋季玉米不是获了特大丰收了么？究竟是什么原因？”

人群一片寂然。

“你说！”戴化章指了一下公社书记。

“我们工作没做好。”公社书记嗫嚅着。

“放屁！”戴化章暴怒地跺了一下脚，“你的工作当然没做好，我现在不是问你这个，我问具体原因！你说！”他又指了一下站在近处的一个大队干部。

“我们那里去年的秋粮……亩产……不高……是说得……高了。”那大队干部话语吞吐。

“怎么叫说得高了？”戴化章瞪大了眼睛。

“就是虚报了亩产……我们那儿玉米亩产只有几百斤，但说成了五千七……”

“哦？”戴化章惊得退了两步，“你们呢？你们也是这样？”戴化章那越来越冷的目光在另外的大队干部们脸上一一扫过。

大队干部们都或先或后的把头点了。

“是你们公社干部叫干的？”戴化章猛地扭身抓住了公社书记的衣领。

“不……不是，我们是按县上廖县长的指示——”

戴化章的手一哆嗦，松开了，尔后极缓地转过身，望定了怀宝，冰冷的目光中掺了一点困惑：“你？！”

哗。怀宝分明感到自己的心脏被镰铲那样的东西一下子吊了上去。从戴化章最初从汽车上下来那一刻，从一看到他脸上那副暴怒而痛心的神色，怀宝就担心他要查问造成饥饿的原因，终于，担心的事来了。

“你还有什么要说的？”戴化章的声音变得狰狞无比。

“我——”怀宝一时竟忘了辩护的话该怎么说。

“给我绑了！”戴化章突然朝身后随来的两个干部吼。那两个干部始而一愣，继而上前，用汽车上绑麻袋的一截绳子，将怀宝的双手反绑上了。

怀宝被眼前的这一幕骇呆，这是他第一次看到戴化章性格的这一面。受批评、挨骂、降职，这些后果他刚才都想到了，却独独没想到竟会把他绑了。他被戴化章这种冷酷的处置完全震住，竟一句辩解的话没说就被拉上了车。

“上车，去县城！”戴化章猛挥一下手……

（四）

空气沉闷得令人窒息。

怀宝面向窗口，张大嘴巴呼吸，他知道这种窒息感不是因为空气污浊，而是因为内心的压力。

他刚刚做出了一个重要决定并把它付诸了行动！

从他被绑回县城到关到公安局这间拘留室内，中间不过几个小时，他却觉得仿佛是过了几个世纪。在最初被关进这间屋中时，攫住他全身的只是震惊：戴化章，我毕竟跟你干了一段时间，你竟如此不讲情面？一个县长转眼间就变成一个囚犯，仕途竟这样凶险？接下来，那震惊就被恐惧所代替：戴化章最后会把我怎么样？判刑？一旦真的把我判了，就要临产的晋莓怎么办？倘若把我判得时间很长，晋莓带着孩子怎么生活？会不会杀头？想到这里他打了个冷颤，柳林镇公社饿死了那么多人，这些人的死与自己都有直接关系，法律规定杀人偿命，这么多人饿死会不会要自己去偿命？可能，完全可能！他感觉到有冷汗从脊背上悄悄爬下。巨大的恐惧本能地使他开始思索摆脱这种可怕境地的主意：逃跑？不行！门外就有两个看守！再说，你往哪里跑？检讨！行么？说的是坦白从宽可只要你真的检讨出来，很可能就把那些作为定你罪的证据！推卸？对！不管浮夸的恶果和应负的责任多大，只要推到别人身上，就好办了！往谁身上推？县委书记？不，他并不具体抓政府的工作，很难成立，而且是同级，一旦你往他身上推，他可以向上级表白说明真相，这不会成功的！上级？说是受了省里的影响，说是受了上级要求大跃进放卫星的压力，不，不能，那样领导会更加生气，会对你处理得更重，也许真的会因此而枪毙你！只有推往下级，下级负有向领导反映真实情况的责任，如果他们反映的是假情况，你因此做了什么决定，那责任就应该由反映假情况的下级来负！对！寻找哪个下级？双耿？

他的双腿一个哆嗦，一股冰冷的东西由脚脖那儿升起，蛇一样地往上爬。

双耿是你的朋友！是你最忠诚的下属！你不能！但他是农业局局长，正管这一方面的工作，是他外出参观向你报告了外县浮夸的办法，是他具体去落实的假仓库。只有往他身上推，别人才能相信；也只有往他身上推，你才能推干净！当然，这样做不仗义，不够朋友，别人知道了会说你坏良心，可你又有什么办法？难道人可以眼睁睁看着自己沉进水里而不设法去抓住一个东西？再说这是政界，你是在搞政治，办公室侯主任那次送你看的那本书上是怎么说的？政界里只有下属、伙伴和上级，没有永久的朋友和友谊；所有保卫自己政治地位的努力只有成功不成功之分，没有合理不合理之论！还有，双耿只是个农业局局长，职务低，把责任推到他身上，说不定上级会说他水平差而给以原谅！就这样办吧！

决定一经做出，他即刻向看守要求：“我要见戴副专员！”就在半小时前，戴化章阴沉着脸来到屋里，听他说完了柳林镇公社乃至全县的浮夸风是怎样在农业局局长双耿的操纵下刮起来的；双耿怎么去外县参观，怎么向他建议，怎么亲自去下边布置设假粮囤；他怎么受蒙蔽不知下情……戴化章刚一听完，就疾步走了出去。

他们会怎么对待双耿?

怀宝缓缓伸手捂住胸口，再一次觉得这屋中的空气令人窒息。

（五）

双耿把最后一嘴嚼碎的玉米面饼子塞进小儿子陌儿口中之后，便把眼睛急忙从儿子脸上挪开。他知道，孩子咽完这口之后，还会把一双乌嘟嘟的大眼望定他，盼望再来一口。陌儿没有吃饱！他不敢看儿子的那双眼睛，那晃动的两颗瞳仁似乎分明在说：“爸爸，我还想吃，你为什么不喂？”但确实不能再喂了，剩下的那半个玉米面饼子是儿子明天早晨的干粮，一顿吃完不行。陌儿，就这，你已经比多少农村孩子的处境好了！他站起身，抱着儿子在外间轻轻踱步，陌儿扬起小手，不停地抓他的下巴，他知道那是什么用意，却心酸地不再拿眼去看。唉，竟到了这种地步。眼睁睁看着儿子饿肚。作孽呀！作孽呀！在这一刻，他又想起了去年秋收过后领人去乡下指导农民建假粮囤以应付上级参观的事，他觉出心脏又刀剜似的一疼，急忙用一只手去按胸口。自打那次从乡下回来后，只要一想到这件事心口就疼。当全县范围的饥荒出现，饿死人现象不断发生之后，双耿越加被这负疚之心折磨得厉害，你身为农业局局长，非但没有想方设法去指导农民们正确发展生产，反而要求他们去做假造假糊弄国家，弄得他们屋里没粮锅里没米，使得那些种粮的人竟死于饥饿，这难道不是罪过？还有什么样的罪比这罪大？你得为那些饿死的人负责！负责……

他有些踉跄地抱着陌儿向里间走，想把孩子放到姁姁身边，然后去看看怀宝。自从听说怀宝被抓起来后，他心里的自责变得越加厉害。不，不能把所有这些责任都算到怀宝身上，做具体工作的是我，是我这个农业局局长，如果我当时坚决不搞浮夸这一套，或者把真实情况向县报，向《人民日报》、向中央领导报告，也许这个县的粮荒就不会像今天这么严重，或者根本就不会出现这种情况，我应该负责！再说，怀宝当初把你调来县里，就是为了让你帮他做好工作，如今他被关起来，而你这个得力的帮手却在外边过自由生活，这算帮的什么？应该让他解脱，把所有的责任全揽过来，不要因为这件事把他毁了，不能毁了他……

姁姁还在昏睡，几天前她试着把从树上扯来的一些柳叶掺在玉米糁里蒸饼，为的是延长那少得可怜的一点口粮的吃用时间，蒸了后她先吃，不知是洗法不对还是怎么的，吃完她就拉肚，直拉得浑身酥软没一点点劲，这两天一直躺在床上昏睡。陌儿刚睡到妈妈身边，便习惯而熟练地翻身用手把妈的衣襟撩开，哼哼着把嘴凑上了妈妈的奶头。“陌儿，让妈歇歇。”双耿从儿子嘴里把奶头拔下，看着姁姁那黄瘦的面孔和稀软耷拉的奶子，他心疼得实在不想让儿子再去吮吸她。“让他吃吧。”儿子的抚弄和丈夫的声音，使姁姁从昏睡中醒了过来，她又把奶头塞到了儿子嘴里。

院子里忽然响起几个人急促杂沓的脚步声，正默望着妻儿的双耿扭身向外一看，只见戴副专员和几个不相识的人进了院子，他急忙出门招呼：“是老领导来了，快请进屋。”戴化章脚没动，只冷冷地问：“晚饭吃过了？”“吃了。”双耿感觉到气氛不对，有些诧异。“吃的啥？”声音冷得可怕。双耿原想说吃的是煮红薯叶，后想想自己还有脸向领导哭穷？就答：“玉米面粥。”“你知道老百姓吃的什么吗？”戴化章的眼中露了狰狞，“狗日的，去年秋收之后，是你去柳林镇公社指挥人们设假粮囤的吗？”双耿此时方明白了戴副专员的来意，低了头答：“是的。”

“你那样干是要干啥，是想叫那儿的人都饿死？”

一股巨大的委屈涌上双耿的心，使他也有些生气：“戴副专员，你不能这样说！”

“咋着，嫌老子的话不好听了？”戴化章咬牙向双耿逼了一步，“你知道老子们当初革命是为了啥么，是为了让百姓们过上好日子！可你竟让这么多人饿死了，老子现在就是枪毙你也应该！”

“毙吧！我也不想活了！”双耿心中积聚着的那股内疚、委屈和烦躁使他张口叫出了这一句。

这句话把原本就气恼的戴化章彻底激怒了："狗日的，你以为老子不敢毙你吗？我今天就豁上这个专员不当，也要把你这个说假话祸害百姓的东西毙了！"边说边猛地伸手去随行的警卫员腰中拔手枪，那警卫员见状死死按住枪套不给，同时对其他随行人叫："快把双耿带走！……"

（六）

怀宝走进办公室重新在自己的办公桌前坐下时，心中竟有一种隔世之感。撤职、判刑、杀头，他原以为这三种下场恐怕自己难逃其中一种，未想到事情发展竟这样顺利！今天早晨戴化章去到公安局关押他的那间房里声音温和地说："我错怪你了，双耿已经完全承认所有造假浮夸的行为都是他干的，我已向地委请示了，决定恢复你的工作。当然，你也有责任，你也要从这件事上接受教训，要注意了解下情，不要被那些别有用心的下属蒙住眼睛……"怀宝把心中的狂喜强抑下去，面色沉重地向戴化章表示："副专员，您放心，我一定把这个教训永记在心！"戴化章缓缓拍了拍他的肩说："记着不要背思想包袱，我从一开始就不大相信这些事会是你干的。我的眼还没有瞎，我自己发现的人我心中有数……"

过去了，这场灾难总算过去了！这是怀宝在仕途上遭到的第一次挫折，他这时才有些明白，原来搞政治阶下囚和座上客只差一步，一步！乖乖，倘若没有双耿承担责任，现在遭逮捕进监狱的就是自己，想到这里，他的两排牙齿不由得一个磕碰。

当然，危机现在还不能说已经完全过去，死了那么多人，你又是县长，人们议论起来少不了要说到你的责任，这会使你逐渐丧失威信，失去人们的尊敬。要想法改变这种局面！要想获得威信和尊敬，目前情况下只有两条路子：一个是迅速让老百姓吃饱，让人们觉出你确实有本领！另一个是和人们共苦，让人们觉得你和他们确实贴心！第一条路现在行不通，要想让百姓们吃饱得有大批粮食，得拖到夏季；只有走第二条了：共苦！要让全县人觉得你在和他们一样受苦!

当晚回家，他交待晋莓用榆树叶、灰灰菜和红薯面和在一起做一点窝头，第二天上午，他往县报社打电话约一个相熟的平日很会抓稿子的记者到办公室谈话，谈的是如何禁止浮夸坚持实事求是抓好救灾让农民休养生息一类的话题，谈到下班时还未谈完，怀宝就热情邀那记者：“走，咱们到我家边吃午饭边谈，也好节约时间！”那记者见县长一副盛情便没再推辞，到了怀宝家后，腆着肚子的晋莓就按丈夫前一晚的吩咐，往饭桌上摆了那种用野菜、树叶、红薯面做的窝头，另加一小碟捣碎的辣椒，再就是两碗开水。怀宝指着饭桌歉意地开口：“很对不起，没有好东西招待你，想你不会见怪，待今后丰收了我一定再请你来家做客。”说毕，先抓一个窝头大口吃起来。那记者看见饭桌上摆的东西一阵感动，尤其是见了怀孕的晋莓也在吃这东西，差不多就想掉泪。第二天的县报上，果然就出现了那位记者写的一篇通讯，标题是：县长家也吃菜窝头。报纸刊登的当晚，县广播站又把它向全县广播了一遍。这篇通讯的影响和怀宝预料中的一样，不久，就从各乡干部的民情动态汇报上知道，群众晓得县长家也吃树叶野菜窝头，感动地说：“有这样的县长，我们放心了，将来会过上好日子的！”

这件事后来县政府办公室主任在向专区写的“救灾简报”上也做了反映，戴化章大概是看到了那份简报，有天突然打电话给怀宝：“……好样的！群众就需要你这样的干部……”

过去了，总算过去了，这第一场灾难！今后再不栽这样的跟头了……

（七）

落雪了。

纷纷扬扬的雪花嬉闹着向地上拥去，眨眼间，院子里就如铺了一层白布。坐在室内的双耿便拿了扫帚出门去扫，在他停手跺脚哈气暖手的当儿，他恍然记起，这是第六个落雪的春节了。六年！多快，他已经被撤职贬回到柳林镇六年了！他扭头望一眼那个砖砌的八平方米的传达室，心里竟生了一点惊奇：自己转眼间就在这个小屋里生活了六年？

“爸爸！”陌儿的声音在大门外响起，双耿抬头，看见小儿子披一件蓑衣提一把伞站在大门外，“妈让俺来接你。”

“待你郑伯来了就走，快去屋里暖——”

“快回家吧，我来了。”随了这声音，一个五十来岁的汉子跺着脚上的雪到了大门前。

双耿接过陌儿手中的伞刚要回家，镇政府会议室门口突然传来一个威武沙哑的声音：“双耿，明儿会议室里有会，你要提前把茶瓶里灌上水，不能误事，误了事我可要拿你是问！”双耿应了一声又挪步，但心情却被这番交待一下子弄坏，原先由这新雪飘扬所引起的那点快乐，转眼间消失得无影无踪。刚才那个嗓音沙哑的家伙，在双耿当初在职时，每次见面都要哈腰点头问候，自打双耿被贬，他便常用这种教训命令的口气说话，使得双耿感到一种被侮辱了的愤怒，同时，又勾起了他压在心底的那股委屈。

父子俩一路无话走到位于镇街西头的家。姁姁来接丈夫手中的伞时，注意到他那不快的面色，知道他是遇上了不高兴的事，吃饭时便有意说些有趣的话题。但双耿一直闷头喝酒，一言不发。姁姁知道郁闷伤身，过去每当双耿苦闷时，就想些法子将他逗笑，不料今晚那些法子用尽，双耿还是两眉紧锁。夜色因为纷飞的雪花来得迟了，姁姁将两个儿子安顿睡下之后，屋内还有微弱的白光。姁姁没有点灯，轻步来到丈夫身边坐下，含了笑说：“他爸，我问你一桩事，不知你能不能答出来。”“啥？”双耿吐了口烟。“你说，你们男人，一生在家中要扮多少角儿？”双耿边想边答：“一开始是孙子、儿子，后来是弟弟、哥哥，接下来是丈夫、爸爸，再后来是爷爷、祖爷爷。”

“不全！”姁姁在笑。

“不全？哦，对了，还有公公，陌儿和他哥哥要是娶了媳妇，我就是公爹了。双耿的眉心慢慢舒开。”

“还不全！”姁姁莹白的牙齿在渐浓的夜色里雪花似的一闪。

“还有啥？”双耿停了吸烟。

“再想想！”妁妁笑着。

“噢，还有岳父和外公！假若我有个女儿，我以后还会当岳父和外公。”

“你如今已经扮了几个角儿？”

“五个：孙子、儿子、哥哥、丈夫、爸爸。”双耿忘了吸烟。

“你日后还能扮啥角儿？”

“公公、爷爷、祖爷爷吧。”

“你还有啥角儿不能扮？”

“还有——岳父和外公。”

“你不觉遗憾？”妁妁柔细的声音变得意味深长。

“那又有啥法子？我没有女儿呀！”双耿笑着摊了下手。

“真的没有法子？”妁妁的质问很低且充满了蜜意。

“噢，你！”一阵冲动被这话倏然撩起，双耿伸手把妁妁揽在怀里，猛地抱起她向床边走去。

当双耿激动的身体在温暖的被窝里渐渐平静，头安恬地枕在妁妁的臂弯里时，妁妁用很轻很轻的声音在他耳畔说：“你已经有这么多角色要扮，还不满足？那么希罕一个‘农业局局长’？……”

“不提那些，我该高兴！”双耿满足地轻抚着妻子的腹部……

（八）

吉普车在橙州县城通往柳林镇的沙土公路上不快不慢地跑着，车轮在落了一层雪的路面上碾过时几近无声，引擎的轻响大部被风裹走，车似在白色的湖中移动。这是今年的第一场雪，怀宝望着窗外纷扬的雪花，心中无声地祷告：“下吧，下吧，今年倘再来一场丰收，我这个县长的日子就更好过了！”

“爸爸，老家快到了吧？”五岁的女儿晴儿摇着怀宝的胳膊问。

“快了，快到了。”怀宝伸手把晴儿揽进怀里，在她红扑扑的脸蛋上亲了一口。晴儿把晋莓和自己身上的所有优点全部继承了下来，长得又甜又俏让他非常喜爱。女儿长这么大，今天是第一次领她回柳林镇老家过春节。以往晋莓总是以孩子小路上容易受凉得病为借口，迫他也在县城过节。他知道晋莓这是因为当演员喜欢热闹，不愿把年假放在小镇上过。今年，是经他再三坚持晋莓才让了步的。今年自己坚持回来的原因，是想借过春节这个机会去看看双耿和姁姁。几年了，他一直没有也没敢去看他们，一种深深的歉疚搅得他的心日夜不宁。

待一会车到柳林镇，和家人们寒暄几句，就拉上晴儿去见双耿和姁姁，他们的小儿子好像是叫陌儿，陌儿比晴儿大，七岁了吧？……

未料到的是，车刚一进柳林镇街口，街边突然闪出了柳林镇公社的社长等一群干部，人们鼓掌向车前迎来，有人还点响了一挂鞭炮。怀宝皱了皱眉下车说："我今日是回家过年，又不是什么公事，你们怎么还来欢迎？"

"大伙也是自愿，听说你回来，都等在这儿想给你拜个早年！走吧，先到会议室里坐一坐，同大伙见见面，尔后再回家，我已经给廖伯伯交待过了！"社长笑指着公社的大门。

看见这么多人冒雪来迎，看到街两边闻声围来的人们眼中的敬畏神情，看见晋莓因这欢迎而在脸上露出的激动，怀宝虽然眉在皱着，心中却也高兴！娇美的妻子，俊俏的女儿，崭新的吉普坐车，欢迎的人群，这一切不能不使人高兴。一刹那，怀宝的脑海里晃过了"衣锦荣归"四个字。

走进摆了糖果点心的公社会议室，怀宝和晋莓立刻就被热烈的问候所包围，怀宝正含笑应酬时，门外忽然传来晴儿的哭声，怀宝和晋莓听了这哭声一齐转眼去看，只见晴儿正在院中的吉普车旁抹着眼泪，她的身边站着一个虎头虎脑的男孩。"怎么了，晴儿？"晋莓朝女儿走去。"他不听话，非要摸我们的车不可！"晴儿指着那个男孩哭诉。这当儿从传达室里奔出了手拿一双筷子口中还在咀嚼的双耿，双耿身后跟着手端半碗饺子的姁姁。

怀宝身子一个哆嗦：是他们？！

"陌儿，怎么欺负人家女孩？"双耿厉声训着儿子。"我没有欺负，我只是摸了摸汽车……”陌儿带着哭音辩解。姁姁这时走上前，弯腰将儿子拉开。只是在这时，晋莓才认出了眼前的女人是谁，叫了一声：“姁姁！”

姁姁和双耿朝晋莓和怀宝这边望了一眼，双耿说了句：“廖县长，你们忙吧！”就和妻儿又进了传达室里。

怀宝呆立在那儿，他曾设想了无数个看望双耿和姁姁的方式，却没有一个方式与这相同，他提了提脚想向传达室那边走，却最终没把双脚提动，他没有面对他们的勇气……

（九）

除夕夜吃罢饺子，怀宝正同妈和妹妹、妻子说着家常，整个晚上一直沉默寡言的廖老七突然咳了一声，说：“宝儿，你跟我出去一下，办点小事。”“啥事？”怀宝有些诧异。但老七不再说话，放下棉帽上的护耳，径自走出去。怀宝疑疑惑惑地跟着走到院里，又问：“爹爹啥事？”廖老七慢腾腾地答：“去看一个人。”“谁？”怀宝再问，但老人已出了院子。

大片的雪花还在飘洒，人们白日在雪地上踩出的痕迹，正渐被新雪掩埋；街上空寂冷清，间或有几声啪啪的鞭炮响声。怀宝跟在爹的身后，不知所以地走着，他知道爹的脾气，他不想给你说你问一百遍也白搭。廖老七在前边吃力地踏雪走着，有几次脚下一滑，差点倒下去，亏得怀宝手快，急忙上前扶住。走到街北口时，廖老七才站了说：“我领你去见的这个人是个右派！”

“右派？”怀宝一惊，想起自己的县长身份，“我去见一个右派干啥？”

“他是一个有大学问的人，过去在北京大学教书，打了右派才回到这小地方来。”廖老七捻了一下自己的胡子，“早几天他同我闲聊时说过一番话，是关乎国家大局的事，我想让你听听！”

“让我去听一个右派讲什么大局？”怀宝有些生气。

“咋着了？”雪光中可见廖老七的双眼一瞪，“你当一个县长就一懂百懂了？历史上有些宰相还微服私访民间的一些能人，听他们对国事的议论，兼听则明！你一个当官的，连这都不懂？”

“好，好，去见，他叫啥？”怀宝不想在这雪地里再同爹争论。

“沈鉴。四十多岁了，你不认识。”廖老七又开始移步，边走边嘱咐，“这人有怪脾气，女人也已离婚，见面时你要放下架子，顺着他！”

怀宝不再言语，很不高兴地跟了爹向远离镇街的两间独立草屋走去。门敲开后，出现在面前的是一个面孔清癯衣服破旧却干净的近五十岁的男子。“沈先生，这个是我儿子怀宝，来向你求教的。”廖老七哈了腰说。沈鉴身上的那副儒雅气质和眼镜后边的那双深邃眼瞳，使怀宝把县长的架子不自主地放了不少。他客气地点了点头，注意到这草屋内没有别人，只有锅碗和一张单人木床等极简单的用品，再就是堆在纸烟箱子上的一摞摞书报，床头小木桌上摊的是两本外文厚书。“求教不敢当。不过县长能来我这草庐一坐，我倒很觉荣幸，请坐。”那沈鉴不卑不亢地让道。

“沈先生，我觉得你前天同我说的那番话很有道理，很想让我儿子听听，可我又学说不来，烦你再讲一遍，好吗？”廖老七很谦恭地请求。

“我俩那日不过是闲聊，哪谈得上什么道理，廖老伯太认真了。”沈鉴摇着头。

廖老七向儿子使了个眼色，怀宝就说：“我今天是专门来请教的，请沈先生不要客气。”

沈鉴看了怀宝一眼，怀宝立刻感觉到了那目光的尖锐和厉害，仿佛那目光已穿透了自己的身体。“我是一个右派，你一个县长来向我请教，让你的上级知道了，不怕摘走你的乌纱帽？”

怀宝身子一擂，这句话按住了他的疼处。但他此时已感觉到姓沈的不同常人处，或许他真能讲出很有见地的东西，听听也好。于是他急忙将自己的不安掩饰过去，含了笑说：“今晚咱俩都暂时把自己的身份抛开，我不是县长，你不是右派，咱们只作为两个街邻闲谈！”

“街邻闲谈，好，好！既是这样，咱就算闲谈瞎说。不过，廖老伯，你还是请回吧。虽是闲谈我也不愿我的话同时被两个人听到，一人揭发不怕，我怕两人死证。日后你们父子两个证明我又放厥词可就麻烦了！请老伯勿怪。”说罢沈鉴哈哈大笑。

“沈先生开玩笑了！”廖老七也笑着说，但还是拉开门走了出去。

“怀宝，你在政界做官，对政界的气候最近有些什么感觉？”沈鉴扶了扶眼镜。

“感觉？”怀宝一时说不出，除了感觉到“忙”，他确实没想更多的。

“有没有要出点什么事儿的感觉？”沈鉴的眼眯了起来。

怀宝摇了摇头，他没有装假，他的确没有这种感觉。

“那就罢了，既是如此，我们就不从这里谈起，我们从毛泽东谈起，好吗？”待注意到怀宝神色一变，沈鉴笑了，“不要紧没人会证明我们曾经谈起过他！”

怀宝既未点头也未开口，只摆出一副听的姿势。

“别看他把我打成了右派，我照样认为，他是一个非凡的人。他通晓中国的历史文化，深谙这个社会内部结构和运行规则；他具备出众的组织才能和驾驭手腕，善于处理、调动权力系统内部复杂的矛盾关系；他具有一般党内实干家所不具备的理想主义精神，他尽管出生在韶山冲这一偏僻的山村，但那块土地上却有着楚汉浪漫主义的悠久文化传统。他天生的诗人气质与后天得来的广博知识相结合，形成了他独特的、充满个性的理想。近代中国就需要这样一个人！触目惊心的国耻大辱，愈演愈烈的社会动乱，民族文化的深刻危机，社会道德的沦丧败坏……当袁世凯、张勋等各种权威人物被证明并不能拯救这一切时，他理所当然地从社会底层上来了！

“他掌握了这个巨大的中国之后，便满怀信心地要把他的社会理想付诸实践。这同时，他也像中外历史上所有获得统治国家权力的人一样，时刻存在着三种担心：第一是担心被他领人打倒的旧统治势力的伺机反抗和破坏；第二是担心知识分子对他的社会理想付诸实践说三道四，他知道知识分子总要有一些不同政见，总要对这有看法对那有意见，他们的这种特点在夺取政权时可以利用，在巩固政权时就要警惕它涣散人心的作用；第三是担心自己的战友、同伴、部属中出现不满不理解甚至反对自己治国行为以至想要篡权的人……”

怀宝有些茫然地听着，他不知道沈鉴的这番谈话最后将要到达一个什么地方。

“为了解除第一种担心，他组织进行了镇反、肃反，使这方面的问题基本得到解决；为了消除第二种担心，他组织进行了知识分子改造运动和反右斗争，从而使大多数知识分子学会缄口；对于第三种担心，因当时除了高岗、饶漱石事件之外，还没有发现更多的根据，所以暂时没采取更具体的措施。在这同时，他的改造社会的理想开始付诸实践，他主要办了两件大事：一件是生产资料所有制的社会主义改造；一件是总路线、大跃进、人民公社的推行。后一件完全失败了。这两件事你都是参加者，不用我说你也知道。”

怀宝用一个一闪而过的微笑做了回答，既未点头也未开口。

“他在经济工作中的分量开始减轻，他带着深深的不安退居二线，让刘少奇主持国家的日常工作，这时知识界出现了怨声，他的战友和同伴中也有人开始抱怨。此时，他掌权之初那三种担心中的后两种担心开始变重，他谙熟中国政治理论及中国历史，对大权旁落的政治威胁特别敏感，他有了危机感。赫鲁晓夫否定斯大林的报告和做法使他这种危机感加重了！

“他的危机感加重是有表现的，不知你注意到没有，他开始把意识形态领域和知识分子中的问题看得十分严重。他在六三年十二月和六四年六月两次作了关于文艺的批示，认为文艺界许多部门至今还是‘死人’统治着，已经跌到了修正主义的边缘……这方面的讲话和文件愈来愈多，他估计中央已经出了修正主义。六二年，他在八届十中全会上讲了党内反修问题；前年六月，他在一次会议上又说：传下去，传到县。如果出了赫鲁晓夫怎么办？中国出了修正主义中央怎么办？这个话估计你已知道，我还是听我的一个朋友来信说的。

“他的这些话绝不会是仅仅说说就放那里了，不会的，他一定会采取行动，这个行动的样式和规模我不知道，也不好预测，但有一条我可以告诉你，就是这个行动不会小了！这就是我刚才为什么问你有没有要出事的感觉。”

怀宝震惊地看着对方，他被对方的这个预言惊住了。

“这就是我今晚愿意同你说的！但同时我也告诉你，我今晚什么也没说，明白吗？”沈鉴狡黠地望着他……

（十）

回县里后整整一个星期，怀宝都没睡好觉，他一直在想着沈鉴的那些话，他这时才知道自己对政界大局所知很少，对政治这东西所懂不多，自己以往只能算是有点政治意识。沈鉴说的那些话究竟有无道理他作不出判断。他有时想沈鉴是一个右派，对现实不满，那八成是他所做的一种蛊惑宣传，不必相信。有时又觉得他的预言有些道理，自己应该早做准备，他甚至仔细地回忆了自六一年以来自己所做的主要工作，看看有无把柄落在外边，贯彻“调整、巩固、充实、提高”的经济工作方针，这是按中央指示办的；组织向雷锋同志学习，这是响应毛泽东的号召；开展农村社会主义教育运动，这是中央布置的。每一项工作自己都没乱搞，别人抓不到什么，即使真出了什么事，也没有什么了不得的！

春节后各项工作如常，日子像以往那样过去，不但没有什么大事情发生，相反从专署还传来一条消息，很可能调他去地委办公室当秘书长，秘书长就是副专级干部。这传闻虽未得到证实，但怀宝也很高兴，这起码证明上级对自己的看法不错。

此后他工作更加认真，争取真的能调到地委去。他这时做工作都已是轻车熟路，在一件一件的工作中，沈鉴的那个预言在他脑子中的位置越来越靠角落。正因为如此，他忽略了好多先兆，对许多现象未加分析，直到那个上午来临。

那是一个天空多云的星期一上午，早晨他起来得很晚，前几天他去一个偏远的山区公社检查工作，星期日晚上才赶回家。和晋莓几日不见，晚上上床时事情做得太久，加上几天的劳累，一觉醒来竟快十点，他匆匆洗漱吃了两口饭，就提了皮包去机关，进了机关院远远看见办公楼前有不少人在围着看什么东西，走近方见是沿墙贴了几十张大字报。他当时还未在意，这段日子县里几所中学开始四大，贴了不少学校领导的大字报，这事他知道。他估计八成是学生把那些大字报贴到这儿了，并未就这事产生更多的联想，学生们写点大字报还能算什么大事？直到他从那些大字报中看到一行大字标题："廖怀宝，你这个走资本主义道路的当权派往哪里躲？"他才蓦然把眼睛睁大，才觉得心脏似骤然停跳！这时，他才突然想起，就在他这次去山区公社检查工作前的那个早上，办公室秘书给他送来一个传阅文件夹，上边有一份中央文件，好像是一个通知，说的是进行文化革命的事。他当时因为急着动身，只翻了翻，没有细读，以为文化革命是思想文化界的事，便没在意。莫非这就是那个通知的结果？

他的眼睛在大字报上又看到了县委书记、副书记的名字，看来并不是针对自己一个，而是整个党委和政府，这是要干什么？这不是一桩小事，一般人不敢这么干，他一下子想起了沈鉴的那个预言。

他倒吸了口冷气……

（十一）

晋莓被突发的一连串事件击蒙了：住所的院里院外贴满了大字标语和大字报，三间住屋被翻抄了一个遍，怀宝被剃了光头拉到体育场批斗，剧团里成立的所有战斗队都不让她参加，走到街上随时可以听到人们骂她当权派的"黑老婆"……

过去所有让她引为自豪的东西顷刻间全部消失，她和她一家一下子坠入了社会的谷底。

最初的惊恐过后，她感到的是愤懑，她骂，骂一切翻脸不认她的人。每当她开口骂的时候，怀宝总是害怕地制止她，她于是转而把怒气对准了怀宝："你这个胆小鬼！"经过批斗游街之后的怀宝，脸上是一副疲惫萎靡颓唐之气。晋莓骂罢，又，心疼地上前抱紧了他。

过去不曾想到的压力，在继续向她这个三口之家涌来。这压力中最大的一股来自晋莓自己的家庭。晋莓的父母过去在县城开一间杂货铺，如今是县商业局的干部，两人当初对长女同怀宝这个县长结婚，都是十二分的赞成，而且把女婿作为炫耀的资本。晋莓的妈对女婿和外孙女喜欢关心得更是出奇，三天差不多要向女儿家跑去两次。但这都是过去的事了。如今，这对做岳父岳母的却为有这样一个女婿后悔不迭：先是晋莓弟弟的对象因怕有这个走资派姐夫退了婚，继是晋莓的两个妹妹在学校当不了红卫兵被列入了黑七类，再是晋莓的爸妈被本单位里的人称做了铁杆保皇派。于是一大团怒气就郁积在了做爸做妈的心里。那天晋莓领着晴儿提个瓶子来家想舀点甜酱，甜酱是怀宝平日爱吃的东西，妈每年都做了不少放那里。过去，隔段日子妈总要送去一瓶，这段不见妈去，晋莓就自己来拿。未料刚到屋，妈一看见她手中的瓶子，竟发了脾气："怎么，又是要甜酱？我这甜酱就是给你们做的？吃完了就来，还有完没完？"晋莓先是一愣，见端坐一旁的爸爸也冷着脸，随即就也把眼睛瞪圆怒道："你不给就算，好希罕！过去不是你说甜酱吃完就讲一声吗？"做杂货铺老板的晋莓妈嘴头子厉害："我说过一句话还能管一辈子吗？你们是什么大人物，非要我们伺候不可？"一句话噎得晋莓脸红脖子粗，半天喘不上气，等终于缓上气后，晋莓哇的一声哭了，晴儿也随即哭了。做妈的见女儿哭得那样伤心，心也一软，就上前抱了女儿诉说："我也不是嫌你们来舀点甜酱，实在是为怀宝的事心里憋闷，眼睁睁一个家让他给全毁了，咋办呢？你弟弟妹妹们有他这个社会关系日后的前途咋整？他已经成了走资派，出头的日子没了，眼见你年纪轻轻地拉一个孩子要跟他受一辈子苦，我这心里好受？……"娘儿俩说着说着就哭成了一团。

（十二）

怀宝胸前挂着纸牌向那辆拉他们这些走资派去各社巡回批斗的卡车走时，腿软得已几乎迈不开，这一方面是因为连续几天巡回批斗太累，更重要的是因为今天要去柳林镇。柳林镇，那是他的家人所在地，是他走进政界的起点，是他熟人最多的地方，那里还有让他见一眼心里就发虚的昫昫和双耿，他不愿去，实在是不愿这样回到柳林镇，哪怕去另外的地方再加斗两场也行。

但卡车还是开动了。

车到柳林镇时径直开进批斗会场，会场就在公社门前的广场上。迎上来押他们往台上走的人他大部分都认识，多是公社里的一般干部，春节他回来时也是这些人冒雪在街上迎候，那时候他们一个个笑得亲切真诚好看，如今却一律的满脸冰霜竖眉瞪眼。在这一刹那他又一次想到了“权”这个东西实在太神奇，有它和没它会使一个人在世上的地位完全不同截然相反。杂种！只要老子还有将来，决不会让“权”从手边溜走，我早晚还要把它抓住！

他被押到台上时他听到下边起了一阵骚动，抑得很低的声音不断地撞进耳中：“……那就是廖怀宝！……天呀，过去多威风，如今……这县长也是不好当的……他家祖坟上风脉也许破了……人哪……”

他向台下看的第一眼就碰上了沈鉴的目光。沈鉴抱了个扫帚站在台子一侧，似乎是刚刚扫完了什么地方来的，沈鉴的目光中带了一点笑意。一触到他的目光怀宝又想起了他那个预言，这个人确有眼力！自己将来若有机会，一定要跟他学点东西。

台下响起了口号，批判会已经宣布开始，口号中有“打倒廖怀宝”什么的，接下来有人在念批判稿，他没有认真去听，他对这些已经习惯，但他担心这些会给他的父母家人带来巨大的压力，他不时借整理胸前的纸牌侧一侧身，用眼的余光去搜索家人，家人没看到，却看到怀抱孩子的姁姁。他只看了姁姁一眼，就急忙把目光闪开。他原以为姁姁的眼睛里肯定是一副幸灾乐祸的神情，却未料到在那双熟悉的美目里，只是一种茫然和淡漠，他的心一缩。

因他不断地想用目光寻找家人，原本低下的头不觉间抬了起来，两个看押的红卫兵见状，猛朝他的头和颈上捶了几拳，猝不及防的他只觉两眼一黑，便向地上扑去。在这同时他听到了台下响起一声惊呼：“我的宝儿——”是娘的声音！“娘！”他倒在了地上……

六

（一）

廖老七面孔阴郁地走进公社大院，两只老眼机警地在院内一转。院子里空旷无人。正是吃饭时分，公社干部在食堂陪押解走资派来的县上人吃喝；公社的会议室里，几个与怀宝同时来挨斗的走资派在那里闷头喝着稀面条；会议室旁边那间空房里的一张乒乓球桌上，躺着昏昏沉沉的怀宝。没有人注意到这个伛腰缩背的老人的到来。门开着，他闪身进去，把门掩上。儿子就躺在面前，双眼紧闭，面色蜡黄，头发蓬乱，他简直不敢相信这就是他那个一呼百应令他骄傲的儿子！世道变得这样快？难道我廖家气数真的尽了？不！我不信！他昨天专门去廖家祖坟上看了看，一切如常，坟地中央大楸树上落喜鹊的“凤巢”和树根部那个钻蛇的“龙窟”都如原样，没有跑脉的迹象！

他阴鸷的目光向室外扫了一下，赶忙走近乒乓球台，抓住儿子的胳膊使劲晃了晃，昏沉中的怀宝慢慢睁开眼来。“怀宝，看见我了么？”廖老七压低了声音问。

“爹。”怀宝微弱地叫了一句。

听着！廖老七眼直盯着儿子说：“待一会你要忍住疼，来，把衣角咬在嘴里！”说罢，撩起儿子身上的衬衣衣角朝他嘴里塞去。接着把别在裤带上的一块钉有一排铁钉的木板取下拿在手中，先看了一眼儿子，尔后咬起牙猛朝怀宝屁股打去。怀宝痛楚地低叫了一声：“呀！”廖老七不管不顾，又猛从怀宝的屁股上把有钉子的木板拔下，鲜红的血通过那些钉眼迅速涌了出来。廖老七这时把木板掖进自己裤腰里，开始把怀宝屁股上流出的血用两手一抹，在怀宝的白衬衣上和脸上、胳膊腿上抹开了。接着，又飞快地把儿子抱放到乒乓球台下，又把墙角的几块碎玻璃和半截砖扔到儿子的身边，再把手上的血朝地上摔了几下，这才嘱咐怀宝几句后，匆匆离去。

廖老七刚走到公社大门口，就听到院中有人喊："快呀，快呀，老廖出事了！"

不一会，躲在公社卫生院附近的廖老七，看见几个人七手八脚地抬着怀宝向卫生院跑来。急诊室里的一名医生让把怀宝放在诊台上，尔后把抬送的人以防止把细菌带进室内为名赶到室外。半小时后，那医生满头大汗地出门摘下口罩声调沉重地宣布："你们送来的人脊椎骨骨折内脏出血，需立即住院手术，否则有生命危险！"那负责押解的人中有一个就急忙跑回公社大院向县里打电话请示。一刻后又跑来向医生交待："上边同意让他就地手术治疗，你给我们写个诊断证明就行；他什么时候可以走路了你要报告我们！"那医生就急忙点头写证明。

（二）

娘的棺材由堂屋中向外抬时，怀宝只敢站在厢房门后隔着门缝向外看。娘是那天在批斗他的会场上晕倒得了脑溢血几天后走的。是为心疼自己死的！

没有响器班子，没有鞭炮，没有火纸，更没有花圈。爹和妹夫以及两个邻居抬着那口薄薄的棺材，缓缓向院外走，棺后只跟着低声抽泣的妹妹。

他多想冲出去，扶棺哭一顿，可是不行，他现在必须装成一个脊椎骨骨折卧床不起的病人，倘若他一旦出门让人发现，爹使的这个苦肉计就完了，他就要重新回到批斗台上去。

他一直默站在门后，望着空旷的小院，直到爹和妹夫、妹妹从墓地回来。妹夫和妹妹因怕受到他这个"走资派"哥哥的连累，进院放下抬棺材的家什，便出门回家了。怀宝看见爹一个人在院里枯坐抽着旱烟，一袋连一袋，直到暮色压进院来。

就在暮色渐浓的当儿，一阵踢踏的脚步声响到院里，怀宝辨出，那个模糊的身影是右派沈鉴。“廖大伯，想开点。”他听到沈鉴在对爹说。

“没啥，我能想开。”怀宝看见爹缓缓起身，用烟锅指了一下怀宝住的屋子，“他住那屋，你，劝劝他。”

怀宝坐在床边，静听到沈鉴和爹的脚步声近了，门推开，屋里屋外的黑暗融为一体，看不清沈鉴脸上的神色。谁也没去点灯，三人都在黑暗中坐着，片刻之后，怀宝先开口：“沈先生，你的预言挺准！”

沈鉴的声音仿佛带了笑意：“人们既然心甘情愿地把一个人抬向神坛，就应该接受他从坛上撒下的东西。”他依旧说得不紧不慢，平静异常。

“唉！”怀宝明白他所指是谁，叹一口气。

“不过你别害怕，一个民族躲不开的灾难，一个人倒不是就也躲不开。”沈鉴仿佛是在笑着。

“是吗？”怀宝觉得心神一振，沈鉴上次谈话的应验，使他对他的话不敢看轻，何况，他现在也迫切想知道自己避开灾难的办法。

“毛泽东发动这场运动的目的，并不是与你这个县级干部过不去，你只是一个陪者，你现在所做的只是让人们忘却你就行，人们忘却你越彻底，加诸你的危险就越小！眼下这个办法就好，要让人们相信你已经骨折且有瘫痪的可能，懂么？”

怀宝急忙点头。

“沈先生，这次怀宝要是躲过大灾，我廖家会记你一辈子恩德！”廖老七喑哑地开口，然后转向怀宝，“宝儿，让你摔伤就是沈先生教我的主意。”

“谢谢沈——”

街上蓦然传来几声狗吠。

怀宝戛然噤口。

屋中又只剩下了寂静……

（三）

晋莓走出剧团大门的时候，天差不多黑了，街上的路灯已挤出昏黄的光。心中所受的刺激和下午打扫剧场的疲劳，使她连步子也不想迈。出剧场沿街走几百米，是一座石桥，走到桥边时，她无力地在桥头坐下了。

晋莓望着桥下那近乎凝固的河水，心中又想起了下午的那一幕：下午，她和本团另外几个黑帮一块打扫剧场。舞台上，本团造反派新成立的毛泽东思想宣传队正在排演节目，看着舞台上那些蹦蹦跳跳的演员，再望望自己手上的抹布和笤帚，她的心中憋闷得厉害。

想当初进剧团时，因为她的嗓子和身段相貌都很漂亮，她很快就成了台柱子。每次演戏，只要她一出场，准会有掌声响起。在和怀宝结婚前的那段日子，她几乎每天都要收到男人们的求爱信，那其中有些信让她读后真是心花怒放，促使她最后选定怀宝做丈夫，除了对他的爱慕之外，也是因为县长夫人的生活最引人注目，她愿意自己此生的生活能永远吸引人们的目光。没想到生活会突然来了个颠倒，唉……怀宝……

“嗬，这不是晋莓吗？”一个骑自行车的男子忽然停在了晋莓身边。晋莓抬头一看，认出是县红卫兵造反总司令部的副司令蒙辛，此人早先是县文化局的一个股长，当年也曾是自己的一个狂热追求者。她知道如今不能怠慢这人，忙站起身应了一句。

“是要回家吧？来，我顺路送送你！”那蒙辛边问边不由分说地拉过晋莓，就要她坐在车后座。晋莓见状不好再推，只得坐上。没走多远，车至一暗影处，蒙辛的车把一歪，蒙辛和晋莓同时倒地。吃了一惊的晋莓刚要从地上站起，不想蒙辛这时已麻利地爬到了她的身上，口中一边说着：“可该我来尝尝味了吧？”一边就来撕晋莓的衣服。晋莓被这突然而至的侮辱气蒙了，她用尽全身力气一把将蒙辛推了个狗趴，同时迅疾地从地上摸了一块砖头跳起来叫：“姓蒙的，小心我砸死你！”

蒙辛悻悻地爬起来，讪讪地笑道：“你别凶，如今不是过去，我只要看中了你，你就是我的！我是真心喜欢你，我想你想了多少年了！再说，廖怀宝有什么好，如今不过是一个我随时可以摆弄的东西——”

晋莓没有再听，只是捏紧手中的砖头，转身就走，走出几十步后，才抬手去抹屈辱的泪水……

（四）

一个飘着细雨的傍晚，廖老七正在做饭，忽见晋莓拉着晴儿进了院子。老七脸上笑着，把母女俩让进堂屋后说：“你们先坐，我去看怀宝醒了没有。”其实怀宝那阵早听见了妻子、女儿的说话声，正急着披衣起身要过来相见。老七推门进了厢房看见儿子的激动样子，忙压低了声音说：“你慌啥子！先躺下！我们还不知道晋莓来是要干啥，女人的心像小孩的脸，容易变，这年月不能不防！你要告诉她你是脊椎受伤，不能动！”

怀宝对爹这话有些反感，不过听出有些道理，就只好又躺到床上。老七这才过去喊儿媳、孙女过来，说怀宝已经醒了。那母女便进了厢房看见怀宝躺那里浑身缠着绷带，都扑到他身上哭了。怀宝那刻被妻子女儿哭得心里发酸，也流了眼泪。

在回答了晋莓的一番问询后，怀宝就开始问到晋莓她们母女的生活情况，晋莓哽咽着说：“生活上难点没啥，就是文化局那个叫蒙辛的老去纠缠我。他如今是县造反司令部的副司令，咱不敢不让他登门，可让他登门我又害怕，他总劝着要我跟你离婚，跟他过日子，我听着恶心透了。他说他不达目的决不罢休，我实在是怕出事，便领着晴儿回来，咱们一家人住一起，我也好照应你……”

怀宝听得又气又喜，气的是蒙辛那个杂种，敢欺负我的妻子，狗东西；喜的是晋莓对自己的忠贞。一直站在一旁的廖老七，这会儿脸上的阴云却越来越多，他看见儿子冲动得想要从床上一骨碌坐起，急忙重重地咳了一声。

怀宝听见了那声咳，抬头一看爹的脸色，一怔，将那股冲动压下了。

晚饭是晋莓坐在床头喂怀宝吃的。饭后，晋莓去灶屋洗涮锅碗时，廖老七走到儿子床头，压低声音说："晋莓不仅不能在咱家久住，而且你还要和她离婚！"

"为啥？爹，你疯了？！"怀宝被这话惊得一下子坐起，眼极度地瞪大。

"你想，她是被县城里的造反司令纠缠上的，那司令要是发现晋莓不在县城而住到了柳林镇咱家里，他势必会想法找来的；他要看晋莓还铁着心要做你的妻子，他就不可能不想法来找你的事！如今，一个造反司令，用批斗的方法弄死你一个两个廖怀宝可是如同踩个蚂蚁！要是弄残废，那就更容易！"

"啊？"怀宝被爹的这番分析骇愣在那儿，双唇张开久久没有合上。

"你仔细想想，是要一个女人还是要自己的性命，要将来的前途！他们只要把你弄成残废，你这辈子就算完了，日后就是有再大的官给你当，你也当不成了！而我看这世道是早晚要变的，有乱就有不乱，一旦不乱时，说不定会再让你当县长！我还是要给你重复那句话：'这世上的漂亮女人多的是！'……"

"爹，别说了，你让我想想，求求你，别说了！"怀宝朝爹挥着手。廖老七朝门口走了一步，又回了头微声交待，"既是已经给晋莓说了你是脊椎受伤，躺那里不能动，那你今晚和她睡一起时，可不能做那事，以免让她看出破绽——"

"爹！"怀宝脸红得如流血了一样制止父亲说下去。他感觉到心里起了一股对父亲的恨。

爹终于走了，怀宝重又躺在床上，呆着眼去想爹那些话，尽管有那股对爹的恨在干扰他的思考，他还是想通了爹说的那番道理。蒙辛既是看中了晋莓，不到手他是轻易不会罢手的，有没有别的办法？思来想去也没有。嗨，女人哪，你他妈的为啥要长得引人注目？

晋莓在灶屋洗涮完锅碗安顿好晴儿睡下之后，来到怀宝身边准备歇息。她在丈夫的身边另抻了一床被子，麻利地脱着自己的衣服，怀宝毕竟很长时间没见妻子了，一看见晋莓那雪白丰盈的裸体，怀宝激动得手打哆嗦，以他心中的那股欲望，他是真想翻过身去压到晋莓身上好好揉她一番，但他一想到自己刚下的那番决心，便猛地咬一下舌尖，在尖锐的疼痛中把一口带血的唾沫咽进肚里……

（五）

第二天上午，廖老七把晋莓叫到堂屋，语音沉重地说："孩子，有件事我不能不给你说明白，怀宝被他们打伤了脊椎，医生说他后半辈子要瘫到床上。他不想再连累你，他已经下了决心同你离婚……"晋莓被惊呆在那儿，好久之后才能开口说："爹，他瘫了我养活他，我决不能在这个时候离开他。"老七又急忙摇头："你的这份情意我和怀宝俺们父子都会记在心里，只是你带一个孩子再伺候一个瘫子过日月可是太难；再说他还是啥子走资派，这帽子压到你和晴儿头上可是不轻，就是为晴儿你也该离开他……"

晋莓哭得捂住了脸。这当儿廖老七进屋收拾好晋莓和晴儿母女的东西，拿出来递到晋莓手上说："走吧，全当是为了晴儿！唉！"

晋莓哇一声冲进厢房扑到怀宝身上，怀宝那刻闭上眼睛啥也不敢说，他担心话语里会露出什么。晋莓眼见公公和丈夫都没有安慰自己软下心的样子，再想想自己的艰难想想自己母亲说的那些挖苦话，心真如刀割。但她仍坚持在廖家住着，也就住了三天，廖老七吃饭时就黑着脸，一副要赶人出门的样儿。有天早饭时，晴儿嫌红薯面稀粥不好喝，廖老七就话中有话地斥道："嫌这儿的饭不好就滚回你们县城去！"晴儿被吓哭了，晋莓那刻一怒之下扔下手中的碗，转身拉了晴儿就走。

怀宝在厢房听见妻子女儿哭着出门的脚步声，忍不住跳起身扑到窗前张嘴要喊，口刚张开又被爹紧忙捂住了。

晋莓和晴儿走的当天，廖老七就以自己的名义，给县造反总司令部的副司令蒙辛写了一封信，说明自己的瘫痪儿子廖怀宝决定和晋莓离婚，对她今后的生活不再负任何责任……

那天晚上，怀宝僵了似的仰靠床头，不吃不喝双眼紧闭。哈哈！没了，啥都没了，官职、名誉、家庭、妻子、女儿，什么都没了！奋斗了这么多年，原来如此！当初兴冲冲走进县城，如今孤零零躺到柳林镇，而且让娘为你担忧而死！这一切全因为当官！当官！你为什么要去当官？……

“乾隆二十八年——”不知什么时候进了屋的廖老七这时突然低沉地开口。声音惊得怀宝身子一战，睁开了眼。

“韩州知府赵崇光，因同僚谗害他治河不力，皇上发怒，立刻传旨把他削职为民，并遣往西北不毛之地——

“途中，妻、女、儿相继病死，可怜赵崇光咽苦入胸，忍辱活下去，四年后，谗言破，皇上想起赵崇光，又即封他为河务大臣，总理黄河河务，官职比原来还高出一品。不过半年时分，赵崇光又娶妻纳妾，仆从如云……”

“说这些干啥？”怀宝直直地盯着爹爹……

（六）

一个无月的晚上，双耿带着姁姁来看怀宝，怀宝那刻正在让爹给自己身上的伤口换药，见二人进屋，有些尴尬，一时不知说什么好。倒是双耿先开口：“怀宝哥，伤怎么样？想开点。”边说边蹲下身帮着廖老七换药。怀宝想起自己当初对双耿所做的那些事，想来点解释，刚说一句：“双耿，你撤职时——”话就被双耿拦住：“还说那些旧事做啥？如今看来，那对我倒是一件幸事，若我还在职，这场运动中我不死也蜕层皮了。”廖老七怕两人在这个话题上扯久了对怀宝不利，急忙岔开问：“双耿，听人说你在试种新小麦，可是当真？”双耿就答：“是的，老伯，我培育了几个高产品种，我是种庄稼的出身，不摸弄庄稼急得慌，刚好如今也有空闲，读了点农学书，就在公社院内的空地上做了点试验。只是眼下乱成这样，好品种也无法推广……”

姁姁自始至终没有言语，只是默默坐在一张椅上，偶尔把目光朝怀宝一扫，又迅疾离开，临走时也只是朝廖老七点了点头。怀宝估计，姁姁是为当年双耿被撤的事生自己的气，唉，宽恕我吧。

怀宝这段日子过得倒是安稳，只是从县城传来的有关晋莓的消息令他心碎。最初的消息是晋莓成了造反副司令蒙辛的姘头，后来传说她当上了县毛泽东思想宣传队的队长，再后来又传说她同蒙辛结了婚。这每一个消息都如砍在他心上的刀，要他咬几天牙才能撑过去。

这段日子也恰恰是县城造反派组织对“走资派”批斗最积极最频繁最严厉的阶段，县委齐书记就是在这个阶段被批斗死的，消息传到怀宝耳中时，怀宝浑身陡起一层鸡皮疙瘩，一种由心底生起的后怕使他几夜没有睡熟。

这之后局面开始演变，造反派们开始内讧，并渐渐发展成了武斗，人们都在关心本组织能否在武斗中胜利，“走资派”慢慢被人们忘记。

一天夜里，沈鉴来看怀宝，见他正百无聊赖地翻看那些红卫兵小报，便说：“你何不利用这个机会读书，以后万一有复出机会自会有用？”怀宝觉着这话有理，反正闲也是闲着，何不找点书来读读，也许以后真有用处！在他的内心里，恢复职务重新掌权的愿望一直没丢。

怀宝自此开始读书，他读的书主要是两类：一类是历史上关于政治权力斗争方面的书，这是他从爹爹那些藏在夹壁墙里的旧书中找到的；一类是国内外研究政权更替规律执掌方法方面的书，这是他从沈鉴那里悄悄借来的。读第一类书，使他看到了历朝历代人为维护权力或夺取权力费尽了多少心机使用了多少计谋付出了多少血泪。读第二类书，让他明白了政权形式如何随着人类生产方式的发展而不断变化，懂得了权力执政者应具备的诸样条件。像这样比较系统仔细地读书在他还是第一次，他觉得自己对“政治”这个东西更有数了，对如何掌权更有底了，他渴望尽早返回政界一试。

（七）

怀宝的隐居生活一直持续到县革命委员会成立。革命委员会成立后不久开始解放一批干部，怀宝便也在其中。又过了些日子，“县革委”派人送来了一份通知，说已任命廖怀宝为新建的双河五七干校的副校长，如果身体康复就上任，未康复仍可在家休养。

怀宝读罢通知后心中热凉参半，热的是从今以后，自己也算革命干部而不属“走资派”，压在头上的那顶沉重帽子总算摘了；凉的是党只让当了个干校的副校长。双河原是柳林镇公社辖区里的一个村庄，从五八年起专区在那里办了一个农场，现在兴办五七干校，这里又成了专区的五七干校，去这样一个地方有什么干头？

廖老七从怀宝手中接信看过之后，不声不响请来沈鉴，沈鉴一进屋就双拳抱起说道："恭喜恭喜！"怀宝苦笑着摇头："有什么喜可恭？不过是去农场当个领工！"

"错，错，错！"沈鉴急忙摆手，清瘦的脸上浮出肃穆之色，"这个副校长的位置要用你们官场的术语来评价叫看似'苦差'实是'肥缺'！"

"肥缺？"怀宝一愣，他对沈鉴的判断越来越信服，所以心情一振。

"是的！据我所知，在双河五七干校里的人，全是原苑阳专区苑阳地委的干部，这是一批重要的资源，你去那里工作，若能保护好他们，于国于己，都极有利！"

"哦？"怀宝的眸子一旋，"说下去。"

"你现在在社会上有没有体察到一种情绪？"

"啥？"

"不满！一种不满情绪正像瘟疫一样蔓延。这种不满存在于像你这样被打倒的干部和家庭成员身上；也存在于像我这样在政治运动中受到打击的人及其家庭成员身上；还存在于相当一部分学生出身的红卫兵身上，他们有一种被利用被愚弄的感觉；更存在于大部分的工人、农民身上，他们处于生活资料和生产资料生产的第一线，知道生产已经萎缩到了什么程度，对穷困生活的体验也最真切。因此，他们当然要生出不满。再就是知识分子，这批人一直处在不被信任的位置上，差不多每次运动，都是先拿他们开刀，因此不满在他们身上由来已久。还有，在党内高层领导中，由于毛泽东最信任的林彪的背叛，一些干部对他用人政策的不满开始表现出来。所有这些不满，正在悄无声息地汇合扭集，变成一种躁动的社会情绪，这股躁动情绪是要在政界寻找允许其喷发的代表人物的，这些代表人物将选择合适的机会打开泄阀引导这股情绪喷发出来，从而来创造另一种局面……"

怀宝浑身骤然一冷。

“怕么？”沈鉴的眼机警地一瞪。

怀宝急忙摇头。

“那一天一旦来临，那股不满情绪在政界的代表人物是要有所动作的！现在还很难预测那动作的具体内容，但有一点可以肯定：现存的局面必须根本改变！”

怀宝的眼瞪得滚圆。

“而要根本改变眼下的局面，首先需要有干部，现在台上的干部大部分不能完成这个任务，那就需要另一批干部，这另一批干部就是过去被打倒的那一批，就是现在双河五七干校劳动的那一批，包括你自已！你想想，假若你当副校长保护了这一批干部……”

怀宝没有再听下去，他的目光已透过墙壁，飘向十二里之外的双河，但愿沈鉴的这次判断仍然正确，命运，你已经折磨了我几年，你应该给我一个重要机会……

（八）

戴化章拄着铁锄喘一阵气，待喘息变匀，才去裤腰上摸出那个装了凉井水的玻璃酒瓶，拔了塞子，往口里倒了一阵凉水。心里觉得好受些了，他这才抬头去看太阳。太阳就要当顶了，可分给他锄的这亩玉米才锄有一半，他不敢再歇，完不成任务怕又要挨田头批斗，忙弯了腰挥起铁锄。太阳的温度是越来越高了，仅仅几分钟之后，大串的汗珠便又从他消瘦多皱的脸上涌出。他没有停，也不敢再停。

戴化章做梦也没想到，身为副专员的他，有朝一日会被拉到柳林镇双河干校锄地。锄地他倒不怕，自幼就干惯了活，尽管因为这些年有病身子虚弱干一会就喘得接不上气，但干活他能忍受。他就是觉得委屈。我戴化章自参军到现在出生入死任劳任怨对共产党从无二心，为什么要对我这样？毛主席呀，你老人家究竟是怎么回事？

太阳的温度在继续升高，他再一次觉到了头有些晕，便停了锄，又去摸裤带上拴的那个玻璃瓶，他刚刚喝了一口凉水，背后突然传来一声冰冷的低喝：“戴化章，你又在偷懒！”

“没，没。”戴化章慌忙扭过头来，一看见是他们这个学员队的副队长，心立时一沉。

“没？”那副队长讪笑着走近前来，“没有你怎么才锄到这里？嗬，你干活时还敢喝酒？！”他边说边猛从戴化章的手中把那个玻璃瓶夺过，“啪”的一声摔碎到田埂上。“不是，那不是酒！”戴化章急忙辩解。“你这个死不改悔的东西还敢犟嘴！”他“啪”地打了戴化章一个耳光。脾气暴躁的戴化章双眼一下瞪大，将目光中的愤怒向他砸来。“你瞪什么眼？”他扬手啪地又打一个耳光，戴化章被打得身子一晃倒在了地上。此时，几十米之外的田埂上，默默站着新任副校长廖怀宝，今天是他到任后的第一次田间巡查。他已经看出了那挨打者是谁，但并没有立刻赶过去劝止，他先是感到惊异，在他的印象中，戴化章一直是个威风凛凛的领导，可现在一个普通管理干部竟然随意打他的耳光。唉！我们每个人都有命定的劫数，戴化章，为了你曾经羞辱捆绑过别人，你也尝尝这耳光吧！

就在怀宝要抬脚向前走时，忽见戴化章摇摇晃晃地又从地上站起来。瞪了眼嘶声问：“你为什么打人？”“我打你了，怎么着？”那副队长双手叉腰站在那里嘲弄地反问。但他的话音未落，只见戴化章忽地抡起手中的铁锄，径向那副队长的腰部砸去。怀宝只听噗的一声闷响，那副队长便重重倒地滚了起来。怀宝被惊呆在原地，那一霎他又想起了戴化章当年挎枪出现在柳林镇街上的威武形象。这当儿，跟随那副队长一块来的一直站在一旁看热闹的另外两个工作人员，已冲上去扭住了戴化章，边叫骂边在他身上乱擂。

怀宝快步上前高声喝问：“怎么回事？”那俩人闻声凶凶地扭过头来，待看清是新任的副校长，才大声解释：“这家伙竟敢行凶打我们队长！看我们揍死他。”说着就又动起手来。这时围观的学员们只默默站一边看。戴化章早已被打得满嘴是血遍身是伤，但他执拗地站在那里并不求饶。怀宝冷冷地对那两个管理人员叫道："算了，现在打死他算是轻饶了他，把他带回校部，看我们怎么惩治他！"那两人闻言住了手，悻悻地弯腰抬起仍在地上滚动呻唤的副队长，走了。

（九）

夜色将双河干校完全罩起的时候，怀宝手捏一个纸片，匆匆向临时关押戴化章的那间平房走去。门口负责看管的一个青年为他开了门，刚迈过门坎，墙角就响起一个喑哑愤怒的声音："要杀要剐快动手，老子活够了！"

"不杀也不剐，但要关你六个月禁闭！"怀宝说着扬了扬手中的纸片，这是校领导的决定！

"廖怀宝，看到我们曾经在一起工作过的面上，给我拿点老鼠药来，我实在不想活了！"戴化章的声音带了哀求。

"想死？"怀宝缓缓走到戴化章身边，猛将一个荷叶包放到了他的手上，"好吧，给你！"戴化章有些意外地打开那包，里边露出的是两个温热的馒头和切成片的酱牛肉。"你？"戴化章的嘴唇开始哆嗦。

"吃吧，吃完了再说。"怀宝在他面前慢慢蹲下身子，压低了声音责怪道，"为什么只想到死？你要死了，那在苑城的嫂子和孩子们咋办？你怎么不替他们想想？"

两滴浑黄的泪水，开始在戴化章的眼眶里晃动。

"告诉你，关你禁闭的决定是分别说服几个校干部做出的。"怀宝的声音压得更低，"你的身体不是有病么？我要你用这段时间把身子彻底养好！外边的这个看守是我特意挑的在咱柳林镇长大的小伙，心眼儿不错，他从明天起会给你送吃的喝的，你每天吃饱喝足之后，就是休息。有外人来时，你要装出读语录反省检查的样子，后边的小院里可以散步、晒太阳，还可以听听广播节目什么的。"怀宝说着，又从口袋中摸出一个袖珍收音机放到戴化章的手里。

“怀宝——”戴化章的声音里带了硬咽。

“老领导，”怀宝轻轻拍着他的肩膀，“我是你带出来参加工作的，没有你，就没有我今天的一切，就让我用这个法子来对你做点报答吧！”

几滴泪水从戴化章颊上滚下。

“这苦日子也许不会很久，国家这么乱下去不行，早晚需要你们这些老干部……”怀宝低低的劝慰渐渐变成了自语，他又想起了沈鉴的那些话，但愿他的那些话能够再应验，但愿起用老干部的那一天能够到来，但愿我的心机不是白费！

（十）

太阳正在缓缓西沉。风从远处正掰穗子的玉米地里刮来，带有一股微微的新粮的香味。几只鸟儿在暮空中上下翻飞嬉戏。

戴化章禁闭不过两个多月，他原本虚弱的身子已完拿恢复正常，脸上已很有些红润，走路再也不发软再也不觉无力。两个多月来，他得到了最好的照顾，中间虽开几次批斗会，但廖怀宝每次都借口说他头晕怕出危险，使得批斗的时间很短。他吃的除了供应的那份之外，还有怀宝让人偷偷送来的各样东西。这一切都应该感激怀宝！没有他！说不定自己早被批斗死。感激老天爷让我在柳林镇发现这个小伙！今天是我四十八岁生日，倘若此生还能重新工作，头一个任务就是要向上级推荐这个小伙……

咳！看守在门外发出了信号：有人来。他急忙走进室内，坐下摊开了那本毛选。门开了，从熟悉的脚步中他辨出来者是怀宝，忙欢喜地站起。“老领导，我记得今天是你的生日，对吧？”怀宝笑微微地说。“哦？你还记得这个？”戴化章心里一阵感动，他哪里晓得，怀宝是从看守嘴里听说的，而那年轻看守又是从他的自语中知道的。“你在这干校里还有哪些朋友？”怀宝问得一本正经。“朋友嘛，”戴化章不知他问这何意，略一沉吟，“老黄，就是地委的黄书记；老霍，就是地委的霍副书记；老艾，就是……平时要好的就这么几个人！”“好，你稍等！”怀宝听罢走出门去，径去校部见了校长，说他琢磨了一个斗臭戴化章的好法子，叫“禁闭室小型对揭会”，主要让他当初在台上的老搭档来当面揭批。校长点点头说好，怀宝便去给各大队打电话，通知当年的黄书记、霍副书记、艾专员、孟副专员和古部长速到戴化章的禁闭室去。不一会儿，五个干校学员便老老实实战战兢兢地来到了禁闭室门口，怀宝严肃地领他们走进屋去，屋内一灯如豆，五个人看见戴化章坐那里却都不敢随便开口招呼。戴化章乍看见几个老朋友一齐进屋也有些惊异，屋里出现了短暂静寂，怀宝就在这时低低地开了腔：“今天是戴副专员的四十八岁生日，他很想邀你们这几个老朋友来喝一杯，我便用这个法子把你们请了来，来，拿住杯！”怀宝从口袋中掏出几个小酒杯给每人手中递了一个，尔后又从门外的暗处摸出一瓶葡萄酒给每人的杯中斟满。戴化章已从惊愕中醒了过来，此时低声嗬嗬一笑，说：“感谢怀宝一番好意！”含泪把怀宝如何设计救他让他在此处疗养的事情说了一遍。众老友看看戴化章脸上的健康肤色，才知其中无诈，释了怀疑，才激动地相互碰杯喝酒。三杯酒喝罢斟第四杯时，怀宝说：“刚才那三杯是你们为祝贺戴副专员生日喝的。这第四杯，是我这个下级敬你们这些老领导的！你们过去是我的上级，现在还是我的领导，从今往后，只要我廖怀宝在干校干一天，我就要想法让你们少受一天折磨，你们如果生活有了什么困难，只需巧妙地告诉我一声就行，我会尽力办！同时请你们放心，即使一旦出了什么差错，我廖怀宝一人承担，决不会让你们受什么连累！来，喝！请接受一个下级和部属的一点敬意！”长期遭受呵斥、批斗、打骂、侮辱的这些当年的领导者，都被这番饱含感情充满敬意和热爱的话语搅得心里发酸，一时间每人眼中都有泪光在闪，几只酒杯当啷一碰，酒液便和着感激和激动咽下肚去……

（十一）

气候转变的征兆到底来了，一个阳光灿烂的上午，艾专员接到了“省革委”命令，要他立即赶到苑城任生产指挥部的副指挥长。几个朋友在戴化章那里为老艾送行，大伙希望怀宝也去参加。怀宝心里生出了兴奋，老艾的复职是不是一种信息？一种要起用老干部的标志？不管怎么着，老艾复职了，这是自己投资的第一笔收获！几年来，怀宝不仅保护了戴化章，还以照顾病人为由把地委黄书记的爱人从另一个农场调到了这里，让他们夫妻得以团聚；他把霍副书记的两个孩子安排在柳林镇的工厂里当了工人；用巧妙的办法推荐艾专员的女儿上了大学……

他把这一切都视为投资！自然，政治投资和商业投资一样，也要冒风险，也正由于此，他获得的感激也就越大。艾专员当了副指挥长，这是一个好兆头！

“快来，喝三杯！”戴化章、艾专员几个人亲热地围上来，把酒杯捧到了怀宝面前。艾专员激动地握住他一只手，声音颤颤地叫：“怀宝，没有你的照顾，我这把骨头许已埋到这双河干校了，从今往后我们就是最亲密的朋友，我回苑城后，你若在生活上需要什么，尽管开口！……”

怀宝轻轻地摇着头，微笑着说：“我什么都不需要，只希望你保重身体！”而他心里却在叫：“我别的回报都不要，我只要一个满意的职务，我是在仕途上跌倒的，我还要在那里爬起来！……”

（十二）

哀乐是清晨开始在柳林镇街上的大喇叭里响起来的。廖老七一开始并没辨出那音乐的性质，走到门外时他听出了这音乐的异样，如咽似泣，他有些惊异：出了什么事？随即，他从喇叭里听到了那个消息，他那浑黄而机警的眼珠一个惊跳：他死了？

那个曾经给他这个贫苦之家带来过幸福的人死了？他缓缓地走回到住屋，朝着墙上那个庄严的画像，“扑通”跪下了双膝，呜咽着叫了一句：“你老人家不该现在就走，我儿子还在干校里，正等你——”

他蓦地记起沈鉴的那些话，心中打了个寒噤：莫非这同时也是一个机会？会发生什么事吧？会再出现那么一个人，再给我廖家带来福气？他慌忙又向那画像作了一个揖，口中喃喃道："求你老人家原谅我的不恭之想，我实在是替我的儿子着急……"

廖老七的祈祷有了回音。调怀宝去地区报到的电话很快来了。

自从那显赫的四个人被批之后，怀宝心里就断定，自己的生活就要有一个变化了！两个月前，戴化章随最后一批老干部返城工作之后，他心中对这一天的到来更有把握！

干校的校长似乎也从这则通知中感受到了什么，今天早晨执意要给他派一辆吉普车送行。会是一个什么消息在等着？恢复原职？外调别县任职？上调专署、地委当局长、部长？……

车在他的七思八想中驰进苑城。他有些不安地走进地委办公室，那值班员听完他的自我介绍后便很客气地告诉他："黄书记和戴专员正在等你，请跟我来！"怀宝尽量放轻脚步跟在那人的后边，他忽然莫名其妙地想起曾经在一本书看到的一句话："有时一个人的命运在几分钟内就可以决定，历史在决定人的命运时通常很吝惜时间！"

一间办公室的门开了，黄书记和戴化章几乎同时看见他又同时起身含笑向他走来："怀宝，你知道，'文革'结束了，积重难返，百废待兴，我们的民族已到了危亡的边缘，人民迫切希望我们党扭转局面，党需要经过考验的干部……"黄书记一字一顿地庄严说道。怀宝眼一眨不眨地盯住他的双唇，恨不得钻进他的嘴里把他后面要说的结果看个明白。

"……考虑到你在'文革'中的表现和你的工作能力及水平，地委决定调你来地区任常务副专员……"

怀宝的心脏先是骤然一停随即又猛地加速跳动，他用了全身的力量才算把心底涌出来的那股狂喜压下去，平静地表示了态度："我很感谢组织上和老领导们对我的信任，只是我担心自己水平太差，难以胜任！"

"我们相信你会干好的！好了，先不说这些，走，去老戴家，今天中午他请客，我们边吃边聊。"

"这……"

“走吧！”一直微笑着坐在一边的戴化章用拳头捶了一下他的肩膀，“你在干校照顾了我们几年，今天中午，该我们照顾一下你了！今日你不喝醉就休想离开！”

走出办公楼时怀宝才第一次注意到，今日的天蓝得纯净可爱，一切都很美好！

（十三）

在橙州县委招待所吃罢晚饭，怀宝说他想去看个亲戚，避开了随行的几个干部，径向县府家属区那个熟悉的小院走去。他这次带着地委工作组到橙州，任务是了解揭批查情况和领导班子建设状况，下午一进城，生出的第一个愿望就是去看看晋莓和女儿，十年没见了，现在的晴儿该已经长成一个很高的姑娘了吧？

县城比以往干净多了，但街两边的房屋墙上，偶尔还可以看到漆写的标语：橙州县委要向无产阶级革命派交出权力！……怀宝无声地笑笑，权力真是一个极好的东西，人创造出它实在是一桩很大的功绩，它转瞬间可以使人步入天堂，也可以转瞬间使人沉入渊底！怀宝边走边漫无边际断断续续地遐想着。他戴着一副墨镜，不想在这种非正式的场合让人认出。明天，县里要召开干部大会，他要在会上讲话，那时，人们会向他鼓掌欢呼的。

他心情轻松地敲了敲门，晋莓把门打开时问了一句：“你找谁？”他笑了笑，没应声，直盯了她的脸看，她那张早先漂亮的面孔已经有了衰老的痕迹，眼中也少了神采。晋莓这时才认出了来人是谁，惊得“哦”了一声。

一个面色颓唐的男人正仰在沙发中吸烟，怀宝估计这就是那个蒙辛。杂种，爷们来看你的下场了！他冷冷地盯了对方一眼。那蒙辛一怔！接着呼地一下跳起来叫：“是老县长，哦不，是廖副专员来了，快坐！”

怀宝稳稳地在沙发上坐了，微笑着环视这房间里的东西，他看见了那张宽大的床，一股尖锐的疼痛立时从心区那儿传出来——他仿佛已经看见赤身的蒙辛和晋莓在那床上滚动……

“晴儿在家吗？”为了抑制心中的疼痛，他转身问晋莓。

“她已经上了中学，住在学校里。”晋莓的话音很冷淡。

“廖副专员，我想知道组织上对我如何处理？”蒙辛这当儿一边恭敬地给怀宝递烟一边问。

“这个嘛——”怀宝故意拉长了声调，他注意到蒙辛的脸上现出了紧张。“关起来是一种，回原单位劳动改造是一种，开除公职后遣去山区也是一种，就看问题的性质和你的态度！”

“我在运动中是真心想做一个无产阶级革命战士的，我希望能够……”蒙辛的话里带了哭音。

“要相信组织！”怀宝打了一句官腔便站起了身，现在应该走了，去学校看看晴儿，这个屋子已经没有什么看头和想头了。

晋莓和蒙辛送他到了院门外，蒙辛停步的时候晋莓还跟在他身边走。怀宝听着晋莓的脚步声，心中暗暗揣测：她要说点什么？要求复婚？关于晴儿的抚养费？为蒙辛求情？……终于，她停了脚步，声音平静地问：“廖怀宝，你的脊椎不是断了吗？”

“噢，是……当然……”后来治好了。他没料到她会忽然问起这个问题。

“嗬嗬嗬。”晋莓笑了，笑声出奇地冷，“我在想，你什么时候才能对人说句真话呢？”

“你这话是什么意思？”

“你的脊柱从来就没受伤！”晋莓的眼一下子瞪了起来，脸上现出了仇恨。

“谁……谁说的？”怀宝有些慌。

“一个女人！”

“女人？哪个女人？”

“一个很了解你的女人我的姁姁姐姐！怎么样，吃惊了？晋莓把嘴角高高斜起。过去，我很少听说过一个男人会把自己的妻子朝别的男人怀里推；后来，我总算见识了！”晋莓咬着牙说。

“你别误会——”

“我误会什么？我只想告诉你一句：你干的这个行当有点像我们演戏，有上台也有下台！”晋莓说罢，猛然转身走了。

怀宝被惊呆在那里……

七

（一）

怀宝在常务副专员的位置上很快就熟练地干了起来。上级来了文件，自己加几句“此件很重要现转发你们”等，马上转发下去；上级来了电话指示，立刻再用电话通知到各县市；去上边开了会，回来再照样开个会贯彻下去，并不要费多少脑筋。此外，怀宝还注意抓住两条：一是吃透戴专员的心思，他已经越来越意识到戴专员对自己的重要，自己的每一次提升，都是因为他的提议。自己工作的好坏，应该以戴专员是否满意高兴为标准，他不满意高兴，你做得再多也是白搭。二是抓好宣传，怀宝和省各新闻单位驻地区的记者们以及地区的报纸、电台、电视台的记者们关系都处得很好，这样就保证了自己做出的任何一点成绩甚至一个举措，都能随时宣传出去。你的工作成绩再大，不宣传出去不让上级领导知道不也是白干？

怀宝如今的生活条件也变得越来越好。他一人住一套三室两厅的单元房，煤气、暖气、电话、太阳能热水器样样都有，白天出门有车，晚上娱乐有电影、豫剧。吃饭更不成问题，上边省里来人指导工作，周围地、市来人办事，办公室要招待，他是单身，刚好作陪。每当他在宾馆里那漂亮的旋转餐桌前坐定，看着满桌的山珍海味，接过女服务员递来的喷香的热毛巾去擦脸时，他差不多都要想起过去和爹爹一起，在柳林镇邮局门口摆一个破旧的条桌代人写信的情景。他十分喜欢追忆往事，为的是好跟眼下的安逸加以对比，这样越比就越觉得舒心幸福。

一年多以后，他把父亲用丰田轿车接来同住。他原也打算把晴儿接来的，但晴儿执意不来。接父亲那天，父亲感叹地说："过去的知府大人，至多是坐八个人抬的轿……"

日子多好啊！

当然，有时候，他也感到了孤寂，那是他在忙完一天工作回到宿舍的时候，那时他会不由自主地想到女人，一种隐秘的对女性的渴望会从心中升起。工作中他接触到的女人很多，他知道如今找个女人成家很容易，但他也认识到这可能是自己的最后一次婚姻，在处理时必须凭理智而不能凭感情，这次婚姻必须有利于自己在政界的发展而不是相反。

机关里不断地有人来给他介绍对象，其中只有两个引起了他的重视，一个是宣传部新闻科一个搞新闻的姑娘，工农兵大学生，人长得和晋莓当年一样漂亮，而且文章写得好，名字不时在报上出现，这样的姑娘结婚后会是工作上的一个好帮手；另外一个是计划生育办公室的一位科长，是个没有孩子的年轻寡妇，也才二十八岁，貌相比新闻科的那位姑娘要略逊一筹，但她有一个哥哥在给省里一位书记当秘书，这一点让怀宝不能不重视。怀宝知道在今天的政治生活中秘书是无冕之王，领导人的决策很多都要依赖秘书。秘书对一个人有了恶感，这个人的提升命令就很难在领导人那里通过；秘书对一个人有了好感，那个人提升时就比较容易。戴化章年纪已大，离退休已经不远，自己应该预先再找一个靠山。省委书记的秘书不能小看。

对于这两个女人，怀宝在感情上更愿要第一个，又漂亮又是黄花姑娘，总比一个寡妇有味；但在理智上他又倾向于第二个，毕竟前途重要。如果靠她哥哥的帮助能在政界再有一番发展，再登几个台阶。那咱这一生也算辉煌了。其实人生就是一个登台阶的过程。一个人不论他从事什么职业，都有一长溜台阶等着他去登。你做工，就要顺着一级工、二级工、三级工这些台阶登；你教学，就要顺着助教、讲师、副教授、教授这些台阶登……没有人不需要登台阶，你就是什么也不干，是女人，你要顺着女儿、妈妈、奶奶、祖奶奶这些台阶登。既然登台阶对人不可避免，而且谁登得高谁就受尊敬，那就不能责怪人们为寻找登台阶的工具所做的努力。我此生从了政，政界的台阶又特别难登，我为此去寻找一根助登的拐杖不能说是不光明！……

怀宝思虑来思虑去，最后还是理智占了上风，决定要第二个，也就是那个寡妇!

因为是再婚，怀宝不想把结婚仪式弄得很张扬，况且他知道这种事太张扬了容易引起人们反感，会损害自己的威信。喜酒只办了一桌，除了媒人和岳父岳母之外，他只请了戴化章夫妇两个。

新娘的名字很好听，叫夏小雨。不过办起事来可不像下小雨那样悠悠缓缓，而是风风火火泼泼辣辣。新婚之夜，小雨乒乒乓乓打开她带来的两口木箱，把三种规格的男用避孕套和两种型号的女用避孕膜以及说明书都啪啪扔到怀宝的面前说："你愿用哪一种你自己挑。你不想避了让我避也行，反正咱不能一上来就要孩子，我还想过几天快活日子！"这种非常坦率的举动和话语令怀宝一惊，不过他也只能笑笑说："我来用吧。"

新婚之夜过得倒是很尽兴，小雨不愧是在计划生育办公室工作，对做这种事懂得很多，一切都是她来引导，怀宝失去了当初同绹绹、晋莓做这事时的那种主动权，快活倒是快活，他总感到少了一种味道……

（二）

婚后不久，怀宝便催妻子小雨领他去省里拜见她那位秘书哥哥，小雨也想把自己的新丈夫领去让哥哥看看，两个人便很快动身了。

小雨的那位秘书哥哥显然很高兴妹妹又成了家，很满意妹夫的长相、谈吐和身份，对怀宝很亲热。怀宝和这位秘书虽然年龄不相上下。但他每逢开口必先叫哥，叫得那位秘书很舒服，两人谈得很投机。当怀宝把话题扯到政界扯到下边的人才上边很难发现时，秘书哥哥笑笑说："不要操那些心，你先在下边好好干，以后自会有人发现你。"这句允诺让怀宝心里很熨贴很快活，以致当晚睡觉时又搂住小雨亲了好久，心上觉得要了小雨这个小寡妇还真是值当。

怀宝和小雨临离开省城和秘书哥哥告别时，秘书哥哥又透露了两条消息：一是今后用干部，要看他能不能坚持改革开放并在改革开放中做出实绩；二是苑城地区要撤区改市，苑城变为省辖市后，戴化章可能要来省里工作。

怀宝和秘书哥哥握别上了火车，在车轮的铿锵声中，他一直在思索着这两条消息。看来，自己也必须赶快行动起来，尽速在改革中亮出几手，自己前一段一直担心改革开放的政策会变，犹犹豫豫不动手，甚至跟着别人喊了几句发展市场经济是搞资本主义的话，如今看这是失策！既然改革的风刮大了，你就不能不动，否则风头就会让别人出了，好处就会让别人占去。可是怎么改革？改革什么？作为副专员，改革哪一点才能迅速引起众人注目引起舆论关注引起领导重视？精简行署的机构？这是个敏感问题，倒是容易引起上边注意，但这里边会有风险，不，不能改这个。那么就先抓引进人才？这桩事倒可以办，用优厚的条件引进外地的人才！凡来苑城工作的各类科技人员，除安排住房安置子女入学就业外，外加五万元安家费。这是一件保险的事，被引进的人才都会感激自己。而且五万元这个数字也会使新闻界感兴趣，这件事自己一抓就会上报纸……

苑城改成省辖市后戴专员上调，这对自己又是一个机会，自己是常务副专员，如果在引进人才这项改革中有了成绩和声誉，加上戴专员的举荐，再有姻兄在上边的活动，未来的苑城市长应该是自己的！……

火车正把两边的田野快速地向后扯去，怀宝望着车前方一块迅速移近的开满金黄色的花朵的油菜田，强抑住心中的快活想：在前方等待我的，一定也是这金黄色的东西，倘是这一个目标实现，爹定会更高兴，便会说省辖市的市长相当于过去的巡抚或道台。道台大人！他倏然间想起豫剧舞台上的这个称呼。哈哈哈……

怀宝无声地笑了。

一直坐在旁边望着窗外景色的小雨，看见丈夫笑得开心，以为是车窗外的美景感染了他，便也欢喜地说："这景色多美啊！"

"多美啊！"怀宝顺口接了一句，但他很快又沉浸在自己的思索里……

火车正飞也似的向前奔去……

《十月》1994年第1期发表
《小说月报》1994年第6期转载
《中篇小说选刊》1994年第3期转载
《中华文学大观》1994年第5期转载

紫雾

世上事难说难解处太多，比如这柳镇丘洞的喷雾，就很有些怪。

柳镇西有一石丘，方圆二百来米。柳镇位南阳盆地中心偏南，四周平川，独这石丘突兀，就已见怪。更怪的是丘上还有一洞。投石入内，从下闻落底声；洞壁光滑生苔，从无人下去过。洞内终年吐一缕白雾。无风时，升腾如柱，高可凌空；有风时雾柱弯而不断，或成三角，或成方框，或成圆环；下雨下雪时，雨点雪花，在离雾柱一两米处，会自动消失，干活人想避雨雪，只需往雾柱旁一站，雨点雪花就决不沾身。这还不是其最怪处，最怪的是丘洞有时会突然喷出一团发光耀眼的紫雾，且在喷的同时发一闷重声响，似喊似叹，令人心惊。每逢这时，柳镇人就有些发慌，喷出紫雾的当晚，镇上肯定要出祸殃，或人伤人亡，或人疯人痴，或见血见泪，或见火见水。

多年来镇上的诸多祸事，都是在丘洞喷出紫雾后发生的。别的不说，单是镇上周家和龚家的那几桩事，哪一桩不是如此?

周家和龚家是北街对门的街坊。

周家传至周龙坤他爹这代，已很是破败。周龙坤长成半大小伙时，书自然是读不起，就给一家茶馆挑水。挑水这活要说挺重，一天几十担水，井在镇外，往返折合几十里路，但龙坤身壮，且天性爱唱爱闹，依旧活得快活，常常站在井台上，抹一把汗，亮开嗓子唱柳镇男人们常唱的《娶媳妇》：“小伙子今年一十八，嘴上的胡子快黑了。媒人媒人啊你听着，给说个媳妇来家吧！媳妇进门你不要慌，先要磕头拜花堂。拜完花堂你不要急，轻轻拉她进洞房。进了洞房你不要忙，接下来还要闹新房……"

他十九岁那年，龚家开鞭炮烟花作坊发了，要雇伙计，每月给六升包谷、八升高粱。周龙坤觉得干这比挑水强，就进了龚家作坊。

龚家几代都做鞭炮烟花，不过只勉强糊口，直到龚老海这一代，才慢慢兴旺起来。那时候刚好北京城里热闹，一会儿这个当总统，一会儿那个坐金殿，换一个头头传一道令：放鞭炮烟花庆祝！所以邓州府和柳镇地界，就鞭炮不断响，烟花不停亮。这一来帮了龚老海，他的鞭炮烟花作坊便日趋红火，雇人多时能达七个，一天能做五百响鞭炮二十几挂、大小烟花十几筒。不久，龚老海就盖起了一溜七间带前廊的大瓦屋。

那瓦屋坐东朝西，屋基是请邓州城里的阴阳师定的。据说那阴阳师在龚家住了三天，三天夜里阴阳师都看见一对白老鼠在龚家院中的一块空地上又跳又叫，于是就把房基定在了那片空地上。定好后阴阳师对龚老海说："住这屋准定家发财旺，只是人丁上怕要女多男少。"龚老海想了两天才下决心：盖！只要不绝种就行！那瓦屋盖得可是排场，四个角全用青石板砌成，四面墙上的青砖都是一尺见方，房子进深有三丈，一色的杉木檩条柞木梁。房子盖好，领头的瓦工夸下口："包住五百年！"这话还真不假，七八十年过去，如今那房子仍是砖没走缝、檩没变形，在柳镇一直是最为气派的。

龚老海当年把这七间房子留下两间一家人住，其余五间当了作坊。宽大敞亮的作坊里整天忙忙活活，裁纸的哧哧啦啦，糊烟花泥筒的噗噗唧唧，试放鞭炮的乒乒乓乓，闹得半条街都不得安宁。龚老海跟他爹学到了祖传绝招，因此他家的鞭炮质量可靠，哑炮特少，响炮脆响，最小的也像枪子叫，倘在院子里放，带一点瓮声，能震得人耳朵疼；他家的烟花品种繁多，燃着后有的梨花、桃花交叉喷，有的既涌"黄金"又涌"白银"，也有的先喷火树一丛再喷青竹一竿，还有的喷出的珠花一会像牛一会像人。所以龚家作坊吸引的买主越来越多，南起襄樊，北到宛城，东达信阳，西至商洛，都有鞭炮烟花贩子远来购货。

周龙坤进了龚家，龚老海分派他卷炮筒。鞭炮制作一共有七道工序：配药、裁纸、卷筒、装药、试放、编挂、包装。龙坤分在这道工序里，就和裁纸的人紧挨着干活。那裁纸的就是龚老海的闺女絮儿。絮儿也已十六七岁，长得很是耐看，眼睛黑明瓦亮，鼻子葱白，小嘴，两根粗辫子耷拉到了腰上，高挑个，模样在镇上是数得着的。这絮儿爱嬉闹、爱说话、爱唱歌，她只要一到姑娘群里，不是胳肢这个一指头，就是捶打那个一拳，再不就是两片薄嘴唇不停地同女伴们逗着笑，有时还压低嗓子唱几句《娶媳妇》：“帐子掀开沉住气，要把被褥铺仔细。床头摆好鸳鸯枕，慢慢抻开红绫被……”把姑娘们羞得格格格地闭不拢嘴。她平日被爹逼着在作坊里裁纸，身边雇的人都是四五十岁的男的，很少跟她搭话，她便总觉着闷。周龙坤一去，她自然高兴，因为两家住对门，她和他自小就熟，知道他也爱闹、爱说、爱唱，和自己对脾气。

周龙坤学卷炮筒学了七天，七天后他就可以单独干了。那时候卷炮筒没有机器，就是一条长凳，卷筒的人坐在长凳上，手中拿着一根光溜溜的小木棒，俯着在凳上卷，做多大的鞭炮，就用多粗的木棒，纸筒卷好，用浆粘罢，抽出木棒，一个炮筒就算做好。干这活不重，所以龙坤常常边干活边和絮儿扯东扯西，扯到高兴处，两人就一齐吃吃地笑。龚老海因为专管装药，在隔壁的屋里干活，也就听不见絮儿和龙坤的嬉闹。

龙坤虽然调皮，可手艺上也不马虎，卷炮筒越来越熟，最后熟到不用眼看也能卷得又瓷实又整齐又快速，这样就能腾出眼睛看着絮儿和她闲扯。那絮儿是站在一条木案前裁纸的。因纸分两种，一种粗纸，一种彩纸，分别摆开了，而且因鞭炮大小不同，裁的纸宽度不一样，也要分别摆开，所以她不能坐，总是在木案前来回走动，扭动着纤长柔软的身子。周龙坤手上卷着炮筒，嘴上同絮儿说着话，眼睛随着絮儿那凹凸有致的身子来回转，这样转着转着就转出了毛病。偶有一日，他把目光盯牢絮儿那圆突突的臀上，絮儿回首，二人眸子一碰，当啷一声就迸出了火星。

两人这样地相处下去，就越来越热。絮儿说，她想用指甲花染染指甲，龙坤听后就跑到河堤上，到处去掐指甲花。絮儿说，她真想捉一个斑鸠来养着，龙坤就到处爬树找鸟窝。絮儿说，我太想吃个野甜瓜，龙坤就跑到田埂上，把那些野瓜秧翻了个遍。絮儿对龙坤也越来越心疼。龙坤家饭食差，他又正是贪吃的年纪，总是不到晌午就叫肚子饿。絮儿就常常揣个白馍在兜里，趁没人时塞给他，让他三口两口吃下去。龙坤十冬腊月没袜子，光脚穿双旧棉靴，絮儿看见，就偷偷拆了自己的一条衬裤，给龙坤做了双棉袜子。龙坤冬天手上老裂口，絮儿就在家里给他偷偷割来一块腊猪油。在作坊里，絮儿裁纸裁累了，龙坤就说："我来试试这裁纸刀！"龙坤卷炮筒卷得腰有些疼，絮儿便上前讲："我卷一阵你看看！"如此一来二去，两人就离不开了。龚老海整日忙着照顾作坊，依旧未留意絮儿和龙坤的关系。

到了次年夏天，有天傍黑收工时，龚老海买来的一车鞭炮纸运到，龙坤去扛，扛时因怕汗湿布衫，就光了脊梁。纸扛完，龙坤自然浑身是汗，肩头上还粘些纸屑，絮儿看见，就有些心疼，那会儿屋里刚好没人，就上前用自己的手帕给他擦肩背上的汗和纸屑。擦着擦着，一股柔情泛起，就耐不住用手抚摸起龙坤那又黑又宽的肩来，而且笑着捏捏他的胸肌，低声说："肉真瓷实！"她这一抚一捏，龙坤先是身子一个激灵，跟着就猛地转身，一下子把她揽到怀里，一只手不由分说就撩开了絮儿的衣衫摸了上去。这个界限一过，两个人此后就越发热了，热着热着是更加胆大，有天后晌，和他俩同屋干活的另外两个卷炮工出去有事，屋里只剩下了他们，两人就又忍不住了，他们掩上门，不敢插栓，怕插上引起别人疑心，门一掩上就又抱在一起。站那里抱着亲还嫌不够，龙坤胆大包天，还敢把絮儿平放在裁纸的木案上，他倒不是想干出格的事，而是图摸絮儿的身子方便。絮儿后来给会掐字算命的老五奶奶说，她一仰躺在裁纸的木案上，就看见屋梁正中爬出两个白老鼠，两个白老鼠各叫一声，就又缩回了头，她当时觉着怪，可嘴被龙坤的唇堵着，说不出话。不过半袋烟工夫，忽然门被推开，龚老海一下子走了进来。也是活该出事，龚老海平日这个时候根本不进这个屋的，偏偏他那天想起要来看看炮筒还有多少，门猛一被推开，絮儿就一下子坐起身来，要是周龙坤当时脑子灵醒，两手赶紧缩回，然后编个借口，比如说絮儿晕了什么的，差不多也可以糊弄过去，因为龚老海刚推开门，猛一下还不能看清屋里的东西，可偏偏龙坤那一阵被吓呆，身子一动不动，一只手还放在絮儿的两条大腿中间。这下完了，龚老海一看清这个场面，就"嗷"的一声冲了过来，抡拳就照龙坤的脸上、胸上、背上、腰上捶打。那龚老海卷鞭炮出身，力气大得吓人，周龙坤哪经得起他打？再说龙坤也不敢还手，他心里早就把龚老海当成了岳父。不一会，龙坤便被打得在地上乱滚。絮儿一开始被骇愣在那里，坐在裁纸案上一动不动，龙坤在地上滚动才使她醒过劲来，她一下子跳下木案，朝地上的龙坤扑去，用身子护住他，然后回过头来哭着说：“爹，不怨他，是我自已愿意的。求你别打他，我愿嫁给他！”龚老海骂一声：“贱东西！”扑上前又要打，可絮儿死死趴在龙坤身上，龚老海脚踢不成拳捣不成，没法，就喊来了絮儿的哥哥，硬把絮儿扯开。接着又打，边打边叫：“你个穷小子，敢动我的闺女！老子叫你知道我的厉害！”周龙坤在地上滚着哀求：“龚大伯……我和絮儿是真好……求你了……你要答应我娶她……我一辈子给你当牛做马……”周龙坤越说这话，龚老海打得就越狠，他哪能看得起姓周的那穷家破业？被哥拉住的絮儿一开始只是哭，慢慢就咬起了牙，后来趁她哥不注意，猛挣开手，上前抓了裁纸刀，一下子冲到龚老海跟前叫：“爹，你要再敢动手打，可要小心我的刀！”龚老海惊愣了，絮儿她哥也惊愣了，这当儿，絮儿一手扯起龙坤，一手拿着刀，护着他出了门。

那场事后．周龙坤在家睡了半月才能动。他爹他娘觉着这是输理的事，也不敢去龚家论什么理。龙坤伤好之后，不能再去龚家干活，只好仍给茶馆挑水。不久，龚老海就找来媒婆，给絮儿找了婆家，男方是西街的郑家儿子。郑家开着一个造纸作坊，家业与龚家不相上下，龚老海颇满意，自此他从郑家买鞭炮纸就更便宜方便。那郑家儿子小絮儿三岁，长得也颇周正，只是左脚和左手都多长了一个指头。絮儿听说后死活不从，可龚老海那时已不让絮儿出门，她也只能哭哭罢了。周龙坤听到这个消息倒十分平静，依旧挑着水桶在街上晃晃着走。只是偶尔地，有人看见他挑了水在街上止步，低头去看石板缝里的蚂蚁，双眸久久不动。

一月之后的一个正午，几个在镇西石丘旁拾柴的孩子，忽见那丘洞里喷出一团紫雾，同时传出似喊似叹的响声，这几个孩子吓得没命地向镇上奔去。人们闻声纷纷出门看那紫雾。几个老人面雾作揖。独有会掐字算命的老五奶奶脱下上身的外衣，拿一柳条，往自己的身上抽打，径抽二十下后方住手，身上竟有血痕露出。有人问其故，只答：“不可说！”

那天半夜时分，镇上人猛被一阵哭声和喊叫惊醒，几个爱探底细的人就去寻那哭声和喊叫的出处，径寻到龚家作坊，从窗处往里一看，只见周龙坤被悬吊在房梁上，龚老海正咬牙瞪眼站在他面前，絮儿站在一旁，她的娘、哥哥把她死死拉住，龚老海咬牙切齿叫道："这个狗东西！竟想来拐跑我的闺女！老子要让你知道龚家门槛的高低！"叫罢从墙角拉过一个卷炮筒的长凳，放在周龙坤的脚下，被悬吊腾空的龙坤一见长凳，就把两脚踏了上去。这当儿，龚老海上前三下两下扯掉了龙坤的鞋袜，又连忙拿过絮儿平日裁纸的那把刀，猛地一下剁在龙坤右脚上。刀落的同时，龙坤惨叫一声，右脚狂抖着乱晃，把大串大串的血珠甩到刷了白灰的墙上……两个脚趾被砍下，先是带了白色的骨茬静躺在凳上，转眼间就被鲜血涌着而不停地动弹起来。絮儿见状，"啊"一声晕倒，她娘忙掐住了她的人中穴。龚老海不去理女儿，却慢腾腾地对儿子老大说："给他包住放下来！"那龚家老大便找来块白布，扎住了周龙坤流血的脚，然后把他放下地；一放下周龙坤就躺倒了。龚老海走到条凳前，抓起周龙坤的那两个脚趾头，"啪"的一下扔给了卧在门后的狗。那狗先是闻了闻，跟着伸爪扒了扒，最后舌头一卷吞进了嘴，咯蹦咯嘣嚼吃了。周龙坤眼瞪着那狗，牙咬着，手抠进地……龚老海朝龙坤挥了挥手叫："给我爬出去！下次再敢迈我的门槛老子再剁你仨指头！"周龙坤听罢嘴一动，咯嘣一下把两颗大牙咬碎了，他一边吐着碎牙一边往外爬……

后来镇上人才知道，那天夜里龙坤摸进龚家，在窗下轻轻叫应絮儿，絮儿刚翻过窗子扑进龙坤怀中，正准备一同逃走，不想一对白老鼠突然从墙缝里钻出，叽叽吱吱叫起来，叫声又大又急，龚老海就是被这白老鼠的叫声惊醒的……

周龙坤在被砍掉脚趾的第三天夜里，就拄一根木棍跑出了柳镇。一去好多年。听说一开始在四乡里讨饭，后来在白河上拉纤，后来进了别廷芳的民团，后来又在伏牛山里当了共产党，直到四八年柳镇解放，他才领着一个女人和一个叫周士高的儿子回来。

周龙坤因为右脚上少两个趾头，走路自然不稳，一摇一晃，加上出去的年头太多，所以那天傍黑他挎一支盒子枪回到柳镇街上时，没有人知道他是谁，最后还是龚老海“哦”了一声，认出了他。周龙坤只看了龚老海一眼，就扭过身，领着老婆孩子进了自家的屋门。那时镇上人就估计，周家和龚家还有些事要生出来。果然，没多久，就开始搞“土改”、划成分、分浮财。周龙坤那时当了柳镇的主任，整日满脸肃穆地召人开会、抄家，镇上的富户见了他就身子发抖。抄龚家作坊是在一个上午，周龙坤搬出龚家的一个太师椅，跷腿眯眼坐在门口，阳光温温地洒在他的身上，他双手悠闲地把玩着那支二十响的盒子枪，静看着手下人抄。光作坊里存下的鞭炮和烟花就搬出几十箱，周龙坤当时面色阴沉地下令：“放！”于是人们就把鞭炮一挂一挂扯开，绑在街边的树上；把一筒一筒的烟花，在街面上摆成行，然后几十个人一齐点火噼噼啪啪，哧哧啦啦，直放到傍晚才勉强放完。街上到处是鞭炮纸屑和烟花泥筒，全镇都笼罩在一股呛人的硝味之中。龚老海心疼得抱头蹲在那里呜呜大哭，但周龙坤却阴着脸说这叫“庆祝”！周龙坤自从重回柳镇后就一直阴着脸，谁也没见他再笑过。

接下来，周龙坤把龚老海定成资本家，并且把他戴上高帽子在会上斗争了三回。后来县上来人，又把龚老海改定成小业主，但同意把龚家大院没收，另外在镇边拨给他们三间草屋住。龚家搬完家的那天夜里，周龙坤让龚老海留下，然后又派人把絮儿从西街找了来。絮儿那时已给郑家生了三个孩子，人变得又黄又瘦，她进屋后只看了周龙坤一眼，就低下了头，那时候周龙坤已经把手下人支走，插上了门。他慢腾腾地在床沿上坐下，跷起右脚，低沉地朝龚老海说：“来！麻烦你把我的鞋袜脱了！”龚老海站着不动。“听见了没有？”他朝龚老海吼，边吼边就掏出枪，朝龚老海脚前地上啪地扣了一响，子弹哧的一声钻进了地里，龚老海吓得一哆嗦，膝头一软，就跪下了。这时周龙坤就把双脚伸到袭老海面前，让他脱鞋袜。龚老海抖抖索索地刚要伸手，一直站在一旁的絮儿走过来说：“周主任，我给你脱！”周龙坤用手把她一拨拉，叫：“用不着你！”龚老海跪着脱下周龙坤的鞋袜，周龙坤指着右脚上那两个断趾，说：“龚老海，你当初不是讲过，我要再迈过你的门槛，你就要剁我仨趾头吗？剁吧！我现在已经进到你屋里并且坐到了床沿上，你怎么不剁呀？剁吧，剁两刀我看看，我记得你剁趾头的刀法很好！”龚老海脸色煞白，一直跪着，一声没吭。周龙坤又猛地伸手把絮儿揽在了怀里，说：“龚老海，你不是不让我挨你的闺女么？我今天就偏要挨一下试试，你抬头看着！”他边说边把絮儿抱放在腿上，三下两下就撕开了絮儿的褂子。絮儿拼命地想挣开，边挣边哭叫：“放开我，畜生！”无奈周龙坤的力气大，她怎么也挣不开。“龚老海，你看着！我要亲她了！”周龙坤说罢就伸头往絮儿怀里钻，不防絮儿猛地张嘴咬掉了他的半个耳朵，疼得他“哇”一声把她松开了。絮儿跳下地，发疯似的去开门，周龙坤一手捂着耳朵一手拿枪瞄准了絮儿的后背，絮儿把门打开时枪响了，不过枪子还是哧的一声钻进了地。

从那以后，周龙坤开始在龚家作坊里办公。只是后来他慢慢不再挎枪。又过了一些年，镇上作兴办工厂，周龙坤大约是因为自己做过鞭炮，就想起要办一个鞭炮烟花工厂，就安在原先的龚家作坊里，他兼任厂长，用的人还是龚家作坊的那些人。龚老海和他的儿子龚家老大一开始不愿干，说他们愿意种田。但周龙坤只让人传一句话：“干不干是对革命的态度问题，不干就要在全镇大会上说清楚！”龚老海最怕大会批判，只得乖乖地和儿子来了。工厂取名叫东方红鞭炮烟花厂。因为有龚家父子在，工厂开始时办得还挺赚钱。那时私人买鞭炮烟花的很少，买主大都是公家的单位，什么报喜了，欢呼了，万岁了，专政了，镇上各个公家单位都要放鞭炮烟花，买时自然也都舍得花钱。厂子能赚钱，想到厂里干活的人也就多。周龙坤捷足先登，让他的儿子周士高进厂当了会计。

周士高当会计，最大的困难是不会打算盘，周龙坤便决心让儿子学会打算盘。柳镇算盘打得最好的是龚家老大。周龙坤把龚家老大找来，命令他每天下工后教士高打一阵算盘。龚家老大自此天天进士高的记账屋教他。一段日子过后，倒是年轻的士高有些过意不去，说：“龚大叔，你干一天活，怪累的，先回去歇歇，我吃了饭去你家里学。”龚家老大也就点头答应。从那以后，每天吃了晚饭，士高就胳膊下夹个算盘去龚家。就是在这时，士高认识了龚家老大的大女儿素素。

素素生性腼腆，学只上到初中。素素家平日难得有客人来，邻居们都怕和她家打交道会惹出麻烦，如今士高来到，素素便喜出望外，十分热情。当爹给士高讲时，她就在一旁纳鞋底。士高的指头笨，算珠往往拨错，素素看见就抿嘴笑，酒窝里显出一丝着急；有时忍不住，就轻步上前告诉他：要用指头肚拨。素素很小跟爹就学会了打算盘，而且打得很熟，做士高的老师是没有问题的。有时士高去龚家，若龚家老大刚好在垫羊圈或干别的什么，素素就过来教他。两个人就着一盏油灯，头挨头趴在桌上，一个说一个听，一个念数一个拨珠。心地单纯的素素办什么事都很认真仔细，教士高学算盘自然也是这样，这种那种口诀，这样那样打法，都细细讲解，反复示范。

士高跟着素素学算盘，一个诚心学，一个诚心教，慢慢就有些感情生出。一日晚饭后，士高去时，素素家的人走亲戚家还没回来，只有她一人在。那晚素素教士高如何拨珠拨得快，她先在算盘上哗哗好快地拨一阵示范，尔后让士高练，士高却怎么也拨不快。素素就又拨一阵让他看，他看一阵就有些奇怪地上前捉了素素的手说："你这手上带有什么东西吧？"素素便掩了口笑，士高把素素那又白又嫩的手放在掌中看，开始双眸平静且带了笑意，渐渐目光中就增了热力，而且脸迅速充血变红，身子略略发抖，呼吸开始变粗……单纯的素素没有注意到这些变化，只是低低笑着任他捉了自己的手看。突然之间，他猛一下把素素的手指伸进了自己嘴里，急切地用舌头在上边舔。素素被骇得脸一下红透，想缩回手已缩不回来。士高的呼吸越来越粗，舔的范围也越来越大，跟着就又亲起人家的手背、小胳膊，最后一下子抱住人家的腰，硬把嘴贴到素素的脸上。素素一声没吭，只是想挣开，挣着挣着身子一抖，骨头突然变软，一下子又贴回了士高身上。起先只是士高抱着素素的腰，后来素素就也抱紧了士高的腰，两个人越抱越紧，险些把煤油灯碰翻，直到屋后响起龚老海的脚步声，两个人才急忙分开，揉揉红极了的脸，趴那里装着打算盘。

两个人这样的亲热以后还有过几回，可惜好景不长，待士高学会了算盘之后，周龙坤就再不让他去龚家了。但恋人会面自有办法，素素常常借口找爹找爷跑到厂里，进去就直奔士高的记账屋，士高那时就睡在记账屋里。周龙坤看见素素进厂找士高，曾把儿子叫去骂一顿，说："以后再见你和她来往，小心我砸断你的腿！"有天傍黑，紧接龚家大院住的老五奶奶无意中看见周龙坤站在街边暗影里，一直望着素素悄步走进厂门进了士高的记账屋。老五奶奶因听到过周龙坤骂儿子的话，当时就很为士高和素素担心，以为周龙坤这下肯定要上前堵了门，把两个年轻人当面教训一顿。不料周龙坤突然从暗影里闪出，哼着小曲向厂子里走去，屋里的士高和素素听见这哼唱声，立刻就把灯吹灭了，这灯一灭，周龙坤走过记账屋时就叹一口气，高声说："这孩子走了也不把门关上。"边说边就探手拉上门，也不向屋里看，啪一声就用铁锁把门锁上，随即就走出了厂门。老五奶奶在院墙外看得糊里糊涂，不知周龙坤这是想等一会再来抓，还是他压根就没看见素素进那屋。老五奶奶平日颇喜欢士高和素素，因此就担心他们出不了门，便在小半夜时从工厂的边门进去，径直走到记账屋的后窗户。心想要是他们想翻窗户出来，她还可以在外边帮帮忙。龚家大屋当初盖时窗户安得离地面很高，人若从窗里往外爬可是艰难。老五奶奶隔着窗户听了一阵，只听得屋里士高平日睡的那张床咯吱咯吱乱响，士高像牛一样地喘息，素素低声呻唤着疼……过了一阵忽又听见周龙坤哼着小曲走到大门进厂里来，老五奶奶闪到暗处，看见周龙坤哼着小曲走到记账屋门口，"哗"一下开了门上的锁，开完后又高声嘟囔："这孩子怎么这时候还不回来？"嘟囔完就喊着士高的名字走出了厂门。这时记账屋门轻轻一响，素素就闪了出来。后来士高就顺顺利利送她回了家。那一晚老五奶奶看得糊里糊涂，像钻进了漫天大雾。

又过一段日子，见素素的脸上现出了蝴蝶斑，腰身渐渐粗起来了，又见好事的女人们在她背后咬耳朵挤眼睛，老五奶奶的担心就更重了。

那是一个下午，镇中的十几头驴在莫名其妙的一齐大叫一阵之后，人们发现，镇西的那个丘洞里，又突然腾起一团紫雾，那团紫雾冲出洞口之后，缓缓旋转上升，至数十丈高方砰然一声散开，融入空中，在那紫雾旋转上升时，洞里发出一声闷响，宛如人的叹息。老年人见此景状，就变了脸色，知道柳镇又有祸事要出，纷纷跑到老五奶奶处讨主意，老五奶奶并不开口，只慢慢脱了上衣，拿一根柳条，直向自己身上乱抽，径抽二十下后，方住手，这时她的脖上、肩上血痕暴起。有两个老头仍不走，直问五奶奶会出什么祸事，五奶奶最后张口只说一句：“早拴门，早上床！”不少人家遵了这个嘱，早早安歇。

这天半夜，老五奶奶被一阵哭声惊醒，出门循声寻到鞭炮烟花厂，隔窗一看，那哭着的竟是士高。士高他爹静坐在太师椅上，两边坐着士高另外两个远房叔叔。士高说：“我要娶素素！”周龙坤一边用手摸着他右脚上的两个断趾处，一边冷冷答了两个字：“不行！”士高大吼：“不答应我就死！”周龙坤点烟吸了一口，冷冷地说：“死吧！”士高于是就从口袋里摸出一小瓶农药，周龙坤冷眼看着没吭一声。士高拧开盖看了半晌不敢往嘴里边送，最后勉勉强强举起瓶，见爹还不拦，就猛一下扔掉药瓶哭开了。周龙坤换了软和声调说：“哭什么？我又不是不给你说媳妇！咱柳镇的姑娘，除了龚家的你随便挑，挑上哪个我都给你娶，花多少钱我也愿意！素素算什么？娶谁也不能娶她！就这样定了。回去吧，你娘还在屋里等你！”

士高抽着鼻子走出屋不大时辰，龚老海和他儿子走了进来，龚家老大一进屋就扑通一声朝周龙坤跪下，说：“周主任！周厂长！素素和你家士高有了孩子，这是丢人现眼的事呀！我已经教训了素素，不管怨谁，事情已经出了，现在只有一个法子能遮众人眼睛，求你同意让他俩结婚吧！全当让素素给你当个使唤丫头，只是给她一个做人的名声……求你了！”周龙坤指着他右脚上的两个断趾头说：“这可要问问它！”回手又指着龚家老大的鼻子说：“你要胆敢把你闺女肚里的东西硬赖到我儿子头上，我可是不会饶你！”说罢就笑看着龚老海，从嘴角喷出一股惬意来。那龚老海当时两眼挤得只剩一条缝半句没吭，只是手在抖动，上前踢了一脚跪在地上的儿子，转身就走。龚老海和儿子刚刚走出厂门，周龙坤就笑开了，笑声又长又尖……

老五奶奶回屋，不大工夫，就又听街上有人嚷：“跳河了！跳河了……”于是又出屋，街上已有不少看热闹的人，原来是龚家老大拉着一头牛，牛背上趴着浑身透湿的素素，牛一边走素素一边哇哇向下吐水。牛后边跟着素素妈和龚老海，素素妈走一步哭一声：“我的乖乖呀！……”

七天后，龚老海让东街头好打兔子的光棍汉侯老二把素素领走了。侯老二那年三十八岁，脖子上有一痣，痣上长毛，发黄，好长。素素进侯家三天，生下一个死孩子，侯老二拿起猎枪，朝天放了三响。

素素嫁给侯老二不到两月，周龙坤便托媒人给士高说了媳妇。而且不久就举行了盛大婚礼酒宴，酒席摆到七十多桌，柳镇除了龚家很少有人不到场送贺礼的。新娘子长得倒也漂亮，新房里摆设自然排场，只是那士高却再也没笑过。直到两年之后，那媳妇生下一白胖小子，士高抱起儿子时，脸上才露了一丝苦笑。士高将儿子起名为周素，常常抱了他坐在记账屋发呆。

日子无声无息地流着，周素在慢慢长高，他的弟弟、妹妹们也一个一个相继来到世上。周士高照样默默地在鞭炮烟花工厂当着会计，偶有空闲，便坐在账桌前，无休无止地拨着算盘。已经显出老相的周龙坤，也依旧兼着东方红鞭炮烟花工厂的厂长，常常双手叉腰，很威风地指挥这指挥那。只是这时厂子越办越糟，工人们大都不按时上班，上了班也不真心干活，干了活出的产品质量也不能保证，鞭炮中的瞎炮越来越多，烟花中的彩花愈来愈少。不过，这景况倒并不影响周家的日子，周家一家照样穿得周周正正，支支棱棱，周家的厨房依旧整日煎炒卤炸，香飘四街。

谁也没想到日子还会再变，忽然之间，上边来了公文，先是说要给地主、富农摘帽子，像龚老海这种小业主以后不再算什么问题；接着又说要民主选举领导，镇上人哗一下起来，把周龙坤的主任和厂长统统选掉，说他贪占了大伙的钱，是地道的官僚主义者；最后连周士高的会计也一下罢免，周家突然间又变成了平头百姓。周龙坤惊愤成疾，吐两口血，一下子卧病在床。

这之后不久，上边又传下话来：允许百姓经商办厂。这次老龚家高兴了，龚老海拄杖上街，抖一头白发连连叫：“这下好，这下好！”没过多少日子，龚老海和他的儿子、孙子、孙女们，就操持着要重办鞭炮烟花工厂。恰好，这时东方红鞭炮烟花厂要找人承包，条件是每年向镇上交钱五千元。一般人都嫌这个数目太大，不敢伸头。最后龚老海一捋白须，拐杖一举，叫：“我家包！”

几日之后，龚老海一家就又搬进了厂，那几间大屋，经粉刷又和新的一样，东方红厂又变成了龚家大院。龚老海和他大儿子做鞭炮烟花出名，包装纸上只要一打“柳镇龚记”几个字，四乡的人都愿买。加上这年头人们手上有些余钱，遇上红白喜事、年节生日，就都要讲些排场，鞭炮烟花放得特多，所以龚老海的厂子很快就兴隆起来。没有三年，老龚家就又发了，买了裁纸机、卷筒机、大汽车、电视机、大沙发，开了批发部、零售部，银行里还存有几万块。可相反，与龚家对门的周家却日趋败落。周龙坤下台后身子不断有病，周士高除了当会计别的都不懂，周素兄妹几个全在上学，只靠周素娘做点田里活，钱只有出的没有进的，慢慢原先的那点家底就空了。到最后，上高中的周素连学杂费都无法交出，周素娘只得四处登门告借。

家境的这种迅速变化，给了年轻的周素很大刺激。这周素改了周家男人又黑又高又粗的门风，长得秀气白净，一副读书人的身坯。五岁时老五奶奶曾给他算过一次命，五奶奶掐罢生辰八字，先批四句：“一生做事少商量，难靠祖宗做主张，独马单枪空出做，早年晚岁硬无强。”尔后言道：“此命为人性荣，心无所亏，做事有始有终。池塘鸳鸯好寻食，易聚易散，骨肉六亲不得力。财帛风云，操心费力才极早限奋寒窗；胸藏大志，原业破尽财极中限重立家。且过四十船顺风，五十之后方安稳。末限滔滔事业兴，妻宫硬配，子女伴鸳送终。寿元七十，卒于五月。”老五奶奶的这些话日后是否都能应验，不得而知，但其中的“奋寒窗”和“胸藏大志”两句，却已经言中。周素在校读书确实肯下苦功，早有将来成就一番事业留名身后的夙愿，而且暗暗为自己定下两条路：其一，搞新技术研究，经大学生、研究生、研究员这条路，出一批新技术研究成果，让自己的名字载人中国科学发展的史册；其二，搞实业，经创办家庭作坊、小型农产品加工厂、大型跨省跨国农产品综合利用公司，跻身于中国和世界著名实业家的行列。这两条路的选定虽然带有幻想成分，但他却在努力做着准备，课余时间，常读有关这两个方面的书。但万没料到，一场高烧，极轻易地就把第一条路堵死了。那是高考临近的前一天下午，他帮娘往地里拉粪，他原想借此让脑子休息休息，未料出汗太多，又过早用冷水擦身，第二天就发烧病倒，两日后高考开始他拖着病体走进考场，只做两题便又晕倒，他从昏迷中醒来时，两门课已经考完了。

周素高考不中，家里又无钱再供他复习重考，他倒没有怪这怨那，遂决定走第二条路。他病好后只歇了一天，就开始四下里跑着借钱，想先买一台榨棉籽油的机器，开个油坊。由此积累资金，再实行原来的计划。未料因他爷爷周龙坤当官时失了人缘，加上眼下他家太穷，没有还钱保证，并无一家愿借给他钱。几天空跑之后，脸气得就有些发青。恰好这时，龚老海的重孙女小枫来找他，问他愿不愿到他家的鞭炮烟花厂里当画封工。小枫和周素是同级不同班的高中同学，那年也没考上大学。她在学校时知道周素也颇爱美术，闲时常画画，人呀，兽呀，花呀，鸟呀，几笔就能勾出来，很受美术课老师的称赞，而眼下她家的厂里正需要一个会画画的人，所以便来问他。这年头人讲衣裳，卖东西则讲包装，过去龚家卖的鞭炮烟花，至多是表面裹一层彩纸罢了，如今有些不行。所以龚老海想找一个会画画的人，为他设计包装纸。周素一听，先是一怔：大志不成反要去当雇工？但转念一想，这倒也是实行原来计划的路子，先当雇工挣钱，尔后再买榨油机开油坊！大丈夫能屈能伸！于是就问：“干一月多少工钱？”小枫说他们家雇的人，头一年都是一月八十。周素听罢一捶腿，说：“行！”

卧病在床的周龙坤，一听说孙子要去老龚家当雇工，当时连咳一分钟，吐一口带血的痰，硬撑起身指着周素骂：“杂种！饿死也不准去他家干活！我们和他们势不两立！老子当初就受他家的剥削，现在他还想再剥削我们？他想得倒美！”可周素只冷冷看了爷爷一眼，说了句：“我的事你少管！”便转身走了。周龙坤一口气倒憋回去，脸青紫，胸鼓起好高，慌得周士高急忙去捶他的背。

小枫回去给她爷爷龚家老大说周素愿到厂里当画封工，龚家老大当时就眼一瞪，叫：“不行！咱就是雇条狗也不雇他周家的人！”倒是龚老海听罢，发白的眉梢抖了一下，“嗯”一声，顿一顿拐杖，说：“叫他来！”

周素到工厂干活的那天上午，冬阳高照，和暖异常。龚老海穿一身簇新的羊皮里子棉衣棉裤，足蹬一双旧式翻毛皮鞋，端坐在当年周龙坤常坐的那张黑漆斑驳的太师椅上，召见周素。龚老海戴上老花镜，把周素上上下下打量了一阵，两只拳头莫名其妙地攥了又攥，这才开口说："凡到我家厂里干活的人，都要听招呼！你眼下到厂里来，先做画工，设计些包装封纸，日后也可能会叫你干点别的，不论是啥事，只要叫你干的，你就要干！这是我们的规矩！你要愿守这些规矩，就签合同，不愿，这会儿还可以走！"周素听罢，微微含笑点头，答："愿！"

从此以后，周素每天就去龚家大院上班，画各种各样的鞭炮烟花封底。他干活的那间房子，恰好就是当年他爷爷周龙坤卷炮筒的那间。龚老海已不再亲手干活，常拄拐杖在厂里转，对儿子、孙子、重孙子重孙女和雇工们指点指点。周素去后，他不再在厂里转，而是搬来那张太师椅，坐在画封屋里，看着周素干，而且让小枫跟着周素学，周素画一张什么样的，也让小枫画一张什么样的，逼着小枫学周素的手艺。那小枫到底是高中毕业，聪明机灵，跟周素学画学得很快，周素因为和她是同学，也很愿教她。两人在一起画画，当然就要说些学校的旧事，说着说着高兴起来，就要笑一阵。每当这时，在一旁坐着打盹的龚老海，总要咳嗽一声。对此周素倒没感到什么，小枫可就不满意了，那姑娘伶牙俐齿，啥话都敢说出来，她常常扭头朝龚老海叫："太爷爷，你咳什么？你不能坐到别处去吗？！"龚老海听了重孙女的话，却也不生气，只说："别屋里都有一股炮药味，我坐这屋里好受。"

周素虽不知道周龚两家过去那些事的详情，但从爷爷、爹爹和街上人的嘴里，也约略地晓得两家积有旧怨，因此在他来龚家干活之后，就很想借机缓和一下关系。他每每见到龚老海，都是很亲热地唤他"太爷爷"。有天后晌，当规定的画活干完之后，周素看着坐在椅上闭目养神的龚老海，就很尊敬地说："太爷爷，我给你画一张像，做个纪念如何？"龚老海当时微微点头："好！"周素便细心画开了，他想借此和这位老人把关系融洽起来。接连用了几日的工余时间，周素把画像画成了，画像上的龚老海显得富态、威严，栩栩如生，周素自己很觉满意。给龚老海一看，龚老海也连连称赞："画得好！画得像！我会永久保存留作纪念。"但第二日上班，周素意外发现龚老海的太师椅旁有一堆纸灰，纸灰中有一未燃尽的纸角，却正是他给龚老海画像的那张纸，不觉一怔，是烧了那张画还是相同的纸？他疑疑惑惑地不好去问。

半年日子过去，小枫已经学会了画，两人在一起干得更快了。不想有天后晌，龚老海和龚家老大突然把周素叫去说：“这画封的活让小枫一人干，从今天起你负责装卸汽车和试放产品。”周素听后虽是一愣，可也立即点头说行，这倒不全是因为龚老海当初说过“叫干啥就干啥”的话，实是因为周素也想借此机会熟悉一下这个家庭工厂全面的管理情况，为自己以后办厂打下基础。只是小枫有些不满，站出来抗议：“他在这里画得好好的，为何叫他走？”龚老海就温和地对重孙女解释：“厂里的活都要人去干，再说，给他换工作也同时月加二十块钱！”

自此，每日前晌，周素便把包装好的产品一箱一箱地往汽车上装；后晌，又把汽车拉回来的各种炮纸、配火药的原料、做烟花筒的黏土、机器用油等，一一卸下扛进库房；傍黑时，试放各种新做的鞭炮烟花。那时龚家新添了好多过去没有的品种，都是龚老海和龚家老大亲手试做成的。比方鞭炮中，就新添了滚地雷、空中啸、三连珠、甩炮、拉炮、座力炮。烟花中添的花样就更多，满天红、蝴蝶飞、降落伞、九朵菊、爬地狗、上天鸟，足有十几种。每做一样，每出一批，都要抽出一个两个试放一下。这两样活周素倒是都能干得。装车卸车，累是累了一点，但干完之后，则可坐下看书。只有一点周素觉得奇怪：每当他浑身淌汗地扛起东西往仓库走时，龚老海总搬个太师椅坐在附近，面带笑意，双唇不知何故老舒服地咂着。对于试放鞭炮烟花，周素更觉得有趣，每次他在厂院里试放时，镇上的孩子都要围上来看，遇上好听、好看，就都拍手，反之，又一同叫唤。可他不知，干这活常常带险，往日这试放的活儿都是由最有经验的龚家老大干的，龚老海从不让他家的孙儿孙女们沾手。

有天头晌，老五奶奶迈着她那三寸小脚，去龚家大院串门，恰好看见龚老海正坐在屋里亲手给一筒烟花装药，就走进去看。龚老海这些年已经不轻易动手做了，除了是做过去从没有的新东西。五奶奶看见龚老海的双手老在哆嗦，不时把药洒了，而且牙齿不停地磕碰，于是就说：“老海，看来你真老了。”“是呀，是呀。”龚老海急忙点头。两人在拉呱时，五奶奶就看见一对白老鼠从屋梁上探出头来，叽叽喳喳乱叫，五奶奶听得很烦躁，龚老海挥胳膊吓了它们两回，也没有把它们吓跑，老五奶奶抬头看了那对白鼠一眼，身子莫名其妙地一抖，立时站起身说："老海，你忙，俺走了！"走时脚步匆匆，全不似刚才来时一样。

那天吃了午饭不久，人们正在歇晌，一个粗重撼人的响声突然从镇西传来，众人抬头看时，只见一团耀眼的紫雾已从丘洞那儿升上天空。老年人们自然又是一阵紧张。老五奶奶还是如往常，立即脱了上衣，拿一根柳枝向自己身上抽去。径抽二十下方住手，肩上背上于是又有新的伤痕绽出。年轻人看见，就都笑说："神经病！"

龚家鞭炮烟花工厂因为不实行歇晌制度，吃了午饭就忙，加上厂院里机器轰响，也就没人知道丘洞喷紫雾的事情，人心仍旧安静，工作依然照常。

傍黑时分，周素开始在厂院里像往常一样试放鞭炮烟花。起初，几挂鞭炮和几筒烟花试放得都很好，站在远处看热闹的孩子们直拍手笑。最末一筒烟花是龚老海亲手递给周素的，周素接过后，像刚才试放其他烟花一样，把它平放在地，尔后侧身半蹲那里，做好跑开的架势，这才伸出手上燃着的香烟头去点那筒烟花的药引。一般烟花的药引都燃得很慢，从点着到引燃火药放花有足够的时间让点火人跑开，可万没料到，周素刚把香烟头伸到药引上，那烟花筒一动，就突然射出一支烟花箭，直向他的右眼射来，亏他年轻灵便，头飞快扭了一下，那火箭才没射到眼珠，只射到了眼角上，疼得周素大叫一声，双手捂住脸。他的叫声未落，那花筒呼一下放出好强好亮的白炽火花，成扇形全喷在了周素身上，而且那花筒还绕着他的身子滚了一圈，把他全身的每个地方都喷上了火，周素叫着在地上滚了几滚。第一个扑上去扶他的是站在附近看试放的小枫。周素的脖子、两只捂脸的手、背和脚脖，凡衣服未遮的地方，都被烧起了泡，全身的衣服也都被烧满了洞洞。小枫一看就吓哭了，龚家一家人也都慌张地围上来。倒是龚老海脑子没乱，让他家的汽车司机把车开过来，指挥儿孙们把周素抬到车上，送往镇医院。

周龙坤听说孙子受伤，从病床上挣起身子，让儿子、儿媳搀着来到龚家大院，对龚家老大叫起来："为啥把我的孩子弄伤？老子非到法院告你们不可！"最后是龚老海上前冷冷地说："你的孙子在我这里受了工伤，我们给他治伤就是，你闹什么？你们要打官司可以，不过要先看看这张合同！"说着就递上一张纸，周龙坤看完那张合同，愣了，原来周素签的那张合同上已经写明："做鞭炮烟花时有危险，我自愿到厂里工作，若有工伤，厂方负责医疗费，本人不怨厂方。"周龙坤只得气哼哼地走了。

周素受伤之后，到医院里照料他的，只有小枫。龚老海和龚家老大反对说："医院里有护士，反正花多少钱咱家出就是，不必再去看护。"但小枫杏眼一瞪，叫："他是我的同学，又是我动员他来咱厂的，如今他伤了，我不去看护，把良心放哪里？"龚老海和龚家老大就只好随她。周家这边，周龙坤不准任何人去探望孙子，而且一个劲地躺在床上骂："这个小杂种！我当初不让他去龚家干活，他贱着总要去，去。好！让他伤去！死了才好！"连周素娘去看儿子，也是偷偷去的。

周素住院，开头几天下不来床，纱布又把眼也缠了，拉屎撒尿怎办？镇医院的护士极讲卫生，能把便壶给你端到床前就算不错，哪还敢奢望更多？侍候周素拉屎撒尿的只有小枫。小枫姑娘还真行，把尿壶往周素的被窝里一塞，就去解他的裤带。一开始周素羞得很，死也不让，但他自己两手背上有伤又动不成，憋得只好尿在裤子里。后来是小枫哭着求他："把我看成你的妹妹不就行了？"感动得周素双眼噙泪，这才算答应让她帮忙。最后纱布解开时，看见周素的眼角和颈上都留了疤，小枫就又禁不住扑在他的身上哭了，边哭边说："全怨我！全怨我！要不是我去找你来厂里，你也不会落这些疤！"周素当时心里虽也难受，可还是硬撑住，拍着小枫的肩宽慰："没啥，没啥，不就是一些疤嘛！"可说着说着，忍不住就也掉下两串泪来。两人这么一哭，心倏忽间就显得更近。一天晚上，周素娘来看儿子，一见儿子的疤痕，就哭着说："天爷呀，你这个样子，以后还有哪家闺女愿跟你过日子……"周素娘哭诉未完，一旁的小枫竟猛扑到她怀里叫："婶子，要是你不嫌弃，我就做你的儿媳妇！"这一下把周素母子惊得一怔，噤了声，睁大眼，最后还是周素开口说："小枫，不能瞎说！这可是一生的大事，你不能因为可怜我就这样说。”小枫听了，就噘起嘴，连连跺脚，叫：“谁可怜你了？谁可怜你了！在学校时我得空就找你说话，你都一点也不明白吗？半点也不懂吗？”这一说周素又愣在那里了。

周素出院前，龚老海拄杖去看过一回，他进门时周素和小枫正头挨头看一本书，他咳了两声，周素和小枫才抬起头，两人眼中就漾着一股幸福。龚老海从医院回去的当晚，就把龚家老大和小枫的爹找来，威严地告诉他们：“要尽快给小枫说个婆家！”当儿、孙听完出门之后，不知何故龚老海蓦然抬手打了自己两个耳光，耳光打得很响，嘴角竟渗出一缕血丝。

周素出院后，小枫找了她太爷爷、爷爷和爹一再要求，说周素刚出院身体不好，应该到画封屋干活。龚老海很痛快地点头应允。小枫、周素两人在一间屋干活倒是高兴，一幅画你画一笔我画一笔，又说又笑，龚老海不在屋里坐时，还可以抱吻一下。每当小枫那丰满健壮的身子偎在周素的怀里，周素的双手在她那光洁如缎的肌肤上游动时，就总是呢喃着发誓：“我这辈子一定要让你幸福！要让你当一个大实业家的夫人！”但他们没欢喜上一月，龚家老大有天突然把小枫叫到记账屋说：“给你找了个对象，是镇上税务所陈所长的儿子，你——”小枫没听完就跺起脚叫：“我找对象用不着你们操心！我已经找好了！就是周素，我要和他结——”龚家老大没容她说完，就朝她抡起了巴掌。几个耳光打过，小枫要跟周素的消息就也在镇上传开。镇上人便都有些奇怪：“为何龚家女子代代都要和周家男子缠在一起？”后来就有人请教老五奶奶，老五奶奶盘坐蒲团，双手抚膝说出端详：“龚、周两家的屋宅同在一条黄龙身上，龚在龙头，周在龙尾，龙头有俯有仰，龙尾时抬时落，故周、龚两家交相富穷，昨龚富周穷，今周富龚穷，不时变化。且龙身上蓄血下蓄精，血气易育女，精气易育男，所以龚家男儿少女儿多，周家女儿少男儿多，龙身一动，血与精合，龚家女儿自然要找周家男儿相配……”

小枫挨了爷爷的耳光，自然不服，就又哭又闹，龚家老大盛怒之下，就把她关起来了。一开始是劝，让小枫她妈、她奶奶来劝她忘了周素，小枫不干。接着就把小枫她姑奶和姑姑，也就是絮儿和素素叫回来，让她们给小枫讲周、龚两家的世仇，不知那两人是怎么讲的，反正讲着讲着三人就都放声大哭，哭后小枫仍没变心。没办法，龚家老大就又开始了打。最后倒是龚老海进屋喝住儿子：“有话慢慢说，动手干什么？”接着对小枫语调极温和地说：“如今婚姻自由，谁也不能干涉，你既是选中了周素，我们作为老辈，当然也同意，只是他既然要做我们龚家的女婿，就要为咱们龚家厂子多出些力。从明天起，他还是要从画封屋出来，管着装卸车和试放，你说行吧？”满脸是泪的小枫这时就咬了咬牙，说：“行！”龚老海当时用手轻拍着重孙女的后背，双眼慢慢地眯起。

几天后，周素就又干起了原来的行当：装卸车和试放。因知晓龚家老人已同意小枫和自己相爱，周素的心里就装满了欢欣、甜蜜，干起活来十分精神有劲，而且他已决心帮助龚家办好这个鞭炮烟花工厂。他看出龚家经营厂子的办法，基本上还是家庭作坊式的，必须来一番改造才能更快地发展。他结合自己平时读的企业管理方面的书和最近有意学习的鞭炮烟花制造知识，打算向龚老海和龚家老大提出四个方面的建议：其一是关于产品品种，要分三类。一类是供中、下层社会的人们喜庆、祭祀用的，以价廉质稳为原则；一类是供上流社会和大型社团纪念、消遣用的，以价昂物华为原则；再一类是供出口用的，以量少质优扬名为原则。其二是关于产品包装，要分艳丽和华贵两种，包装纸要设计后交印刷厂成批印制。其三是关于工人潜力的利用和工艺水平的提高。其四是关于车间的设置和安全生产。他甚至想得更远，想待这个厂积累雄厚的资金之后，劝他们进行跨行业经营，兴办农产品综合加工利用公司，对南阳盆地各类农产品的一级、二级、三级利用都能进行解决，他可以以女婿的身份出任某一个加工厂的经理。如果继续成功的话，还可以再投资办其他企业，比如南阳盆地下的石油开发，伏牛山水晶石石墨石的采掘等等。那时，龚家庞大的母公司，会对南阳盆地和整个中原的振兴起举足轻重的作用；周素，作为这一切的设计者，也许会青史留名。每当他装完卸完汽车坐那里冥想这一切时，就禁不住兴奋得满脸通红。而且，一当他在脑海里设计那遥远的将来时，一组连续的画面总不时地在眼前闪现——一座精致的青砖小楼，围着不高不低的院墙，楼前有绿树，楼后有花圃，院门铁栅式，他驾着一辆白色轿车缓缓驶抵楼前，车轮沙沙，轻轻一按喇叭：嘀嘀。怀抱婴儿的小枫立即从楼里奔出，“叫爸爸！叫爸爸！”那婴儿扎煞着粉红的小手向他扑来，他伸开双臂，将小枫和那婴儿一齐揽在怀里……常常是龚家老大叫他干活的喊声，把他从想象中惊醒。

自从周素重新负责装卸车和试放之后，龚老海也开始每天都亲手做鞭炮、烟花了。因为他做的都是新品种，所以周素每天傍黑都要进行试放。每次试放前，小枫总要特意跑到周素身边低声嘱他：“小心些！”对此，周素总是一笑：“没啥！”不过他心里对试放这活也越来越怵，因为不知何故，几乎每天傍黑试放，都要出点险情，不是鞭炮提前爆响，而且响得厉害，险些把他的手炸伤，就是烟花提前喷火，差点把他的眼烧瞎。但他又想，既是试放，发生这些事也属正常。一日傍黑，试放一种“半天雷”，炮身粗短，重如一只半大红薯。他把炮在地上放好要去点时，站在一旁的小枫突然扔过来一节竹棍，叫：“把火绳绑在竹棍上！”周素依言做了，刚把竹棍上的火绳挨住药引，那“半天雷”就蓦然炸响，声如炸雷，将原地崩出一个坑来。倘若不用竹棍，周素的一只胳膊怕要被炸飞。围观试放的人皆被惊住，许久之后才发一声感叹：“这炮真响！”龚老海拄杖缓缓走来，看一眼地上那坑，尔后转对周素含笑说：“看来这炮药装得有些多，让你受惊了！你干这活确实不易，每月给你再加三十元工钱！”周素听罢，心中一热，很有些感激，说：“谢谢太爷爷，年轻人干这种带点险的事，没啥！”小枫一直默站一旁，待龚老海走远、围观的人散尽之后，她才急步走到周素面前，低而恳切地说：“你回去吧！不要再在这厂里做工啦！”周素当时一愣，问：“为什么？”“别问为什么，你只管算清账回去吧！”“是不是怕我再出危险？放心吧！这是鞭炮烟花厂，又不是地雷、炸弹厂，试放还能出多大危险？再说，你在这里，我——”周素还没说完，小枫又猛地上前抓了他的手摇着，用几乎恳求的声音说：“你走吧，走吧，去别处挣钱实现你的计划吧，别在这里了！”“你呀！”周素轻抚着小枫的脸颊，依旧轻松地笑着说：“我不仅不能离开这个厂，我还要设法使这个厂更快地发展起来，我要为你创造一个根本不曾想过的将来——”小枫听到这里，脚狠狠一跺，猛地转身跑开了。在她的脸颊离开他的手的那一瞬间，他觉得手指触到了一滴水，他想看清那是不是她的泪，可惜，天太黑。

几天之后的一个傍晚，周素在试放烟花时，又出了一件更险的事：他刚把一筒表面看去十分平常的烟花点着，只听“哧”的一声，亏他反应快，听出不对头，“呼”一下就转身趴下了，他刚趴下，烟花筒就轰然爆炸，筒上的干泥块子像弹片一样带着刺耳的啸声乱飞，周素要不是趴得快，离那么近，只要有一片泥块打在胸口，也完全可以把他打死。这件事发生时，小枫就站在记账屋门口，她脸色发青，既没上前扶周素也没惊叫。是龚老海拄杖跑到周素跟前扶起了他，一连声地说：“真是意外！真是意外！看来以后的烟花药不能这样配了。请你原谅！请你原谅！从今日起，每月给你再加二十块！”周素当时笑着掸土：“不用，不用，一点意外，没啥，没啥。”

就在出这件事的那天夜里，小枫一抿鬓发走进记账屋，语气平静地对龚老海和龚家老大讲：“太爷爷，爷爷，这些日子我细想了想，我不愿跟姓周的结婚了。他们家太穷，我不愿再去过苦日子。再说，他身上的那些疤，也太难看！我还是愿去你们当初说的陈家。”“真想开了？”龚老海显然有些意外，语调中仿佛抑着欢喜。“真的！”小枫平静地颔首。“那好，那好，既然想开了，就按你想开的办！”似乎有一缕笑意很快消失在龚老海额上那丛密集的皱纹里。“太爷爷，我有两个要求，想求你答应。”小枫接着又说，“一个是这婚事既然家里同意我也同意，要办就早点办，也免得姓周的再来搅我的心；一个是我同姓周的总算也好过一场，我知道他爱画画，求太爷爷还让他到画封屋里干活。”龚老海听罢立刻就答：“好，这两条我都应允！头一条，明天就找人择定喜日子！第二条，从明日起你不必再去干活，只管在家做嫁妆，画封屋里的活让姓周的去干，不让他再装车和试放了，而且他的工资也不变。”小枫当时又说：“我这里有一封给姓周的绝交信，烦你转交给他，我不想再见他了！”龚老海伸手接过，说：“行！”

第二天，龚老海在对周素交待完让他仍回画封屋干活之后，掏出了小枫的那张纸条，和颜悦色地说：“小枫让捎给你的。”周素急忙接过，脸红红地去画封屋拆开看，只看一眼，就眉扬起、脸煞白，揉揉眼，又看一遍，再看一遍，仍是她的字，还是那句话："我不愿再见到你！"他懵住、怔住、呆住：怎么变得这样快？！他直立许久，才又一拳砸到墙上，咬牙低叫："水性杨花的女人！"他踢开画封屋里的一条凳子，猛地向门外走，原想立刻去找小枫责问，尔后到记账屋结清账目，从此永远离开龚家这个厂。但脚迈门槛时又蓦地停止：你有何权责问？走，离开龚家可以，可再上哪里去挣这每月一百多块钱？而没有钱，又拿什么去办榨油坊？没有油坊积累资金，又怎能去办农产品综合加工利用公司？又用什么去办跨行业的诸多企业？大实业家，青史留名，盆地勃兴，岂不都成一句空话？他又缓缓收脚，从牙缝徐徐吐出一口气，重重跌坐在凳上，良久，猛地伸手提起画笔，饱蘸红色颜料，在一张白纸上挥写一字"忍"！笔锋力透纸背！他写完掷笔在桌时，看见龚老海悄无声息地走进门，径在那张太师椅上坐下，双眼微微眯起。

自此，周素再不出画封屋，更少言语，只闷头画封，按时上下班，脸，也就慢慢瘦了下来。

小枫也从此再没出过闺房，说是她整天在忙着做嫁妆。喜日子看定在二十天之后，陈家也很高兴结这门有钱的亲家，巴不能立刻就把媳妇娶到。喜日子到来的前一天头晌，老五奶奶去看小枫的嫁妆，进屋就惊喝一声："嗬！"那嫁妆真是气派：光缎子被就有十床，黑呢子衣服整四套，皮鞋深腰浅腰七八双，毛毯、线毯四五床，大花床单有四条，针织线衣有十套，黑漆箱子有三对，大小柜子六七个，更加上那些新派东西，什么电视机、收录机、洗衣机、自行车……老五奶奶看着，摸着，感叹着："天爷呀，想当初老子来柳镇，我老娘只给我一个缺了仨齿的枣木梳，外加十个洗衣服的干皂荚，看看你们今天多有福！"老五奶奶感叹罢，走到小枫身边，抬手在她头上正绕三下反绕三下，尔后开始她常对那些要做新娘的姑娘们说的话："正绕三，反绕三，你的命里有金砖；大金砖，小金砖，抱砖不如保住汉；汉有高，汉有低，高低都能撒种哩；种有儿，种有女，有儿有女有福气——"老五奶奶刚说到这里，一对白老鼠突然蹿上房梁，叽叽吱吱一阵乱叫，惊得老五奶奶一呆，忘了下边的词，而且眼皮也跳了起来，她仰脸向屋顶，双眸微闭片刻后，捉住小枫的那又冰又凉的手，匆匆说了几句恭喜话，便出门走了。小枫当时坐在那些嫁妆旁，两眼怔怔没吭声，只眉梢一动，闪出一丝似讽非讽的笑来。

随着小枫喜日子的临近，周素的心也一日比一日疼得更甚。这些天，他曾不断地回忆检点自己，想找出究竟在哪些地方伤了小枫的心，遍想不出之后，就越发地恨起突然变心的小枫来。这种恨在心里发酵之后，迫切地想找一个发泄口，他几个晚上在龚家大院逡巡，想找小枫痛骂一顿，无奈小枫不出门。每天夜里一躺下，那幅咬噬他心的画面就总要出现：一张漆成粉红的新婚床上，小枫正缓慢而优雅地脱着衣裳，那陈姓新郎，正迫不及待地扑向小枫。他的牙被这幅画面折磨得咯咯乱响。喜期临近的头一天前晌收工时，他深一脚浅一脚地向记账屋走，他想找龚老海或龚家老大请几天假，他担心自己在这院里再待下去，看到小枫的那些嫁妆，看到陈家来迎亲的人，会有不理智的行为。龚老海听完他要请假的要求之后，慢慢一捋胡须，微眯了眼说："明日是我家大喜的日子，也是一家最忙的时候，因此所有工人都不准请假，谁若擅自不来，扣发本月工资，且解除雇用合同！你作为小枫的同学，更不能请假不到。我还有两件事请你办：一件，我专为小枫的出门做了一挂两千响的长鞭，想请你后晌画一幅漂亮的封纸包上，明早迎娶的彩车来到时当众启封燃放；另一件，想请你晚饭后为小枫捆扎嫁妆，以便于明天送亲的人抬。你办事心细且是小枫的同学，我信得过你！当然，我也不会让你白白加班，今晚给你加班费五十元！"周素听罢，气煞，原想转身就走，但脑里的那个事业规划，又迫使他抑下这冲动，硬把那个"忍"字再塞胸中，罢，就给你干。他勉强点一下头，走出门，刚迈出门槛不远，屋里突然传出龚老海一声大笑，笑声长而闷，尾音上挑，夹两次咳，透出无比的畅快。周素被那笑惊得几乎止步，他从未听龚老海这么笑过。

后晌，秋阳发红，缓缓在西天运行，遥远处伏牛山的山脊在天边成一黑浪，渐渐与斜阳接近。柳镇因了这龚家的喜事，笼在一股欢喜宁静的气氛中。就在这时，忽有闷重的两记响声传进镇上，那响声出奇地大，惊得镇中的牛、马、猪、羊、狗、鸡、鹅、鸭一齐大叫，众人仰头循声看时，只见一巨大的紫云团从镇西丘洞升起，云团紫得发亮，仿佛还夹有火光。紫云团在几百米高空弥漫开，几乎把柳镇的上空遮住。年轻人只觉新奇，齐跑往丘洞边看，老年人则一个个十分惊慌。老五奶奶见状，仍如往常，脱下上衣，拿一柳条，直往自己身上抽，不过这次是抽了三十下方住手。

晚上，柳镇街上异常冷清，因了后晌的那大团紫雾，不少人家早已吃过饭拴上门，街上只有一些年轻人在那里游晃。仅有龚家大院仍灯光明亮，人声喧嚷，一派喜象。龚老海虽也听说丘洞冒了紫雾，但他相信一喜冲三邪，祸不会降到龚家头上。周素下午为两千响长鞭画一对戏水鸳鸯的画封。晚上，龚老海朝他指了指龚家大屋最边上的一间，说："小枫的嫁妆都在那间库房里，走，我告诉你怎样捆扎！"周素机械地随他进了那屋，一看见那五光十色的陪嫁东西，一股火就蹿到了脸上。他的目光每触到一件嫁妆，眼前就现出一幅幻影：那是个梳妆台，小枫正坐台前梳理她那漆黑闪光的长发，粉嫩的脖颈一晃一晃，姓陈的新郎正一脸喜色地把发夹卡在小枫头上。那是一个双人沙发，小枫正偎在姓陈的怀里笑闹……一幅幅幻影越来越紧地揪着他的心。"还可以吧，这些嫁妆？"龚老海的一声问话把他从痛楚中暂时拖出，他扭头看一眼对方，想弄清龚老海是否注意到了自己的失态，但这一眼却让周素发现了龚老海望自己的眼神有些奇怪：仿佛是一种玩弄什么东西后的舒坦！

周素咬牙从脑里赶走幻影，机械地按着龚老海的交待捆扎着那些嫁妆。后来龚老海笑着咂了下嘴唇，说："你慢慢干吧。"就转身走了。周素于是就又进了那一幅幅折磨他的幻影中。差不多将一半嫁妆捆扎完之后，周素出去小解，路过记账屋门口时，忽听门缝里传出龚家老大的一句抱怨："怎叫周素去捆嫁妆？他能捆好？"接下来是龚老海压低了的声音："是我专门叫他来捆扎的，专门！懂么？"周素闻言倏然一怔：专门？为什么专门？"哗啦"一声，脑里裂出一道缝，两个黑色的大字出现在脑海：折磨！啊，懂了！怪不得你看我时是那种眼神！哈哈，折磨，几乎在那个判断闪现的同时，一股强烈的气恨由心底涌起，迅速膨胀，这气恨使他的身子开始哆嗦，他感觉到身上的血管全都勃起，由心脏向外输出的血流在加急，手指被一种莫名的亢奋弄得不住抖动，一个强烈的愿望在心中翻滚：毁坏一点什么！当他重又走进放嫁妆的库房时，便朝最先碰到脚的一个放皮鞋的纸盒猛地踢去，纸盒飞起撞到墙上，又碰落到墙角的一个缸旁，发出呕的一响。这一声把周素的目光一下引到墙角的缸上，那里并排放着七口大缸，上边一律贴着红纸条：“火药，严禁烟火！”缸上一律加盖着石板。他的双眼在那排缸上凝定，足有十分钟没动，随之一个从未有过的念头跳到眼前：娘的！点了这些火药！毁了这些嫁妆！毁了这龚家大屋！毁了这一切！你们折磨我，我也要让你们知道知道我的厉害！这个念头的生出，顿时让他体验到了一种报复的快意。他的眼球开始变红：娘的，干！

这个念头一经固定，他便放慢了捆扎速度，他要故意拖延时间！他捆捆解解，解解捆捆，期间龚老海来看过两次，后来他大概打熬不住，便让看门的老头来陪着周素，自己先去睡了。周素依旧磨蹭，直磨蹭到那看门老头也哈欠连天，嘟囔着：“你干完自己关上门吧，我去睡了。”周素这才无声地冷冷一笑。他先轻步出门，见龚家大院悄无声息，全都睡了，这才快步进屋，迅速拆开那挂两千响长鞭，把那张画有戏水鸳鸯的红封纸撕碎扔下，并搬开一口火药缸上的石板盖子，把长鞭的一半放入缸内，另一半耷拉在缸外，尔后从库房的另一个木柜里拿出一把鞭炮药引，三股三股地连接起来，变成一根导火线，他根据平时试放鞭炮烟花时的经验，把导火线接得很长，计算好在自己返回家中二十分钟之后，这些药引才能燃完起爆。当一切安顿好后，他擦燃火柴点着药引，便悄步走出了龚家大门。

已近午夜，街上更加空旷冷清，一两声狗叫从镇外传来，慢慢消失在幽暗的街道两旁。当周素就要迈过街道时，一股夜风裹着一些纸屑陡然吹过，使他的身子一个激灵，心里也顿时咯噔一声，紧张炽热的脑子霎时有些清醒：你这是在蓄意杀人！这个意识出现的同时，他打了个寒噤。立刻，小枫和她弟弟、妹妹以及龚家其他一些人的面影在他眼前一一晃过，你怎能害死这些无辜的人？不，不能！一条条断腿、一只只断臂在他眼前乱飞，鲜红的血分明地沾满了那些瓦砾，他的心抽搐了一下，身子不由自主地转了回去，一股巨大的拉力扯着他的双腿。他不敢再犹豫，加快步子跑回库房，那药引正咝咝燃着缩短，差不多快近四分之一。他急忙抬脚想去踩灭，他的右脚刚落到药引上，高度绷紧的神经突然感到背后有脚步声。糟糕！龚家来人了！只要龚家人看到这个场面，发一声喊，片刻之后就会引来无数麻烦，那时如何张嘴去辩？他觉出一股冷汗顺了脊背下窜，他惶恐地扭头一看，原来是小枫站在门口。他望着小枫那张苍白的脸，舌竟僵在口中，他只担心她会发现他脚下的药引，发现药引连着鞭炮和火药缸。还好，小枫没往别处看，只望定他的眼平静地说："你该回去了！""哦，哦。"周素微弱含混地应道。"回去睡吧！"她又催。周素于是只好移步向门口走，一出门槛就加快了步子，他估计小枫发现那药引后会发出一声惊呼，然而没有，但愿她不向地上看！

当周素又走出龚家大门来到街上时，神经的松弛使他瘫软地蹲在了地上。夜更深，风愈冷，一两声猫头鹰的叫声从暗黑的夜空飘过，应和着从谁家窗隙门缝漏出的鼾声。周素身子软得只想就躺在这街上睡去，但他不能！他侧耳倾听龚家大院的声息，待院中又是一片寂静后，他又急忙站起了身，他要重回那间库房，要把那些药引拆掉，把那挂鞭炮封好，把火药缸盖上。

看门人睡得很死，周素又顺利进了院子，悄步向库房走。离库房还有十几步时，浑身的汗毛突然一竖，鼻子闻到了一股药引正燃时所飘出的轻微硝味。是的，是硝味！进厂这么多日子，已使他对这种味道十分熟悉。糟了！一定是自己刚才未把燃着的药引全部踩灭，致使它这会儿又燃了起来！天呀，已过了这么长世间，药引要燃也快燃完！想到这里，他不再怕脚重弄出声响，三脚两步跑到门边，隔门缝一看，果然，那药引正咝咝燃着，已近鞭炮，快到缸沿。他猛地推门想冲进去掐灭药引，但门一推他才发现：屋门竟被锁住！毁啦，小枫大约怕我偷她的嫁妆，把门锁上了！现在要砸锁开门去掐药引已经来不及，不容犹豫，也不敢迟疑，爆炸马上就要发生，周素猛然张嘴大喊："快呀——快跑呀！库房着火了——"这粗哑疾人的声响陡然升上夜空，迅速向四下蔓延开去，那喊声失控失真，连周素自己也辨不出那是自己的声音。喊声迅速把镇上所有的狗们惊醒，吠叫连天，更添一种急迫。周素没管别的，只连声大喊，边喊边猛力挨个擂着龚家的屋门："快呀——着火了——"

最先跑出睡屋门的是龚老海，他知道鞭炮烟花厂失火的厉害，赤脚、赤膊，只拿一根拐杖，出门就喊："快跑——"

出来了，龚家的人全都只穿着内衣跑出来了。最后一个出来的是小枫，只有她穿得整齐，她是被她爹拉着跑出来的。

"快向街上跑！"周素仍在声嘶力竭地喊。他的喊声刚落，就听啪的一声，鞭炮响了。周素知道，药引已经全部燃完，那挂长鞭已开始响了，很快，火药缸就会爆炸。他推着搡着龚家的人向大门外的街上跑。当他最后刚把小枫推到街上时，只听轰隆一声，地面猛地一下摇动，龚家那七间大瓦屋连同他们后来又盖的六七间房子全都坍塌，连院墙都塌了，整个院子顷刻间变成了平地。那响声真是可怕，柳镇所有房子的墙都在那响声中晃了晃，街上好多人家的窗户玻璃都被震碎，所有的动物一起喊叫，上千只老鼠被惊得窜至街上，镇中古榆上的铁钟被震得叮当乱响。在房子倒塌的同时，大火烧起来了，火头猛烈鲜红，舔热了半个天空。原在街边树上睡了的麻雀，被这响声震迷，箭一般地向那火堆上扑去。

龚家一家人都呆呆立在那里，一个个腿都像在抖，龚老海被他儿子龚家老大搀着，满脸淌汗，身子在颤。那会儿全镇的人都在向龚家人站的地方跑，跑近后却都又蓦地止步，噤不则声，只默默而惊骇地看。最先跑到龚家人身边的是周素的爷爷、奶奶、爹、娘、弟、妹，他们离得最近。周龙坤是让儿子周士高从病床上搀出来的，这会儿望着龚家大院的那副惨景，也双目瞪大发着愣。人群中一片寂静，谁也不知道该说什么，人们都只盯着在倒下去的房基上燃着的大火。大火中，不时响起鞭炮的爆声，不断有烟花从破砖烂瓦中喷出五彩的火花。

是龚老海最先把眼睛从燃烧的屋基上转开，他先是逐个看了一眼自家的一家人，最后把眼望定脸色发青，双目发直呆立在那里的周素，哑声说："是你把我们喊醒，你救了我们全家！这救命大恩龚家当世代相报，眼下，你先受我们全家一个头！"说罢，"扑通"一声，就先双膝跪了地，他的那些儿孙们除了小枫，也都跟着哗啦一下，全朝着周素跪了。周素两眼发直地看着面前跪下的龚家一家。那时候四周围来的那些镇上的人，包括周龙坤、周士高和周素娘，都无声地立在那里，发着愣。周素站着站着，腿就开始哆嗦，眼里也流出了泪，慢慢就听他说："起来！你们起来！该跪下的是我！"说着，扑通一下，便在龚老海面前跪下了。四周人都不明缘由地瞪起眼来，周龙坤、周士高和周素娘都慌慌地向前挤了挤。这时候周素就开始说，说他如何发怒，如何安排，如何点火，如何去踩又没踩灭药引，直把龚老海惊得一张没牙的嘴全部张开，龚老海仍旧跪在那里，带了白苔的舌头在口腔里晃动，又一层黏稠油亮的汗珠从额上的皱纹中渗出。周龙坤、周士高和周素娘都被周素的这番话钉在原地，只能抬手把胸口捂住。人群中鸦雀无声。就在这当儿，只见一直未跪的小枫噔噔走到周素身边，用脚猛在他的腰上踢了一下，叫："起来！你跪什么？没你的事！那导火线你早把它踩灭了！后来是我又点上的！我点上后又把门锁上了！要不是你喊，我们龚家这会儿就舒服了！你喊什么？你这个混蛋！我早就盼着这天！自从我答应去陈家当儿媳妇时我就在盼！就是你不连那导火线我也要连的！我的决心早下定了！下定了！太爷爷，这会儿你知道我为什么要把嫁妆放到库房了吧？你明白了吗？"小枫又猛地转向龚老海喊。

龚老海的眼睛已经瞪得不能再大，脖子梗得很直，下巴一晃一晃，双膝仍在那里跪着，只是身子在慢慢向下萎缩。周龙坤大约是受不了这接连的惊吓，身子发软地歪在了周士高身上。四周的人依然噤声无言，只有坍塌下去的龚家大屋里，不时爆出鞭炮声，不断有烟花喷出来。就在那火光中，人们注意到，有一对白鼠在碎砖烂瓦间跑，它们并不离开那到处是火的地基，只在那上边又跳又叫，像是快活极了。

老五奶奶站在人群里，双眼微闭，嘴角挂一缕笑意。

又一串鞭炮从瓦砾中炸响，声极脆。

又一筒烟花从废墟中喷起，五彩的……

《人民文学》1988年第8期发表

《作品与争鸣》1989年第6期转载

银饰

故事的源头如今是一片废墟。

像墓地里的白骨当年曾是健壮的小伙和水灵的姑娘一样，所有的废墟也都有过风华正茂的时候。当我站在那片扔满鸡毛、碎纸、烂菜叶的废墟上，向八七年前的那个早晨凝望时，我最先看到的是那条弯弯曲曲轻笼在晨雾中的西关小街；跟着看到了青砖绿瓦屋脊上蹲有两个小兽不大却有气势的银饰铺；看到了黑底白字的店牌：富恒银饰；随后我听到了吱吱哑哑一声门响——

戌

在那个薄雾飘绕的春天的早晨，富恒银饰铺的银匠郑少恒去开铺子门时，并不知道一桩大事的开端要在那天显露出来，而且那开端正以不紧不慢的速度向他的门边蠕动着爬近。他仍如往常那样精赤着上身，趿拉着鞋，一只手去抹睡意犹存夹了眼屎的眼睛，另一只手抬起带动胳膊上举打了一个带了长长呵声的哈欠。两条粗黑的腿一前一后向门口移动。他抽掉那根壮实的枣木门闩，刚把哼哼唧唧吱吱呀呀的两扇门拉开一道小缝，早晨的凉气就迫不及待亲亲热热挤进来搂住了他，他身子一个激灵，打了个响亮的喷嚏，喷嚏声在石板铺前的街道上打了几个滚才算站起跑远。这当儿，一只尖嘴长尾黑羽毛的雀儿落在了对面街边的那棵槐树上，那雀儿响亮地拍了几下翅膀，头对着他连连叫了三声，叫声嘎哑、短促，少恒不由得一怔：这鸟儿莫不是有病?

他开始做开门做活的准备。把化银子的灯具，把盛了各种模具的木箱，把砧子，把放了锤子、锉子、钳子等的工具台，把用来称银两的“戥子”和给首饰上光的白矾水，把让顾客们坐的两条长板凳在铺子里一一摆好……

“吃饭！”用高粱秸隔成的铺子里间，传来了老银匠郑恒良的一声喊。

每天早晨，都是爹在后边做饭，他来前边做开门的准备。爹老了，爹如今只能干一点烧火做饭和给做好的首饰锉去毛刺的轻活，南阳城有名的富恒银饰铺，实际上已由郑少恒在掌持着。

少恒进里间吃饭，父子俩面对面响亮地喝着红薯面稀粥啃着窝头。两人虽然每日手上捏的都是白晃晃的银子，吃的饭食却是黑乌乌的。做首饰这活儿是有一点赚头，可税太重，加上又一心想积点银两扩建铺子，嘴上自然就不能不苦点了。

少恒的最后一碗粥还没有喝完，外边就有脚步声向门口响来，他知道今天的第一个顾客已经上门，紧忙放粗喉咙吞了几口，扔下碗，抓起了做活的老蓝布围裙向腰上勒。

“我要打一个大横簪子！”进来的是一个小脚老太。少恒依稀记得她是做烟叶生意的郝掌柜的老娘，他一边接过银块一边躬身说：“老人家先坐，我这就做。”

他点上了化银的灯，当他嘴噙吹管把灯光巧妙地吹成一道细线去化银块时，又有几个要打首饰的人相继走进了铺子在板凳上落座。郑家几代人都当银匠，做银饰的手艺远近闻名，所以每日的顾客总是络绎不绝，排队相候。郑家的银饰出品大致可分两类，一类是童饰，一类是女饰。童饰中有虎头、狮子钱、八仙人、罗汉人、帽坠、大凤牌子、压金牌、麒麟牌、和合二仙牌，此外还有桃式、钟式、筐式等各种铃铛，这些铃铛系于小孩头部，偶一摇摆，叮当晃浪，极有风趣。女饰中又分八类：一类是戴在头上的银冠，上嵌龙凤、花卉、虫鱼等物，绚丽堂皇，雍容华贵，是姑娘们婚嫁的上乘装饰品；另一类是插在发髻上、卡在辫子上、系在两鬓上的簪子、麻花针、扭丝针、栀子针、大横簪子、围绺花等；再一类是银耳环、银耳坠，耳环、耳坠的品样极多，尤以动物形象的为最精致美观；第四类是银项链，包括梅花链、长虫链和四瓣花链等；第五类是银手镯、银脚镯，分龙头镯、竹节镯、绣花镯、素空镯、扭丝镯、蒜梗镯等十几种；第六类是银戒指，有各种花鸟虫鱼的式样，着以蓝、绿等各种色彩，极为俏丽好看；第七类是银钮扣，分藕莲种、梅花、桃花、樱桃和金瓜等品种；最后一类是为高龄妇女或去世妇女的鞋上专制的鞋花，左蟾右蛾，寓意长寿升天。

少恒把银子化完，从模具中取出粗坯正要举锤去敲砸时，一股淡淡幽幽的香味忽然飘进鼻孔，他深吸了一口，立刻辨出是“明德府”的长媳碧兰到了。明德府是当任南阳知府吕敬仁的私邸，因吕大人向以德高、行美、政廉闻名河南全境，故河南巡抚特亲笔书赠他的府邸这个称号，以示褒奖。这位明德府的长媳因不断来铺子里订做银饰，所以少恒的鼻子对她的体味也已熟悉。他抬头看时，果然是明眸皓齿年轻秀气的碧兰夫人站在门口。

“夫人是来试脚镯的吧？昨夜我已加班做好，请进来试。”少恒慌忙站起让道。他意外地注意到这位夫人一脸冷色，眉眼间没有了往常惯有的那副笑意。

碧兰夫人没有应声，只是移步进屋径向里间走去。因为有女人不在男人面前脱鞋露脚的规矩，所以富恒银饰铺让女人试脚镯时一向都在里间。当然试戴时银匠得在跟前，以便发现尺寸是否合适，试戴的女人和银匠，这时刻有点像病人和郎中，不忌讳银匠把自己的鞋脱掉，在自己的脚腕上摸摸弄弄。

碧兰夫人在少恒平日坐着吃饭的那只独凳上坐下，穿了粉红缎鞋的两只脚稍稍并拢向前伸出。少恒拿着一对银脚镯在夫人的脚前蹲下，这时候钻进少恒鼻孔的香味开始变浓，他忍不住深吸了一下，两股香味立时像两只带了茸毛的小虫沿鼻道向肺里爬去，他觉得精神一振且还有点莫名其妙的兴奋。他按照惯常的做法，先伸手提起她的左脚，脱下了她的缎鞋，把脚放在自己下蹲的膝盖上。缎鞋脱下时，没有一般人脱鞋后发出的那股怪味，倒有一股类似干菊花的味道开始弥漫，他估计是碧兰夫人在自己的鞋垫里放有晒干了的菊花，要不就是有什么香料被缝进了鞋帮里。他这时无暇去寻找这香味的出处，他只是在注意自己的手，两只手触到夫人的脚背、脚腕时的那种滑腻柔软的感觉真是太妙，让人心里又痒又麻又酥，他觉出有一股欲望骤然从心底升起且在飞快变强，那就是顺着脚腕摸上去，摸摸她那裹在裤子里的小腿和大腿。他用牙狠咬了一下自己的舌尖，倏然而起的尖锐的疼痛才算暂时把那股欲望压下去。他决定静了心把一只带扣的扭丝银脚镯朝夫人左脚腕上戴去，为了不妨碍试戴动作，他稍稍把夫人的裤腿向上提一下，这一来让他双眼一下子瞪大，惊得轻呵了一声：原来碧兰夫人的脚腕靠上一点有一道长而深的血痕，血痕显然出现不久，很可能就在昨天夜里，因为血痂还新鲜发红。他估摸那血痕不是带长指甲的手抓的就是被什么东西划的。这样的血痕出现在少恒那粗糙黝黑的腿上也许算不了什么，可出现在这白皙细腻如凝脂般的肌肤上却不能不令人心疼心惊。碧兰并没理会少恒的惊讶之态，仍依旧冷脸坐在那儿，只是身子略微一颤。左脚镯大小正好。碧兰夫人的冷肃样儿使少恒不敢再耽误时间，急忙去试右脚镯，当他照刚才的动作稍稍提起夫人右侧的裤腿时，他的眼再一次惊愕地瞪大：夫人右脚腕靠上一点也有一道长而深的血痕。受伤的部位相同。血痕的形状相同，致伤的手段似乎也相同。如果说少恒刚才是吃惊的话，这会儿简直是震惊了：哪会有如此巧妙的对称性受伤？他自然不敢开口问什么，只是更加小心地去试镯子，唯恐触疼了她。还好，右脚镯大小也挺合适。

“夫人，脚镯大小合适，是这会儿就不再取下，还是先取下包好你带回去自己戴上？”少恒扬了脸问。他这一刻才注意到碧兰两个眼圈有些发青。

“取下包好，晌饭后给我送去。”碧兰的话音淡然，似乎带了点颤，手上捏着一块银子朝少恒递来。

“夫人的工钱已经付过了，你这是还要打啥子饰物？”

“不打。”她的话音很低，目光却忽然奇怪起来，“我想请你帮我买样东西！”

“啥？”他觉出自己的心一跳，他极愿为这个漂亮的女人做点什么。

“砒霜。”她的话音极轻极微，两眼也变得异常明亮，眨也不眨地盯住他。

像躲避迎头击来的石块，他的身子向左一偏。“你为啥不自己去买？”他本能地把声音放小。

“不方便。”

“我……”

“不想帮忙就算了。”她拿银子的手开始往回收，“我还以为你这个老实人会帮忙的。”

“给我。”

话未落音，他的手已伸了出去……

那天上午余下的时间少恒差不多没有做成几件活儿，他的心被“砒霜”两个字搅得翻上翻下，手中的锤子也敲得纷乱发飘，顾客们自然从那锤声里听不出什么名堂，可这哪能瞒了老银匠的耳朵？尽管他仍旧低头坐在儿子旁边，一言不发、目不斜视地为银饰挫着毛刺，可他心里明白，一定是有什么事发生了。所以午饭后当儿子要出门时，他开了口问：“干啥去？”

“给明德府的碧兰夫人送脚镯去。”

“还干啥？”

“不干啥。”

“真的不干啥？”老银匠的两只老眼锥子一样扎在儿子脸上。

“碧兰夫人让帮她一点忙。”少恒不自然地扭过脸去。

“啥忙？”

“帮她去药店买点药。”少恒有点不高兴，“你问那样清楚做啥？人老了真是。”

“啥药？”

“砒霜。”

“你答应了？”

“嗯。”

“知道砒霜是啥么？”

“毒药呗。”

“她买毒药做啥？”

“不知道。兴许是毒老鼠。”

“不知道你就去帮她买？她要拿这去毒人了咋办？你不就成了帮凶？你想让咱这富恒银饰铺关门吗？想让人把你的头砍了？”

少恒身子一个激灵，扭过脸慌慌地盯住爹的眼：“可我已经答应了她，再说，她那样的人还会——”

“那就把这个给她！”老人边说边弯腰从墙根处抓了一撮灰土，扯过一张包银饰的纸三下五除二地包好塞到了少恒手里。

“这——”

“用这个就能知道她要干啥了，去吧。”

少恒犹犹豫豫地挪出了门。一顿饭工夫，又心神不定地回了屋。

“给她了？”

少恒点点头。“那东西药不死老鼠，她知道我骗了她肯定会骂我的，会的，她日后是不会再找我给她做首饰了。”声音里满是自责和后悔。

“少她一个主顾饿不死你！”当爹的扔下一句扭身要走，却又回了头问，“看出她要砒霜干啥了吗？”

“问了，她说‘你别管！’”

父子俩又开始坐下干后晌的活，但少恒的心思显然不在活儿上，无论做什么都无精打采，而且频频出错，一个蝶式银耳坠，竟打了五遍才算打成，吹气化银时，还险些烧伤了手。

好容易挨到天黑，打发几个顾客走了。老银匠进后边做饭，剩下少恒一个人，点了蜡烛慢腾腾地收拾着工具。就在这刻，已经虚掩上了的铺子门，突然吱嘎一声被推开，碧兰夫人的贴身丫鬟——一个身材娇小的姑娘气喘吁吁地出现在门口。

少恒一惊，他只看了对方一眼，就急忙低了头，他估计会有一顿责骂砸过来，不想丫鬟只轻轻说了一句：“小银匠，我们夫人让你去一趟！”

少恒嗫嗫嚅嚅地应了一声。那当儿老银匠也已闻声站到了里间门口，少恒向爹怨恨地投去一瞥，尔后上刑场似的向门外挪步。

“记住，那药是在耿家药铺买的！”老银匠对着儿子的背影交待了一句。

少恒跟在丫鬟的身后走进明德府碧兰夫人的房子，一看见碧兰夫人端坐椅上把两只明亮亮的眼睛朝他看过来时，脑袋里就嗡一下刮起了大风，他想赶在碧兰夫人开口责骂之前做番解释，忙吭吭哧哧地说道：“那药是在耿家药铺——”碧兰摆了一下手，少恒吓得赶紧噤了口。这时他注意到丫鬟已经出去并随手关上了门，屋里只剩下了他和碧兰夫人，他的心越发慌张，他看见碧兰向他身边走来，双手本能地抬起护住了自己的脸。“打吧，你打吧，这事反正不怨我！”他在心里叫。他已做好了她巴掌抡过来的准备，但那个巴掌却轻轻地落到了他的肩上，那不是打，是拍，是很轻很轻地一拍。与此同时他听到了一声叹息似的带了一点颤音的低语：“谢谢你，谢谢你又让我活了一回。”

少恒一愣，他先是放下捂脸的手后是抬起了眼，他吃惊而茫然地望着碧兰，望着她那晶亮的眼。

“知道我让你买砒霜是干啥吗？杀人！我要杀死他和我自己！就在后晌，我把你帮我买的砒霜同时放进了他的和我的茶碗，我想死，我要和他一块死！可我没想到当我喝下了那碗茶知道自己要死之后，又会生出那么大的后悔。那一刻，我想起了我的爹娘，他们都已年迈，为养活我长大吃了那么多的苦，在他们正需要我供养的时候，我却去死了；我想起了我的小弟，他正在韩家塾馆读书，他读书的花销都靠我供，我死了之后他还咋读下去？我想起我才25岁，我来这世上还什么事都没做成，连一男半女都没养出来，这阵儿就死实在太亏！尤其想到我是和他这个狗男人一块死的，死了还要同他埋一坟，在阴间里还要和他缠在一处，我真是后悔害怕至极，我恨自己没有忍耐力，办成了这样和他同死的傻事，我那刻气得悔得直扇自己的脸。我真真没有想到，那砒霜竟会是失效的！当我断定那砒霜无效，我又能在世上活下去之后，我是多么多么地高兴呵！我真感谢你，你又让我活了一回。当然，他也活着，就让他活着吧，让他活吧……”

少恒听得目瞪口呆。

“我要报答你！碧兰的声音变得更低，脸上现出一股狂热的神情。我要送给你一样东西，一样东西！她的眼中有火苗在跳，他看见她的嘴唇在哆嗦。明天夜里，你悄悄来这府里的后花园，从东偏门进，我把东西给你！记住了吗？不要给任何人说！”

少恒刚要张嘴，门外响起了脚步声，碧兰的神色突然变为冷肃，跟着就听她冷淡地说道：“你送来的这个戒指还好，工银我们晚点付，你回去吧！”她使了个请他快走的眼色，上前一下子拉开门，朝少恒挥了挥手。

少恒糊里糊涂地出了碧兰的屋门和明德府的府门，又糊里糊涂地走进了自己的家门。

爹还没睡，爹没说话，爹只用眼睛看他。

少恒叹了口气，在自己的床沿上坐下，慢腾腾给爹说了事情的经过。

“我们不要她的东西！”老银匠的声音硬如铁块。

少恒没吭，他的眼前还晃着碧兰的面影，鼻子里还满是碧兰身上的香味。

“要离这个女人远点！”老银匠的声音像石块一样敲到床帮上。

少恒没再理会爹，他胡乱地脱掉衣服钻进被窝，他用被子蒙住头，他要想想今天这一连串的事情，他最后想到了碧兰的那句话："我要杀死他和我自己。"那个他是谁？

"是谁？"

他的头皮一紧……

他在不安的思索中慢慢沉入睡乡，在寂静的睡乡里他看见一只大鸟，那大鸟的翅膀乌黑如墨，正缓缓地由头顶掠过……

第二天整整一个白天，少恒虽然照样在做着银饰，脑子里却总被那个问号缠住：晚上要不要去明德府后花园取碧兰夫人给的东西？按爹说的不去？那有点对不起碧兰了，人家是好心，给你东西你不要可以，但你总不能不去！去？黑夜里去和一个女人见面让别人看见可是不好，不过这是碧兰夫人要我去的，遇见别人我可以做点解释，就说是去送银饰的；再说，天黑，也不一定就能碰上人。

晚饭后他扔下碗时看一眼爹，讷讷地说了一句："我去看看。"

"看啥？"爹瞪他一眼，"她给啥好东西咱都不要！"

"不要咱也得去给人家说一声，好歹也讲个礼数。"

"讲你娘的屁礼数！跟一个要买毒药杀人的女人还讲礼数？"

"她不是没有杀嘛？！"

老银匠气哼哼地不再说话，踢过一个凳子到灯下，蹭蹭地拿起一个锉子去锉一个项圈上的毛刺。他听见儿子蹑脚走出了门，他没有回头，他只是恨恨地用锉子敲了下项圈，闷声骂了一句："狗东西，鬼迷了心窍！"

老银匠锉得心绪烦乱，到最后干脆扔了锉子坐那里吸烟，两只耳朵却仄起去听门外的动静。

不知过了多久，门外响起了儿子的脚步声，老银匠呼地一下站起身，儿子的一只脚刚踏进门，老人的两只眼就搜了上去。

"她给了你啥？"

"没啥。"小银匠有些疲倦地答。

"没啥？"

"真没啥。"

“是她给了你啥你没要还是——”

“她啥也没给。我从后花园的东偏门那里进去，就看见她在一棵白果树影里站着，她轻声喊我过去。我在她身边站下，后花园里很静，我听见她喘气声很急。我说，夫人不用给我啥，俺们啥东西也都有。”

“她咋说？”

“她没吭声，她好长时间都没说话，我有点奇怪，后来她开口了，她说小银匠你信不信那句话：‘人们做的事上天都能看见？’我说我不知道，我没想过这事。”

“她后来咋说？”

“她说小银匠你觉着一个人要是想要啥了，他是不是就该去要啥？我说我说不明白，我说一个人要是想要啥了，他要不来也是白搭。”

“后来哩？”

“后来她又停了好长时间才说：‘小银匠，要是那件东西一个人能要来，可世上人又不允许他要咋办？’我说那就别要了，要不人家会说你是偷。”

“后来哩？”

“后来她叹了口气，她把额头抵在树干上，我模糊看见她还把额头在树干上碰了一下，上边的树叶子一晃。她末后说：‘小银匠你走吧。’我就转身往东偏门那儿走，快走到门口时，她又轻步追了上来，声音很低又很急地说：‘对不住，我给你的东西忘了带来，你最好明晚再来。’”

老银匠有些迷惘地看着儿子，随后又把迷惘的目光移向了墙角，很长一阵之后他才嘟囔了一句：“这个女人是咋回事？”

小银匠已经上床躺下，他没有去理会爹的自言自语，他只是在回想着刚才见到碧兰夫人的那些情景，她为啥子把头抵到树干上，而且要往上边碰？他觉出自己的心里生了一股疼痛，她的额头不会碰出血吧？……

一大片碧绿碧绿的草地慢慢移到他的眼前，碧兰就由那碧绿的草地上款款向他走来，他闻到了风从碧兰身上带过来的香味，他看见了她在向他招手，他快步迎了上去，他已经看清了她脸上的笑纹，就在他要走近碧兰的那一刻，头顶突然响起一声尖厉的鸟叫，那瘆人的鸟叫声将他吓得睁开了眼睛，他看见爹还没睡，爹还怔怔地坐在灯下……

春天是人们打饰物的旺季，准备脱去冬装摘掉头巾的富人家的小姐、夫人们，都开始忙着准备新添或更换别在头发上，坠在耳朵上，挂在脖子里，戴在手腕、脚腕上的银饰物，所以富恒银饰铺的白天便人声喧嚷地分外热闹。少恒这一天几乎是手不离锤地忙活。不过只要稍一停锤，碧兰夫人把额头抵在树干上的影像就会在脑子里显现出来。每当那影像显出来时，他便急忙摇头把她赶开，他怕影响自己干活，他注意到爹一直面色阴沉，他怕爹发火。

好不容易干到天黑顾客散尽，少恒伸伸懒腰开始坐下吃饭，饭还没吃完，爹就又开始安排晚饭后的活儿："我又琢磨了一种项链的打法，叫豌豆链，我已经试做了一截，你晚上也做一截试试——"

"坐了一天，我吃罢饭想出去转转。"少恒不高兴地打断了爹的安排。

"去哪里转？"老人生气地斜过眼。

"去街上随便转转，腿坐得酸。"

"不准再去明德府见那个女人！"

"不过她说了让再——"

"再去干啥？你是不是想去惹个大祸？"

"说那样吓人干啥？不让去就不去呗！"少恒脖子一拧，甩门出去了。

老银匠在屋里站了一阵，尔后又不放心地开门出去，在黑暗中盯着儿子远去的背影，看见儿子最后还是向明德府那边走去，气得抬脚恨恨地朝地上跺了一下。

"妈那个×！真是迷了心窍！迷了！"

他返身进了屋，烦躁而不安地在屋里踱步……

少恒回来时已近半夜。

他的神态有些奇异：双颊出奇地红，眼珠子晶亮晶亮，头上冒着热气，两只手好像没地方放，目光有些发慌，看见爹还坐在烛光下等他，说了声："爹还没睡？"就急忙去铺自己的床。

“去了？”老银匠的目光刀一样向儿子砍去。

“去了，我怕人家总等……”少恒的声音如断了一只翅膀的蚊子。

“她给了你啥东西？”

“没啥。”他好像被烫住耳朵似的向爹扭过了脸，却又迅疾地扭了回去。

“真没啥？”

“真没啥。”

“没啥会用这大时辰？”老人的声音加了厉色。

“她，她叫我——”

“叫你咋？”

“叫我……在花园的那片树丛里藏着。”

“藏那儿干啥？”

“等她。”

“等她？”

“府里人都睡下后她才又来。”

“来了干啥？”

“没干啥。”

“又是没干啥？”

“她一下子抱住我……”

老人的眼闭了，却仍在问：“就这？”

“她亲我。”

“嗯？”

“摸我。”

“嗯？”

“她说，我不怕了，我啥都不怕了，说反正我也算死过一回的人了，说我再不忍了，说我忍不住了。”

老银匠的眼闭得更紧了。

“她说，老天爷要是有眼，他能看明白。”

“后来？”

“她让我把衣服脱了。”

“嗯？”

“她让我把衣服在地上铺开，睡到上边。”

“嗯？”

“她也脱了衣裳。”

“天哪！”

“是她先动手的，她要我弄，我害怕。”

“弄了？”

“弄了。”

老银匠惊得张开了口，却一时无声。

“她一边做还一边低了声喊：‘吕道景，你看见了吧，我要让你当王八、当肉头！’”

“吕道景——”

“你忘了？是知府老爷大儿子的名。”

老银匠打了个寒噤，没有再问。

屋子里一时静了下来，只有蜡烛头上的火苗在跳动，噼噼啪啪响。

“唉——富恒银饰铺要败在你这孽种手上了！”许久之后，老银匠发出了一声深长浊重的叹息。

“爹，这事不怨我。”

“不怨你怨谁？你这个呆子、憨货、杂种！老子执掌铺子打银饰打了几十年，也没有哪个女人敢来缠我，你倒好，主事才多少日子，就出这事？！也怨我，只想着攒银两扩建铺子，没早给你说上个媳妇。”

“我今后不再跟她来往不就行了？”

“这种事像吸鸦片，一旦尝了味能戒得了？”

“我能戒！”

“哼！”

“我能！……”

少恒如今没法止住自己不去回忆，回忆那天晚上和碧兰夫人在一起时所做的那件事的全部细节。这种回忆常常使得他脸红筋涨兴奋异常，勾起他想重见碧兰的强烈愿望。有时这种愿望强烈到他真想立刻夺门而出径到明德府去见碧兰。但他又本能地感到这是一件可怕的事情，也从心里认为这是为世人不容的邪恶，可那件事的美妙和带来的那种迷人心魄的快乐又使他实在无法忘记。他的心再也不能平静。随着这种心境的纷乱，他的银活也做得越来越糟，以至于不少饰物都需要爹戴上老花镜再重做一遍。他看见爹的脸色越来越阴，他知道这种情况不能再继续下去。他开始琢磨自己究竟怎样才能不去回忆那个晚上和不去思念碧兰，他从他有限的知识中最后找到了一个答案：自己一定是因为身子壮精力旺盛才去思念女人。有了这个答案也就有了对策：只要使自己身子虚弱下来目的可能就会达到！怎样才能使自己身子虚弱下来？少吃饭！一个人只要饭吃得少他当然就不可能强壮。

从想起了这个对策起，他开始找各种借口和理由少吃饭，十来天下来，他果然就见出消瘦并明显感到了浑身无力。老银匠忧虑地看着儿子。可少恒心里却有些高兴。如今再坐到工具台前举锤敲砸时虽然感到锤子沉重，但心里那股躁动的欲望果然就轻了不少。

少恒心里暗暗祈祷。但愿再过一段日子，那件事就会被他彻底忘记。

一个来月后的一个头晌，明显消瘦的少恒刚做了两件首饰，那股熟悉的香味又飘进了鼻孔，不用抬头，他就知道是她来了。他心里骤然像被拉紧了的弓一样感到难受，他立时觉出嗓子里没有唾沫，干得很。他很想立刻抬眼，想看看经过那晚之后她会有些什么变化，可他没敢，他害怕自己脸上的表情会泄露什么，铺子里还坐有顾客。他假装没有闻到那味没有听到她的脚步响，直到顾客有人向她招呼，他才抬起眼，才看见她那装成平静淡漠的脸，她抓住了他的目光，给他意味深长的一瞥。他的目光像兔子一样急忙向下逃开，却又碰上了她的胸，碰上了她胸前那两坨高高颤颤的东西，于是那天晚上抓住它们时的那种快活感觉又一下子从心里涌了出来，他觉出自己的身子因那回忆而颤了一下。

“小银匠，你给我做的这副脚镯可是有些毛病，紧，走起路来勒脚腕，你得再给我多少放一放，来，给我戴上，我告诉你放多大合适！”她平平静静地说着，径直进了铺子向里间走去，手上拿着前些天他送去的那副银脚镯。

少恒飞快地看了爹一眼，爹像根本没听见碧兰的话音一样，照旧低头专心锉着一个银戒指上的毛刺。少恒知道碧兰让放脚镯是个幌子，可有顾客们在那儿看着，他不能不也装得一本正经地站起身说：“好吧。”

一进里间，一没了众人的眼，少恒的目光竟胆大起来，他把她从头到脚看了一遍，他注意到她的两个眼圈有些发乌且脸颊也有些消瘦，碧兰这时猛抓住他的手，把它们放到自己的胸口上。他感到了她的心跳也听到了自己的心开始狂跳的声音，他感到那股被饥饿压下去的对碧兰身子的渴望迅速胀大了。他记起了自己对爹做的保证，但他分明看见那个保证像暴露在阳光下的雪堆一样，正在飞快地融化变低。

“今晚，老法子，老地方。”她附了他的耳朵说，声音如米粒一样地向他耳道里滚。之后，她的舌头在他脸上舔了一下。

他还没有来得及做出回答，她已突然高了声说：“好，就放一麦叶宽。”

他被这声音骇得一怔，顷刻之后，明白了自己该答什么：“行吧，就放一麦叶宽。”

她一如来时那样，声色不动地走了出去。

他把脸上她留下的那些甜香的唾液抹去，也向外间走。

那天傍晚，送走最后一个顾客关上铺门之后，少恒朝正坐在那里抽烟的爹怯怯看了一眼，讷讷地说：“爹，她要我去。”

老人没有应声，只是叭嗒着烟袋，很响。

“我想就再去一回。”

依旧是烟嘴在响，叭嗒、叭嗒。

“就一回。”他俨然是在向爹发誓。

老人像聋子一样，照旧吸自己的烟，烟缕如绳，一道一道地在屋里缠绕。

“一回。”他说罢，小心地把门拉开一道缝，闪了出去……

老人这时才从口中取下了烟袋，扔到了地上，随后颤巍巍地起身，把遮在神龛上的一块红布扯开，面朝龛里的那个白瓷的面孔慈祥的观世音，缓缓跪了下去。

“保佑我的儿子，菩萨……”

亥

暗夜网一般罩下来，牌坊式的吕家门楼差不多全被黑暗遮没，独有门楼上镀了银粉的“明德府”三个字，还能挺清晰地显现出自己的模样。已是子初时分了，整个明德府都已被寂静所笼，府外的市声早已灭定，丫鬟已打着哈欠三次过来催吕道景去卧室歇息，可他还是赖在他的书房里不动——他并没有看书，他现在没有心绪看书，他只是在小心翼翼珍贵万分地摆弄着他的那些收藏品：各式各样各种质地的女子饰物。

吕道景虽然不过二十五六岁的年纪，可他的饰物藏品却极是丰富。他收藏的全是女饰，这些女饰有木制的、竹制的、骨角制的、象牙制的、玉石制的、银制的、金制的，差不多可以显示女子饰物不断演变的历史轨迹。

吕道景作为一个男人喜欢收藏女饰物多少有点让人不解。他的这个嗜好是在七八岁就开始了的。最初发现他有这嗜好的是他的两个姐姐，两个姐姐经常发现自己的饰物被偷，她们怀疑是仆人或窃贼所为，对仆人住屋的突然搜剿和对盗贼的着意防备都没有奏效，一个偶然的机会，两位姐姐发现弟弟道景在一个房间里对镜顾盼，头上，脖子里，手腕、脚腕上戴满了她们丢失的那些饰物。两位姐姐又好笑又生气，便把这发现告诉了父亲，她们的父亲吕敬仁那时还是一个知县。吕知县听罢骂了一声：“这个小子太贱！”拎起家教的皮鞭就过去在儿子的屁股上揍了一顿。这一顿鞭子打得吕道景哇哇乱哭，却没有打掉他对女饰物的喜欢。此后，逐渐长大的吕道景对女饰物的获得便在更加保密的情况下进行。他主要是用钱买——爹娘给他的零用钱，亲友们给他的压岁钱他都悄悄地用来买了饰物。当然，有时他也偷偷地用家里的贵重物品换。如今藏在两只小箱子里的这些饰物，差不多都是他用这两个法子搜集而来的。

此刻，他在烛光下望着那些形状不一质地各异的饰物，一颗心又浸在了一种又甜又酥的感觉之中。全南阳城没有哪个女人会有这么多的饰物，包括那些最富有的女人！当然，在这些饰物中银饰的种类和数量还不是很多，不过不要紧，如今正是银饰时兴的时候，我早晚会把所有品种的银饰都搜集到手，主要是没有银子，爹和娘给我零花的银子太少，只要有了银子，我就可以去富恒银饰铺打制，我要一类一类一种一种地打制，直到把所有的品种都打齐……

他的手指和目光在摆弄那些银饰收藏品的时候，他觉出一股极熟悉的欲望又从胸中一个神秘的地方钻了出来：戴上这些女子饰物，穿上碧兰的旗袍，在这屋里做一会儿女人！这个欲望在逐渐变强，迫使他拿起一条银项链去往脖子上挂，拿起两个银发卡去往头发上别，他做着这些动作时，一种晕眩似的快乐攫住了他。但也就在这时，一个巨大的黑字倏然闪来眼前：贱！父亲的吼声也同时在耳边炸响："贱种！"他脸上的笑容随之开始减少。他的一只手哆嗦着伸进上衣口袋，从里边摸出了一个吸烟打火的火镰，他的两只手抖颤着敲打火镰点着了纸媒，纸媒在他的吹晃下开始变红放出小小的火苗。他慢慢弯下腰，捋起自己左腿上的裤子，当他的小腿露出时，他把正燃着的纸媒朝小腿上按去，立时，一股皮肉被烧的焦味开始在屋里弥漫，他的脸上开始出现汗粒，随着脸上汗粒的增多和腿上疼痛的加剧，他开始觉出原先鼓胀在心里想做女人的那股欲望，慢慢开始变小并最终又缩回了它原来躲藏的一个什么角落。他叹了一口气，瘫坐在了地上。他又一次打败了那个可怕的要他变做女人的欲望，他常常用这个办法去和那个欲望搏斗，以至于他的两个小腿上满是被纸媒烧伤后留下的疤痕。天呵，你为什么要把我造成这样一个人？

"你究竟还睡不睡了？"随着屋门的哐当一响，门缝里挤进了妻子碧兰的一声怒喝。道景一惊，慌忙起身，摘下脖子上的项链和头发上的银发卡，迅疾地放进藏有银饰的箱子并合上箱盖，直到把两只铜锁挂上了箱子的锁扣之后，他才起身去开了门。门外站着身穿睡裙满脸怒气的碧兰。"你还要磨蹭到啥时候，非要等我睡着了你再咚咚地进去把我惊醒不可，你还要人活不活了？"

"好，好，我这就去睡。"吕道景脸露讨好的笑容，不过待碧兰刚一转身，厌恶便立时把笑容挤走。他厌恶碧兰，他从心底里厌恶。他厌恶她不是因为她长得不好，他明白她长得漂亮，这只要一看周围那些男人看她的目光就知道；再说，长得不漂亮的女人怎能来做知府家的儿媳？他厌恶她也不是因为她的脾性不好，他知道她刚来时是如何的羞涩和柔顺，她后来的变凶变恶是因为自己对她的态度。他所以厌恶她是因为她是女人，是因为到夜里她常要求他做那事。而他早就不喜欢和女人在一起了，更不喜欢和女人在一起做那种游戏。

是从什么时候开始对女人反感的，吕道景自己也记不清了，反正从懂事起，他就愿意和男孩子在一起玩，十五六岁时，他常将他的那群男伙伴领进自己的卧房，把自己搜集到的那些饰物戴在身上让他们看，每当他们边观看边哈哈爆起笑声时，他就感到无比的快活。听说爹娘要给他娶媳妇那天，他曾坚决地表示他不要妻子。爹最后把眼一瞪：“混说，男大当婚，哪有不要妻之理？不要妻这吕家的香火怎续？”面对爹的威压他不敢不从，于是碧兰便被花轿抬进了明德府门。

自从碧兰进门后，他开始对夜晚也产生了厌恶，因为到夜晚就要上床和碧兰睡在一起。一看见碧兰那白嫩娇艳的身体，他心里就烦就感到一种压迫一种妒嫉，他根本不愿意亲近触摸她更不愿和她做那种事情。他对自己的这种心情也曾感到惊异：男人是应该喜欢女人的呀？再说那么多男人包括那些男仆一看见碧兰就两眼放光，可我为什么这样烦她呢？他曾努力压抑自己心中的厌恶而去和她亲密相处，他和她并不是做不成那事，但做时他需要把她想象成另外一个面目模糊长着胡须的怪人。这种对厌恶的压抑使他感到很痛苦，这种痛苦加深了他对黑夜的厌恶。因此每到晚上他都要躲到自己的书房实际上是收藏室里，直到他以为她已经睡着了再回去悄悄躺下。他曾试着和她分床而睡，但只分睡了两晚娘就过来干涉：“你这样做一旦传出去就会让外人以为我们家中不和，就会影响你爹和我们这个家的声誉……”

他对自己成为现在这个样子感到迷惑不解，他想查出原因并期望用药来治好。他瞒着父母瞒着碧兰悄悄去过南阳书院，把书院藏书楼上几乎所有的医书翻了一遍，从《黄帝内经》中的房中学论述到华佗的解毒科秘传，从巢元方论阴阳易及梦与鬼交到金礼蒙《医方类聚·房中补益》，从张介宾的《宜麟策》到岳甫嘉的《种子篇》，他都仔细读了，但最后也没明白自己究竟为什么一心想做女人。他也曾悄悄去过几家药铺，不敢给大夫说明情况，只根据从药书上查来的方子，买些五味子、山茱萸、鹿角胶、人参、杜仲、何首乌、枸杞子、龟板等回来配着熬了喝，可不管怎么喝也不见效，想做女人的愿望终是不灭。他最后绝望地把药锅扔了，把头撞在墙上无可奈何地哭叫："我这是怎么了……"

今晚，他又像过去无数个夜晚一样，硬着头皮向卧室里走去。进门时他看见碧兰又已躺在了床上，而且把他的枕头放到了她的枕边——平日，他们是各睡一头的——立时心中一慌：她又要强迫我去做那事了！因为厌恶和害怕，他身上霎时起了一层鸡皮疙瘩。他站在床边抗议地说道："我们不是已经做过了？"

"离今儿个已经多少日子？"碧兰躺在那儿没动，只睁开眼睛带了讪笑问。

"几十天了。"他闭眼算了一阵。

"长不长？"她把睡裙脱去扔到了一旁的椅上，于是一片雪白晃得他的眼睛不得不眯上。

他觉出有些理屈，隔的日子是有点多了，但他带了一股气恨咬紧牙答："不长！"他此刻对这个女人真是怀了气恨：弄弄弄，没完没了，总不满足，总要逼迫人，天下有这样不知羞的女人？他记起了那个晚上，他被她逼急了，就提出了一个吓人的条件："要我做可以，可我得用银簪子把你的两个脚腕划道血印！"他根据自己打退那可怕欲望的经验，也想用疼痛来使碧兰打退她心里的欲望。他原来估计她会被这个条件吓倒，未料她还真的咬牙伸出了两个脚腕，而且在被划伤后忍着疼痛仍要他做。这个女人哪！他如今真有些怀念新婚时的日子了，那时她多么害羞多么温顺，害羞得都不敢在灯下脱衣服，一上床就一动不动，连翻身都是轻轻轻轻的。那些夜晚多好呵，两个人静静地躺在床上，谁也不朝谁伸手，互不打扰互不接触互不侵犯。可后来这些好日子没了。她渐渐变得胆大了，执拗了。最初的一些夜晚，她只是朝我伸过手来，后来她就偎过了身子，再后来她就执意地要我做一些动作，发展下来，她竟越发胆大，动不动就逼我，有时不做就到了不行的地步，老天呵！

“好，你说不长就不长，给你的枕头，睡下吧你！”她像扔砖头那样把他的枕头朝他扔过来。

他为她的不再坚持感到有些意外，过去，倘是他不愿做，她总要想方设法过来缠磨直到把他缠得无可奈何满头是火，今夜她这是咋着了？

他把枕头在床的另一头放下，疑疑惑惑地去脱衣服，他不过是刚刚脱衣躺下，床那头便传来了她轻缓安恬的鼾声。他不由得又是一怔：过去，若是事情最终没有做成，她会在床上翻来覆去地叹息、啜泣、生气，久久地睡不着，害得他也只好睁眼相陪，今晚她怎会睡得这样香？

但愿能长久这样下去……

吕道景白天的日子过得很自在。父亲让他在粮厅做事，粮厅的头儿知道他是知府大人的公子，便拿他来当爷敬，很少分派他做什么公事。常常是点罢卯之后，他问头儿今日做什么事，头儿就说：“没啥急事，你出去逛逛吧，到粮市上看看今日的行情，若见有以次充好坑害百姓的，把他押来粮厅就行。”他于是便高高兴兴地往街上走。

他对粮市的检查倒是认真负责，对每个粮商的摊子，他都要仔细地查看，倘是发现有人以坏麦充好麦，在小米里拌沙子，他必要训斥一顿。不过他很少骂人，只是语调很柔和地训责对方不讲良心，坑害百姓，让对方在这种柔和的训责声里面红耳赤点头认错。他很少把这些不轨的粮商押回粮厅，他担心他们进了粮厅要皮肉受苦，他不忍看人挨打。大多数粮商因为他的好心肠而对他很是敬重。他从粮市上检查出来，并不去一般男人常去的地方：酒店、茶馆、戏院、赌场和花柳街。他不爱喝酒，不爱喝茶，不爱看戏，更不爱赌爱嫖。他常去的地方是三个：一个是大西关的杂货市场，那儿常有人因急等钱用而贱价出售家传的女人饰物，他的好多饰物藏品都是由这儿买来的；另一个是福顺来绸缎洋布店，那儿有各种各样色彩鲜艳的绸缎和洋布，他进到那店里倒不是为了买，而是看，他常让店伙计把那些最鲜艳的绸缎洋布拿过来，他把它们披到身上左看右看，这样做时他觉得心里非常舒坦；再一个是德华街北头的大杂院，那院里住的全是当挑夫、轿夫、马夫、伙夫等做苦力的人家，他家原先的挑水夫铁团也住在这儿，他常要到铁团家坐坐。铁团大他几岁，当初在吕府挑水时常和他在一起玩闹。这铁团长得又高又黑又壮，肩胛处、胳膊上的肉像鸡蛋一样地向外凸凸着，他爱看铁团这模样，尤其爱看他半裸着身子的样儿，每当看见铁团心里就有一种难以言说的快乐。此外，他也爱去富恒银饰铺走走，但他又常常强令自己不去，因为一看见郑家父子手中做着的那些精巧银饰，他都恨不得上前夺过来自己戴。可做银饰是要银子的，吕府的家规很严. 他在粮厅的俸银要按数交回娘的手中，经爹允许由娘发给他的那点零用银子，哪够来银饰铺打制银饰？而且他也不敢，倘使爹娘知道他一个男人家来打制女人饰物，那不是又要挨一顿责骂？

今儿他由粮市上出来，照例地先去了西关杂货市场。一边往杂货市场上走，他一边在心里为自己辩护："我来市场上转转看看，偶尔买一件两件银饰，只是为了收藏，并不是为了别的。"如今，对于自己想做而一般男人又不做的事情，他总要在心里找出一点理由为自己辩护。

今天的杂货市场上人不多，而且转了两圈也没见一个出卖首饰的，这使他有些兴味索然。于是，便只好向福顺来绸缎洋布店走去。绸缎洋布店里买货的人挺多，不过几乎全是些太太、小姐，因此道景走进店中就有些显眼。他注意到一些女人的目光向他射来，他有些不自在，不过他立刻在心里为自己辩护："我只是来看看店里进了什么新货，回去好给碧兰透个消息，并不是为给自己买。"

他在货架上看见一匹素底白碎花的缎子，这种花色的过去倒是没有。他招手让伙计拿了过来，先是在手中摩挲了一阵，随后又忍不住把它按到了身上，这缎子要是做成旗袍穿在身上该是多好！他仿佛已经看见自己穿上旗袍袅娜行走的俊俏模样，心中顿时滚过一阵由衷的欢乐。不过他一看见旁边几个女人在定眼望他时，便慌忙将脸上的快乐收起，一边从身上取下缎子一边对店伙计说："我回去告诉内人，这匹缎料倒是挺好。"说罢，恋恋不舍地离了店堂，开始向德华街大杂院挑水夫铁团的家走去。一进大杂院，就听见铁团洪亮的笑声从他的屋里跳出来，道景被那熟悉而有吸力的笑声弄得心一晃悠，脸无端地有些红了，他加快了步子，渴望立刻见到铁团。心中也同时开始为自己进行例行的辩护："我见铁团是因为他过去在我家挑水，我来看他只是为了聊天，并不是为了别的。”

快走到铁团门口时，那破旧的屋门哗啦一响，只见铁团和一个老头先后从屋里出来，铁团肩上照旧挑着他那两个大水桶。他看见道景，立刻笑叫：“我的吕少爷，今儿个我可没有闲工夫陪你坐这儿闲磕牙，我要出去挑水挣钱了，我真不明白，你为啥偏爱往我这狗窝似的家里跑！”道景于是尴尬地笑笑：“好，好，我改日再来。”目光却已粘到铁团那油光结实的光膀子上舍不得放下。

出了德华街，他便向富恒银饰铺走去，也只剩这一个地方他有兴趣走走了。离着银饰铺还有几十步远，他忽然听到了一阵笑声，一阵他熟悉的清脆圆润的笑声。碧兰？她也在这儿？她准是又来打银饰了！娘每月给她的零花银子要比给我的多得多，所以她才能来这儿打首饰，她其实比我富！一想到这点，一股妒嫉就又从心里升起膨胀变大，使得胸口一时有些堵起来。他停下了脚步，犹豫着是不是还走进铺子，进去后碧兰肯定要问我来干啥，回家说不定她会把我进银饰铺的事告诉娘，那样八成就又要遭娘骂一顿贱了。

伴随着又一阵脆甜的笑声，碧兰出了银饰铺的门，在她看见自己丈夫的时候，他注意到她脸上闪过一丝惊慌。

慌什么呢？是害怕我看见你做的新银饰吗？做吧，既然你有银子你就做吧，我不会干涉，只是在适当时候你该送我一件才对。

“又做了啥子东西？”他开了口问，他心里实在想看看她又做了什么。

“你来这儿干啥？”她也问，声音里还有一点慌张。

“看看。从粮市上出来顺道走走看看。你又做了啥首饰？能不能让我开开眼？”

“开眼当然行，但那得等到晚上。”她的话音已经平静，嘴角上又出现了他熟悉的讪笑。

他的身子一紧，他立刻明白她这话的意思，她晚上上了床一定又要拿这个逼我去做那事，这个女人，就没有吃饱的时候，我宁可不看你做的银饰也不去弄。

可她今日究竟又做了啥样银饰？

晚饭后不大时辰，吕道景就向自己的书房走去，他害怕碧兰催他早睡。果然，没走多远，她就在后边喊："天这样黑了，你又去哪？早烫烫脚上床歇息吧，你忙了一天不累？"

"不累。我得练练字！"他说出自己的借口，逃也似的跑进了书房。每每要躲避碧兰时，他总说要去练字，他的毛笔字写得是有几分功夫，但他到书房后练字的时候并不多。他的兴趣不在书法。这会儿他在书房里喘息刚定，便又打开了那两口小木箱上的锁，把它们一一掀开，让满足、自豪、快乐的目光在那些饰物上逡巡。随后，他拿起了一条玉石项链、一条木珠项链和一条银项链，把它们分别摊放在箱盖上仔细地对比审看。

如今，戴木珠和玉石项链真是不如戴银项链好看了，木珠项链黑乌乌，玉石项链沉甸甸，而银项链戴在脖子上亮灿灿光闪闪，既轻巧又惹眼。看来，随着时光的流转，女人们的饰物也得不断更换，过去好看时髦的，今日就未必了。唉，要紧的还是要多弄点银饰品。

躺在箱盖上的梅花形银项链渐渐朝道景施出了它的魅力，使得他慢慢拿起并把它挂上了脖子。这时他恍然记起小时候两个姐姐和丫鬟、使女们常把他当一个小姑娘打扮起来，让他穿上女服，给他编上发辫抹上胭脂，让他羞答答学女孩们走路的往事。那时候，每当我穿了姐姐们的衣裙学姑娘们在院中走路时，不是已经惹得那些轿夫来摸我脸了？他们不是笑着赞道："瞧瞧这丫头多漂亮！"对往事的回忆在不知不觉间打开了他心中对那股欲望的禁闭，只见他急急转身，去书桌的抽屉里扯出了一件早些日子他悄悄从碧兰的衣柜中拿来的那件淡绿旗袍，并三下五除二地脱去自己的衣服穿上了它。他用他早就学会的女人步态，袅娜娉婷地向镜前走去。看看怎么样，我穿上旗袍就是好看！配上这亮灿灿的银项链，我比哪家的太太、夫人逊色？看看我这身个，又细又长，难道算不上苗条？我这两腮，不也是又圆又白？倘是再抹点胭脂，男人们会不喜欢？若是今儿个让我以女人面目出现，我敢说我照样会引起男人们的注意，尤其是铁团！铁团，我要以这样的穿戴站在你面前，你敢说你不喜欢我？他目不转睛地看着镜中的那个女人，沉浸在一种遐想里，脸上漾满幸福的笑意，但当他的目光无意中瞥见镜中女人的下体时，双颊霎一下白了，脸上的笑容也像受惊的鸟一样呼啦一声飞走。他这才清醒地意识到，他刚才放纵了原本被关押起来的那个邪恶欲望，他急忙哆嗦着手去摸自己衣袋里的那个火镰，他颤着手打响火镰燃着纸媒，尔后弯下腰将燃旺的纸媒朝右小腿上按去，一股皮肉被烧的焦煳味儿立刻弥漫开来，他的脸上又出现了汗粒。在剧烈的灼疼中，他看见心中原先膨大了的那个欲望，像挨打的刺猬一样，迅速缩小了身子，并最终又退回到关押它的那个笼子里。

他双手捂脸，又一次软在了地上。

老天爷，宽恕我！我不知道我是怎么回事，我就是想做女人。我知道我这是违背了人间常规，我这是犯了邪恶之罪，可我常常又控制不住自己，你惩罚我吧！或是干脆就让我死！我活得苦呵！我夜晚的时光苦得简直没法过！而且不单单是我苦，碧兰也苦呀！你不知道她在夜里已经流了多少眼泪，救救我们吧，老天爷，求你了，为我们想个办法吧，我上一辈子是不是做了什么恶事？要不你凭啥给我一个男儿身却又给一颗女儿心，这样活活来折磨我？为啥不让我要么干脆做一个男人要么干脆做一个女人？为啥呀……

他抬起头去脱身上的旗袍时，已经满脸是泪。

当他神情沮丧地重又在书桌前坐下时，他感到了一阵口渴，可他不想出去叫丫鬟拎壶来倒开水，那样说不定又要惊动碧兰，使得她又来催人去睡。他忍了一阵，可越忍竟越渴起来，也罢，就轻手轻脚出去，径去厨房倒一碗水来喝。

明德府的面积很大，去倒开水却恰恰需要从自己的卧房后边过去，卧房里还亮着灯光，碧兰肯定还没睡，于是他更加小心地抬脚放脚。就在他转过屋角要往卧房后走时，他忽然一惊，卧房后窗那儿站着一个男人。贼！这是他一刹那就做出的判断，他几乎立刻就要张嘴大喊了，但他张开的嘴又跟着慢慢合上，因为这时他分明地看见，那人抬手在窗框上轻敲了两下。贼还敢敲窗？一定是个熟人！他刚才提上去的心又慢慢复归原位，是谁这时候敲窗呢？他又向前挪了两步，就着从窗隙漏出的灯光，他认出站在后窗那儿的是富恒银饰铺的小银匠郑少恒。

哦，原来是来送银饰的小银匠！他做出这个判断后苦笑了一下，黑暗中，他脸上那带了苦味的笑纹像涟漪那样一圈一圈漫开。好一个碧兰哪，你倒是真精，打制了银饰怕我看见，竟交待银匠夜里送来。今日偏巧让我撞见，我倒要看看你一共打制了几件！他感觉到心里那股对银饰的喜爱翻腾起来，他紧盯着银匠郑少恒的手，想看看他会隔窗向碧兰递过去些什么。

后窗几乎是无声地开了，可奇怪的是小银匠并没有抬手向里边递什么，相反倒是碧兰从里边探出了身子，随后便见她由窗台上轻轻跳下，又返身将窗子关了，跟着就拉了小银匠的手向黑暗里悄步走去。他们这是要干啥？吕道景怔在那儿，难道送几件银饰还要如此诡秘？一种要看个究竟的心理使得他蹑脚跟了过去。

在花园一角的一株芭蕉树下，他看到那两个人影停下了，他缩身于一棵树影里，侧耳去听，他估计会听到银饰交到手上的咣啷声或叮当声，但是没有，传到耳里的却是一阵吧唧声，一开始他没弄清那是什么东西响，后来他才明白：那是两个人亲嘴的声音。他一愣：原来是干这个？可也只是一愣，他并没有生气和恼怒。这当儿，那两个人影已由原来的黑色变成了淡白，衣服扯去时的声音越来越小而终至于没有。他们竟然在这露天里脱衣，也不嫌冷？他的眼睛这时已经完全适应了黑暗，他看清了肤色稍暗的是那个小银匠，他正蹲下去把自己的衣服在地上铺好，随后白色的碧兰就在那层衣服上躺了下去，姿势是吕道景所熟悉的。四周的秋虫渐渐恢复了原来的鸣叫，花园里的秋虫可真是不少，领头的是蟋蟀，叫声柔细欢快，仿佛在为那两个人的动作做着伴奏。吕道景屏息地瞪大眼睛，他的双眼瞪大不是因为愤怒也不是因为忌恨，而是因为新奇，男女之间做这事竟可以做到如此忘情如此激烈如此不顾一切的地步？有两次他差一点想开口提醒那两人：他们已远离了铺在地上的那层衣服。实际上他们已经滚到了草地上，就在那草叶稀薄的地上翻腾。他估计他们的身上一定沾了不少草叶和土粒。一阵阵喘息和一声声轻呻压倒了秋虫们的鸣叫，并最终使它们感到了不快而停止了伴奏。四周更静，两人的响动也愈加清晰，就在这清晰的响动里，吕道景感受到了一种从未体验过的轻松，仿佛有一双手突然从他的肩上把压得他喘不过气来的担子一下子拿走，他感到舒服极了。从今往后，我再不用受碧兰这个女人的逼迫了，我再不用怕她了，再不用忧愁夜晚来临了。小银匠，我真该谢谢你，你把这个女人无休止索要的东西替我付了。当然，我看出你从这个女人身上也得到了快乐，而这个女人是我们吕家的，为此你总也得付出点什么，付什么呢？你想想吧，你是一个银匠，你应该想想……

吕道景悄步离开花园，先回了卧房里，卧房的门在虚掩着，蜡烛还亮得很旺，他走进门时，第一次没有了畏缩之态，他重手重脚地从包了棉布的大铁壶里倒了一杯开水，咕咚咕咚地喝了，尔后堂堂正正地在床沿上坐下，静等着碧兰回来，他决定吓一吓她，同她开个玩笑。

他侧了耳朵，他听到她的双脚轻得像猫一样挨近了门边，门推开时他清楚地看见她一惊，两个明亮的眸子像兔子躲枪似的一跳。但很快她就变得若无其事了，她淡了声说："我去了一趟茅厕，随后去书屋里叫你，没想到你今夜里倒回来得早。"

"你去了哪个茅厕？"他想逼问一下她，像以往那些夜晚她逼他做那事一样，话音里并无气恼。

"还有哪个茅厕？"她显然是吃了一惊，为了他问这话和问这话时那种不慌不忙的口气。

"我刚从茅厕里出来。"他直直地看着她说。

"噢，我是从茅厕里出来又去了一趟下房，看看丫鬟——"

"丫鬟刚刚还在这儿给我倒水！"他说得不慌不忙，忍住心中的暗笑，想看看她还要怎么应对。

"我——"

"你的头发上沾有草叶，裤子上也有！"

"是么？那准是傍黑那阵我躺在草地上玩时沾上的。"她一边说一边去照镜子，镜子里的那两个晕红的脸上分明地浮上了惊慌。

"恐怕不是傍黑那阵沾上的。"

"那你说是在啥时候？"她作了恼状，但眼里的惊慌已变得更多更浓。

"刚才。"

“刚才？你胡说什么？刚才我咋着会去躺在草地上？”她问得很快很急，脸孔也霎时变得苍白。

“这就不用说了，来吧，把你脖子上的银项链取了先给我保管，还有银耳环、银脚镯！”

“这是我的饰物，凭啥要给你？”碧兰还想保持镇静，眉竖了起来。

“因为我喜欢这些银饰，况且你又不愁没有，有人会自动送给你的！”

“你今夜是不是喝醉了酒说胡话？谁会自动送给我银饰？”

“小银匠！”

这话像一只拳头猛捣出去，准确地击中了碧兰的胸口，她不由自主地后退了两步。

“他、他咋着会愿给我银饰？”她意识到事情已经败露，但她却本能地还想再掩饰下去。双颊上的最后一点血色也被惊慌吸走，整个地布满了惊恐。

“他要不给，你就在花园的芭蕉树下朝他要！”

这句话像一把砍刀，轰然砍断了碧兰想继续否认下去的信心，她一下子被恐惧压垮，扑通朝吕道景跪了下去：“我们就这一次，你饶了我们吧……”

吕道景这才收了脸上的冷色，叹一口气说：“看把你吓的。”

“我保证以后再不会去找他——”

“不去找他可不行！”吕道景断然打断了碧兰的保证，“你不去找他，最后还不是要来折磨我？告诉你，你啥时候想做那事你尽管去找他，只是别让爹娘知道，他们脾气不好。”

碧兰愕然地抬起了脸。

当然，我也有一个小小的条件，那就是每过些日子，比如十天二十天，你让他给我打件银饰。还有，你戴的这些银项链、银手镯、银脚镯，能不能让我替你保管？他又一次感觉到心中那股对银饰的喜爱在翻腾。

无限惊愕的碧兰，哆嗦着手去取颈上的项链和腕上的银镯，因为恐骇心跳得如擂鼓一般。

这副银镯真漂亮！吕道景凑到蜡烛前，一边翻看着银镯一边喜极地赞叹……

子

碧兰在床上躺了三天。

她虽然一直害怕和少恒的事被人发现，不过内心里总还存着一丝侥幸：我们的来往很隐秘！没想到还是败露了，而且看见的又恰恰是自己的丈夫。

她知道眼下这事并没有传播开去的危险，但她感到一直压在她头上的那团耻辱，正在迅速地变大变重，压得她几乎喘不过来气。

那团名叫“耻辱”的东西，是婚后不久就压来头顶的吧？对于自16岁嫁进明德府以来所过的那些日子，碧兰简直不敢回首。

当初她坐上花轿被抬进明德府时，曾对婚后生活怀了多少美好的想象，她根本没料到会有差不多九年的守寡生活在等着她。出嫁那天临上花轿时，妈还特意附在她的耳边红了脸交待：“今夜里吕家姑爷要是想动你，不管他咋动，也不论他叫你咋动，你可都要顺着他。”那一夜，她怀着一点恐惧但更多的是甜蜜的期待，等着他的手伸过来，可直到天亮，他连碰都没碰她一下。她以为他和自己一样胆怯、害羞，于是就耐心地等，直直地等了半年，竟仍然没有任何一个接触举动。那次她回娘家，邻居一个嫂子开玩笑地附在她耳边问：“他一夜上去几回？”她被问得面红耳赤，急忙摇头：“一次也没有。”那位嫂子绝不相信地叫道：“骗鬼去吧！有你这样漂亮的媳妇，新婚的男人还不要疯了？！”她自己也感到了不解：是自己生得太丑惹他厌烦？直到她发现他爱戴首饰甚至把自己的一些饰物也偷了去戴时，她才有些吃惊。她借回娘家的机会，红着脸把这些都给妈说了。妈也有些惊奇和意外，妈判断道，他戴首饰兴许是想同你笑闹，他八成是个害羞心特重的男人，你再等等。

她于是又耐下心来等。又是半年过去了，他仍然规规矩矩地上床，规规矩矩地睡觉，甚至连看也很少朝她看。她觉出自己的耐性在变小。接下来的等待夹杂了痛苦，她那成熟起来的身体有了渴求，过去她只是模糊地希望他能伸过手抚摸自己，现在她开始清楚地明白她要求的还不仅是这个。这种等待中的痛苦程度随着时日的延长而不断加大。她开始对自己体内那股欲望的力量之大感到吃惊。夜晚变得越来越难熬，尤其是看见他平静地脱下衣服平静地躺在自己身边，那个男性的身体吸引得她真想伸过手去。她把自己的这种心理视为不知羞耻，她为自己的欲求感到脸红，她拼命地压抑自己。她向来认为这种欲求来自于乳房的饱胀，是这两坨东西在作怪，因为她感觉到了它们每时每刻都希望被触摸，于是她用宽宽的一条布带把它们紧紧缠住，有时紧得呼吸都有些困难。但是不行，乳房的被缠并没有消灭那股渴求。她后来又认为这股渴求是来自于两个大腿，是它们的希望张开在捣鬼，于是她悄悄搓了一条线绳，每到晚上躺下之后，她在被子下用那条细绳把两个大腿绑在一起，她想用这种难受的办法禁止它们张开。但目的依旧没有达到，那股渴求仍在一日甚一日地增加，她没办法了。她跑回娘家向邻居嫂子哭诉了一场，那位嫂子在吃惊之余告诉她："他不朝你动手，你就不会朝他动手？！"

她于是按这位嫂嫂的交待，试探着让自己变得主动。她至今还记得那个春天的下着细雨的晚上，当她第一次朝他伸过手去时，他仿佛是吃了一惊，他先是往床边躲了一下，随后就气冲冲地斥责道："你干啥？羞不羞？"屈辱和耻辱感就是由此开始咬啮着她的心。那天晚上她红着脸把手缩了回来。但第二天晚上，她又伸了过去，他又开始责斥，但她不再理会，她变得胆大和顽强起来，她开始不顾一切，她对压在头顶的那团耻辱佯作不见，她使出了许多连她自己也没有想到过的手段，她坚决要让自己变成一个妻子，也坚持要让对方成为一个名副其实的丈夫。那些个夜晚，他们的卧房简直就成了战场。终于有一次，她制服了他，迫使他履行了丈夫的义务，望着自己也可以像无数个新娘那样把处女的血洒向床褥时，她辛酸而痛快地哭了——早在她出嫁前，她就从女伴们和嫂嫂们嘴里知道洒这血的必然、快乐和光荣，可我的血竟是这样洒的！这不是耻辱？！

那之后，她对黑夜也渐生了厌恶，因为一到黑夜，那潜藏在体内的欲望之鬼就出来捣乱，就搅得她神魂不安难以安眠。她常常在暗中诅咒那欲望，祈祷上天让她体内的欲望死掉，这样她就不必低声下气去求吕道景。可那欲望似乎偏要看她的笑话，不仅没有死去，反而更旺盛更蓬勃地长了起来。没有法子，她只有向欲望投降，只有咬了牙厚了脸皮向吕道景求，求不应就变着法子逼他，把黑夜也变成他受苦的场所就在那张刷了红漆的楠木婚床上，胜利和失败交替来临，当然是失败的次数多，而且有时竟伴着可怕的伤害。那次她让郑少恒代买砒霜，就是这种伤害的一个结果。耻辱感伴着疼痛，使得她那次差一点决定离开这个折磨人的世界。

那一回死亡的虚惊使她对自己的活法有了新的决定，她决心不再像过去那样可怜地打发日子，她要放胆让自己去亲近富恒银饰铺的小银匠，她要用不贞来回报吕道景对自己的折磨，她要放纵自己的欲望。

当然，这决定来得也不轻松。她一开始对小银匠根本谈不上感情，她只是觉着他是一个老实人。和这样一个不是自己丈夫的并没有多少了解的男人做那种事情，一种负罪感始终坠在她的心上，她也分明觉出原本就罩在她头上的那团耻辱，变大变重了。

不过随着和小银匠来往时间的增长，她渐渐对他生出了真诚的依恋之意。她从他身上，才慢慢真正体验到了男人的全部可贵和可爱。他那种粗鲁的爱抚，他那种让人喘不过气来的搂抱，他那种威猛的对人的压揉，让她感受到了一种骨软身酥的迷醉。一个女人对一个男人的爱，原来也可以由做这种事引发出来。

就是这种快乐多少冲淡了她心中的那种负罪感，让她觉出压在头顶上的那团耻辱有些变轻。可丈夫吕道景对她和少恒私通的发现，使她原本得到的那点欢乐顷刻飞散，耻辱感又如磨盘一样压了过来。

这件事眼下虽不会传播开来，但只要吕道景知道了，传开的可能性就随时存在。他眼下以为他打制银饰为默许的条件，谁知道以后他还会提出别的什么条件？自己的名声和少恒的平安在随时受着威胁，这件事不能再延续下去。

罢了，少恒，我们就此断了吧……

碧兰的生活又恢复了过去的样子。白天，静静地坐在屋里绣花；黄昏，默默地去院里散步；夜晚，早早地上床躺下。很少出屋门，不再出院门，绝少同人说话。与过去不同的是，她不再向吕道景要求什么，两个人睡床上她也避免任何一点同他的碰触。她想从此做一个无欲无念的女人。

但这种生活没能维持多久。

仅仅是十来天之后，对少恒的思念就开始如泥鳅一样在心里先是蠕动继是滚动后是蹿动，弄得她心神不宁坐立不安了。

她想把这种思念掐灭。

她记起“人闲起邪念”这句俗语，认为自己总想少恒是因为自己太闲逸的缘故，于是决定用忙碌、用劳累来把这种思念驱走。她先是到厨房里帮助女仆们择菜、洗碗、和面、擀面条，甚至扫地，但只要一停下手，那种思念又恢复如初。她后来到后花园里帮助花匠们修剪花枝、搬弄花盆、拔除杂草，但仍然无效，尤其是一看到花园中的那棵白果树和那棵芭蕉树，就会让她更真切地忆起当初和少恒相会的那些细节，反会让思念更为炽烈。她后来又让丫鬟找来一把镢头，硬把院中的一块空地挖了一遍，把土翻起要种白菜。在翻地过程中，她累得气喘吁吁鬓发湿透，腿和胳膊酸得都不想抬动一下，以至于婆婆都来劝她：“这是何必？想种菜让仆人们去干嘛！”她对婆婆笑笑说：“我想活动活动身子。”但这种累极了的活动仍然不能把少恒的身影从她心里挤走，有时只需休息一阵，少恒的面孔就又会在她脑子里活灵活现地晃动起来。

她想到了靳岗教堂里的那些终生不结婚的修女，也许应该去问问她们，应该怎样中止这种可怕的思念？碧兰的奶奶信天主，碧兰本人虽不信，但小时候曾随奶奶去过几次教堂，见过那些外国和中国的修女。于是她以回娘家为由，专门去了离南阳城西北十五里的靳岗教堂。她不知道天主教堂的规矩，怕触犯什么没敢进教堂，只在教堂大门外转悠，好不容易看见一个修女出来，急忙迎了上去。那修女是个中国人，很客气地问她：“可是有事？”她便红了脸吭吭哧哧吞吞吐吐地问道：“如果一个人总是思念另一个人，你可知道用什么办法才能掐灭这种思念？”那修女沉默了一霎，尔后轻轻地开口：“如果我没有猜错的话，那个思念者是你，而且你思念的是一个男人。”碧兰急忙红了脸把头点点。那修女说：“这种思念很难止息，不过圣母玛丽亚会给我们力量，让我们来祈求她吧！”说罢，就拉她进了教堂，跪在了圣母像前。那修女口中念念有词，碧兰只是茫然无措地跪望着圣母。不知是因为自己当初没有受洗还是因为自己信仰不诚，反正离开教堂回家的当晚，少恒就又笑着走进了她的梦中。

她在焦躁和惶急中又想到了一个可怕的方法——每当那种思念起来的时候，她都用一根白色的细鹅毛朝自己的咽喉部位轻轻伸去，鹅毛对咽喉的轻触会引发她干呕甚至呕吐，而干呕和呕吐所急剧带来的胸部、腹部和头部的难受，会使她暂时把一切包括对少恒的思念都忘记。她所以会想起这个可怕的办法，是因为少女时有一次她吃了过量的蚕豆，妈怕她胀肚用鹅毛来催吐，对那次催吐的难受记忆，使她想出了这个掐灭思念的法子。但这个法子生效的时间并不长，它的效力维持在每次干呕和呕吐后半天，一旦那种难受消失，少恒的身影仍会鲜明地出现在她心里。

她长长地叹一口气，她又一次束手无策了。

她剩下的只有一条路可走：向这种思念投降！

经过连续两个夜晚在床上辗转反侧不眠之后，她在心里叫道：“少恒，我一切都不要了，我只要你！为了要你，我什么也不怕了。”

一个阳光灿烂的上午，她又以打银饰为由，走进了富恒银饰铺，恢复了同少恒的约会……

11月的阳光还带着暖意，把几颗晶亮的汗粒缀上了碧兰那嫩白的两腮。她顺着街道向富恒银饰铺走，走得安闲、自在和镇静。自从她下定决心不顾一切和少恒恢复往来之后，她发现事情反而变得很轻松。她只要什么时候想见少恒，干脆直白坦率地对吕道景说：“我去让他给你打件银饰。”随之便包上银子，问清他打什么样的，便堂而皇之地走进富恒银饰铺，把写有约会时间、地点的纸条和银子一块递到少恒手中。

活活守寡的苦日子总算又一次结束。

富恒银饰铺里照样响着乒乓的铁锤声，等待做饰物的人们在店内的长木凳上坐成一排，碧兰不声不响地走进去，挨在排尾的一个姑娘身边坐下，默默地看着少恒忙活。

她双眼直直地盯着他，看他吹气化银，看他扬锤敲砸，看他给戒指镶嵌宝石。她喜欢这样静静地看他。他们的相会通常都是在晚上，她可以摸他身上的每一个部位，看却没有机会。瞧他那结实的粗粗壮壮凸着筋肉的胳膊，握锤下砸时是那样有劲；瞧他胡茬粗短的嘴唇，随着手的动作绷得一松一紧；瞧他那两条垫了衬布的腿，承受着上半身的劳作显得那样有力……

她那专注的目光里又渐渐加上了热度和爱意。

我有了一个真正的男人。

我也成了一个真正的妻子！

少恒，我的亲亲。

是你，让我知道了做女人其实是多么美好；是你，给了我从未体验过的快乐。我该怎么报答你？我只有一个法子，就是给你生个娃娃。你不是想要个儿子来承继银饰铺吗？我给你生，要是第一胎生个女娃娃，我就再生一胎，一定给你生个儿子，要让你们郑家后继有人，让你老了做银活时有个帮手！我曾听见你爹叹气说没有给你娶个媳妇，难道我不是吗？我名义上不是，可我实际上是呀！如果吕敬仁有朝一日不再做官，如果我又死在吕道景的后头，那时候不管多大年纪，我也要再嫁到你们郑家来，堂堂正正做你的媳妇……

“夫人，你要做点啥子饰物？”少恒这时朝她扭过脸来，问得一本正经。一丝讪笑在碧兰眼里如鱼鹰在水面叼鱼一样一掠而过：你装得不错！

“我要做一对银手镯。”她把包在纸里的银子朝他递去。

“啥子花样？”

“二龙相缠。”

“要多重？”

“一个一两。”

“那样重？人戴上受得了？”少恒瞪大了眼睛。

“我喜欢这样沉的。”她无可奈何地答。这式样和重量都是吕道景定的，她不敢改变，万一惹恼了他岂不糟糕？把整整二两银子花在一对手镯上，确实让人心疼，可又有什么办法？她最初以为吕道景把十天二十天送他一件银饰作为允许她和少恒来往的条件，并没有什么，凭着少恒的银活手艺，做件银饰有啥大不了的？可随着时间的累积增多，她慢慢感到了这条件的沉重：工费银少恒是不会要的，可打制银饰的银子呢？吕道景有时指名要打的银饰，在重量上都是最大号的，凭婆婆每月给自己的那点零花银子，怎能够？去娘家要？娘家哪有？！给少恒说明白——她至今还没让少恒知道吕道景已发现他俩私通的事，她害怕这会吓住少恒。再说，她也不忍心给他说明白，她知道他和他爹挣点工费银是多么不易，她亲眼看见他们父子俩为积钱扩建铺子而节衣缩食的苦样子，她不能让少恒把用血汗挣来的钱花到这上边。我自己来想办法吧……

来，量量手腕的粗细。少恒拿出了一截线绳。为了保证手镯做出来合适，他通常要客户们留下个尺寸。

“记住把手镯子做得再松大一些。”量完了尺寸碧兰又说。

“松大了戴上会不爽气。”

“按我说的做！”她用了大户太太的口气。

少恒点了点头，心里有些疑惑：干嘛要做这么重这么大的手镯？我当初不是已送过她一对小巧精致的银手镯么？那是我用心用意做的，戴上会很好看的呀？！

“记住把我的银子收好！”碧兰瞥一眼身后又来的两个客户，用目光捏了一下少恒的脸颊，提醒他记住看清包银纸上写的约会时间，尔后扭身出门。她返回时的脚步迈得有些缓慢，她开始去想究竟到哪里弄银子以满足吕道景对银饰的不尽需求，吕道景，你这个披了男人皮的东西，你咋着会偏偏有这个怪癖？

冬季的第一场大风把明德府的后花园变成了一个喧闹的世界：树枝在风中摇摆的呼呼声，藤条在风中扑地的噼啪声，干枯的花茎在风中断折的咔嚓声，间或掺和着一两声花盆被风摔到地上的乒乓响，使这个人迹罕至的地方竟有些热闹非常。

夜，在这喧闹中正一步一步地向深处沉。

正是这些热闹的声音，把来自花园一角花工们堆放杂物的小屋里的快乐呻吟和粗重喘息遮盖住了。

碧兰舒畅地偎在少恒的怀里。

冷风开始从门缝窗隙里伸出爪子，小心地触摸着他们刚刚平静下来的滚烫的身子。

碧兰打了个冷噤。

“冷？”少恒把搂她的双臂紧了紧。

“没。”碧兰把脸更紧地贴在他的胸脯上。

“穿吧，小心冻病。”他开始给她穿衣。

“这是你让打的那两个耳坠。”他在黑暗中从口袋里掏出两个耳坠放到她的手心上，“你能摸出它是什么形状吗？是葡萄，每边是三粒小巧的葡萄，你戴上准定漂亮！”

他期望听到她一声快活的夸赞，可是没有，他听到的只是一声轻轻的叹息。

“咋，不好？”他有些不安。

“好，真好！我摸着就觉得好！”她夸道，但他却能听出她的夸奖里少了快乐。

“你要不喜欢我把它毁了重打！”

“我真的喜欢！”

“那我走了？”

“把衣扣扣好！好了。”

“我看看！好了。”

“走吧，翻墙时小心。”

她看着他轻轻拉开门闪出去，看着他消失在风声呼啸的黑暗里。

她又叹了口气。打这两个耳坠的用银，是碧兰所能拿出的最后一点银子了。

如果没有银饰交给吕道景，他会不会把这事说出去？

她感到有一股寒气向胸口扑来，又打了个寒噤。

这次真得快想办法了！

可是老天爷，究竟去哪里能弄来银子？

她边想边站起身向门外走，由于没有留意地面，她的脚绊住了门槛，她扑通一声摔趴在了门外。

呼啸着的夜风看见她倒在了地上，趁机跑过来，把一大股沙土扔到了她的身上。

她身子猛一哆嗦……

吕府里的一切都有规矩，吃饭也是这样，吃饭的规矩有三：一是应时而开，到了吃饭时间，厨子站在当院喊："饭好了！"全家人就都得立时出来坐到饭桌前，谁要晚到，便要挨吕敬仁那凛凛一瞪，这一瞪足叫你减一半饭量。二是座位有定，全家人在饭桌前都有固定位置，谁也不能乱坐，吕敬仁坐上位，夫人坐右侧，长子吕道景和长媳碧兰坐左侧，下位坐小儿子和小儿媳。三是吃饭时除了吕敬仁询问什么之外，其余人一律不准说话，碧兰刚进吕府时，对这种吃饭规矩很不适应，总觉得好像有什么东西压在头上，差不多每顿都吃不饱，几年之后才算习惯。

今晚的饭是麦仁汤，馍和菜摆好全家人动筷时，婆婆不小心碰翻了碗，麦仁汤顺桌而淌，滴到了老人腿上，婆婆受了点烫伤，于是全家人停了吃饭，由碧兰和新娶的弟媳把老人搀回了她的房间，在服侍婆婆往床上躺时，碧兰眼睛突然一亮：婆婆床头的柜门半开半关，里边散乱地摆了许多银块。呵，天，从里边拿一块不就解了我的急了？而且这散放的样子，她也不会察觉！她被自己的这个想法吓了一跳：这不是偷吗？可不偷怎么办？要是没有银饰给吕道景，万一他恼了把自己同少恒的事说给他父母不就完了？再说，吕府家大业大，几块银子对他们算得了什么？从用途上说，我偷银子还是为了他们的儿子，这叫羊毛出在羊身上，儿子向我要银饰，我自然该从他老子处拿银子……

碧兰在那一刻下定了决心之后，就在饭后照料婆婆的当儿选择着动手的时机。她预先准备了一张包银子的纸——她过去听人说偷东西最忌留下印迹。不大时辰，机会竟来了，她搀婆婆进了茅厕后方记起忘了带手纸，于是碧兰说我去拿就又返回到婆婆房中，她拿好手纸之后，把预先准备好的那张包银的纸摊到手上，让手指隔着纸去柜中捏了一块银子，尔后就势一包塞进了衣兜。她心如鹿撞一样重又回到茅厕递上手纸，谢天谢地，婆婆包括那些仆人们，谁也没发现她的神态有变。第二天她去看望婆婆时，婆婆待她一如往常，显然压根就没发现那银块丢失，她嘘了一口气。

这一块银子救了她一段日子的急，但一块银子不可能做出许多银饰，她必须继续弄到银子。

不过有了第一次成功，碧兰心里也有了底，她不慌不忙地寻找时机。俗话说家贼难防，碧兰作为一个长媳，进入婆婆房中的机会总是有的，在婆婆去玄妙观朝拜那天，她又从婆婆床头的柜子里拿出了一块银子。

她做这事时心里当然充满恐惧，不过一当她朝富恒银饰铺走时，那恐惧就会被忘得干干净净，充满她心中的，就全是欢喜。

这日子真好，老天爷，就让俺这样过下去……

丑

吕敬仁冷脸坐在内宅大堂的黑木扶手椅里，目光冰柱一般戳到面前的地上。

他在生气。今儿个几乎没有一件事让他顺心。头晌，叶县知县派人送来一筐广阳大枣，被派的人狗屁不通，不送进内宅，竟抬到了府衙公堂，公堂上那么多眼睛看着我收礼，这不是朝我“明德府”的牌子上泼墨吗？亏他当时急中生智，让衙役回内宅拿来银子，当面按市场价付给了那两个派来的人，这就是等于了买。未料到的是，当两个府中衙役抬枣向内宅送时，又不小心绊住了台阶，枣筐子一翻，从筐底滚出百多两银子来，这下真弄得他尴尬无比。他原就估计一个知县决不会只送一筐枣来，可如今这一暴露，还如何能收？他怒骂了几句叶县知县，又让他派来的人原物抬走。我决不能给我“明德府”的牌子抹黑！再就是后晌，府里的同知在同他谈罢公事之后，忽然嬉笑着说：“我发现滨河街有一位绝色姑娘，大人如果想娶二房的话，我去安排。”他听罢真想将唾沫吐到对方脸上：你明知道我发过誓不娶妾，偏来说这话，你要真能体谅我，就不会想个别的办法？再一件不顺心的就是刚才，他才下衙到了家，刚坐下歇息，夫人就来告诉他，说昨日后晌，儿子道景头插银簪、银钗，脖挂银项链，耳坠银耳环，手上脚上戴着银镯，还穿了碧兰的花衣裙，在房子里对镜扭摆，让小儿子和小儿媳都看见了。

这个孽子，存心要败坏吕家的声誉！

“爹，你找我？”道景这时怯怯地随在娘的身后进了屋。他刚才一听娘说爹叫他，就知道事情不好，一定是弟弟或弟媳把昨后晌自己扮女人的事告诉爹了。昨日后晌，碧兰交给他一个十分别致的状如蝈蝈的银发卡，便出门了。也是一时高兴，他把自己的发辫解开，梳成了一个少妇的女高髻，把发夹别了上去。正是这个别致的发夹和这个女髻，渐渐把他禁在心里的那股要做女人的欲望又勾了出来。他见那阵子丫鬟们都去了后院，碧兰又不在，便决定放纵自己一回，干脆又拿出了一些银饰，拿出了碧兰衣柜里他平日看着最可心的衣服——穿戴上，尔后便在镜前左右顾盼自我欣赏起来。他估计这会儿不会有人来，也就没有关窗子。谁料恰这当儿，弟弟和弟媳有事来到前院，隔窗看见了他的举动。当他听见弟媳在窗外发出吃吃的笑声时，吓得脸都白了。弟弟、弟媳没再敲门就走了，他后悔得直捶自己的头，为了对自己放纵那股欲望进行惩罚，他当时就打燃火镰点着纸媒朝小腿上按去。昨日是他自我惩罚最厉害的一回，小腿上被烧的伤口好深好大，以至于今天走路都一瘸一瘸。

吕敬仁没理会儿子的问话，只是朝妻子挥了一下手，示意她离开。他处理家务事向来不允许第三者在场，更不允许仆人近前，为的是免得让家务事外传影响家族声誉。

“爹，我在粮厅里做事认真，没出啥差错。”道景看着爹那阴沉的脸，想把话题岔开。

“我没问你粮厅里的事，我只问你，昨日里又戴银饰装女人了没？”吕敬仁的声音低沉怕人。

“我……我……我——只是——”

啪！吕敬仁抡起早就准备在手边的一根棍子，猛朝道景屁股上打去，这一棍打得太狠，棍子一断为三截，有一截弹飞到屋顶跌下来，差点落到祖宗的牌位上，另一截的尖头扎进道景屁股上的肉里，鲜血立时涌了出来。

“哟！”道景只叫了一声又赶忙咬牙止住，因为他知道父亲一向不愿听到儿女们的哭声。

“说，为什么偏要戴银饰装女人？”

“因为——”道景害怕地抹了一下眼泪。

“说！”

“戴上银饰，看见自己像个女人，心里美。”

“美？”

“就是心里好受，安妥。”

“放屁！”吕敬仁狠拍了一下椅子扶手，差一点把扶手拍断。天呀，你为什么让我生了这么个贱种？普天之下，哪有一个男人偏愿扮成一个女人的？一个男人为什么偏偏喜欢戴女人饰品？这种怪事为什么偏要出在我家里？这是从哪儿来的一种怪病？也许当初应该给他找大夫看看？——当年最初发现儿子有爱戴女饰爱穿女服的癖好时，妻曾建议找大夫看看，可那时他担心大夫知道这孩子的怪癖后外传，影响吕家名声未允许，总以为长大成了亲就会好的，未料反倒越来越严重了。如今找大夫还行吗？可谁敢保证大夫知道了这种稀奇事后不外传？倘若南阳城里的人都知道我养了如此一个儿子，我的脸还往哪里放？

“爹，你打死我吧！我也真不想活了，我知道这样做是贱，是丢人，是给你和娘脸上抹灰，可我又忍不住不做，我心里也苦呵，打死我吧……”

吕敬仁木木地坐在那儿，许久之后又开口问道：“碧兰这一段对你好么，你们生气了没？”

道景唯恐父亲再细问别的，忙答：“碧兰挺好，我俩并没吵过嘴。”

吕敬仁叹了一口气，看来日子也就这样过了，只要维持住不让外人知道就行。在他内心里，他是早不把传继家族香火的希望寄在道景和碧兰身上了，他们两个成亲这么多年，还未有一子半女生出，那原因吕敬仁是早猜出了。他知道这要苦了碧兰，可苦就苦你这辈子吧，吕家没有别的办法，倘是道景一直不结婚不更要惹人议论？好在碧兰家是小户，当初所以给道景订这个小户人家的姑娘做媳妇，也是怕婚后有变，大户人家的姑娘遇到道景这样的丈夫，人家能不闹？

“爹，为了少惹你和娘生气，我想出去谋生，让碧兰也再找个人家过日子，我改名换姓，不让人知道你的儿子行吧？”

“胡扯！”吕敬仁沉了声，“我堂堂一个当朝知府，让儿子出去流浪，这事万一泄出去，我这脸往哪搁？我会落个什么名声？”

“那我悄悄地去一家道观，做道姑好吗？”

“放屁！世上没有不透风的墙，那要传开来更糟！你老老实实给我待在家里，还要记住两条，头一条，要学会抑制自己，哪个人都有些不可告人的欲望，要紧的是学会抑制，这世界上每个活着的人其实都抑制着自己的一些欲望，不这样世界就会乱套！第二条，要学会遮掩，不该让外人知道的事，要想法遮掩过去，要学会做事背人，不能让外人知道你在做什么，碧兰你背不过去，可以不背，但家中的其他人和仆人，一定要背。这关系到你的声誉。”

“我不想要啥子声誉，我只想按自己的心愿快快乐乐活几年，爹，我好歹也是一个人，你既是不让我走，能不能让我按我自己的心愿去活两年，就是我做啥事你都不管，这样只活两年，我也就心甘了。也算我没白来人世走一遭，我就心甘情愿地去死，再也——”

“混蛋！”吕敬仁暴怒地捶着椅子扶手，“你不要声誉老子还要哩！你不仅是你自己，你还是知府的儿子，懂吗？是我的儿子！”

“可老天爷既是让我这类人活下来，就总也有他的一点道理，能不能——”

吕敬仁没再说话，只把凌厉的两眼直瞪住儿子，那目光立时像胶一样地封住了道景的口。

道景战战兢兢地退走了，吕敬仁仍坐在那儿一动不动，许久之后，他才把眼抬起，让目光里的一点无奈像垒窝的燕子一样停在屋梁上……

吕敬仁每日下衙之后，倘是没有家事处理，总要到书房里读一阵书。他当然也读《史记》，读《资治通鉴》，读李白、杜甫的诗，但更多的是读兵书，这是因为他总觉得，当官从政其实也是打仗，不过用的不是枪刀剑戟，而是智谋心机罢了。哪个当官的不是常和自己的政敌打仗？不战胜他们企图取而代之的一次次进攻，自己不就完了？可要明白他们可能从何处进攻，采用什么样的方式进攻，自己采用何种方法迎敌，预备几套打法为宜，不读兵书能行？再说，一个当官的处理问题怎样做才能令上司满意，怎么办才能让百姓们认可，这也能从兵书上找到答案。所以他搜集了差不多所有的兵书，反复研读。

这日傍晚，他正在书房中读《董石公三略》，夫人忽然慌慌张张地跑进屋来，进门就喊：“不好了，咱家里有贼！”

“瞧你那副慌张样子，贼不是还没进这书房嘛！坐下来，慢慢说，哪里有贼？”吕敬仁仍坐在原处，手照旧捧着书。

“我床头柜子里，我昨日清清楚楚记得放进去十锭官银，是预备在老家扩买坟地的，今早去拿时，竟少了一锭，这八成是那些仆人们干的，胆大的东西们，竟在家里偷开了，要搜，要立马搜他们的身子和住处！”

冷静一点，他瞪了一眼妻子。“第一，一个贼藏的东西，十个人也难搜着；第二，公开搜仆人的身子，难免不把家中有贼的事泄出去，那我们吕家脸上就好看了？我们的声誉——”

“那你说咋办？”

“装着不知。钱柜的门原来咋样还让它咋样，里边要再放些银块，你仍如往常一样做事，只是留心观察！贼还会来的，一个贼只要在一处地方得了手，他一般是会再来一次的。”

“好吧。”

“记住，即使发现了哪个仆人是贼，也不要当场捉他，那样终不免要闹得沸沸扬扬，要悄悄地辞退，明白？”

十三天之后的一个黄昏，吕敬仁在书房正读《唐太宗李卫公问对》，夫人又慌慌地进来，脸色煞白地叫：“你知道是谁偷的银子？”

“谁？”

“碧兰！天呵，不缺她吃不缺她穿，她怎么会干起了这个？！”

“没有惊动她吧？”

“没。”

“记住，照旧假装不知道被偷，柜子门仍照原样关着，银子还照原样放，我们要弄清楚她偷了银子干啥，是攒体己钱还是接济她的家庭，注意看紧她的行踪。”

“谁来看？我？”

“难道还要再告诉第三个人？”

“好吧。”

那天晚上剩下的时间，吕敬仁没有再看成兵书，他坐在书桌前久久地琢磨：碧兰为什么要偷银子？他本能地觉出：她不是因为急等钱用。

夫人用半月的时间证实了他这个判断。夫人报告他结果是在一个子夜，夫人刚从一个现场回来，夫人气喘吁吁地扯掉他手上的《六韬》说："噢，明白了，她偷了银子给富恒银饰铺的小银匠打首饰，打好的首饰她拿回来假惺惺送给道景，用这来糊弄住咱道景的眼睛，她好和小银匠在一起鬼混。今夜里小银匠来了，两个人在花园里的那棵芭蕉树下，你不知道他们两个的那个胆大呵，你不知道不要脸的碧兰那个浪哟，我就站在近处看着他们，那个小银匠弄一下还要问她一声美不美，她就哼哼着说像驾云飞，他们这会儿还在那儿哩，还不会完，要不要喊上人去捉？捉奸捉双呀！他们——"

"好了。"吕敬仁平静地打断夫人的话，"你该去睡觉了，天这样黑，你保准眼看花了。"

"不，我看得真真切切——"

"那就把你看见的烂到肚里，彻底忘掉，我们老了，有些事要学会忘掉。睡吧，天已经不早，我们该睡了！"吕敬仁啪一声合上了书……

明德府的日子仍如往常那样平静，好像一切都没有发生。

大约是七八天之后的一个早上，正在吃饭的吕敬仁忽然想起似的对妻子说："哦，对了，开封的刘知府听说咱南阳的银饰出名，昨日派人送来了点银子，要让银匠给打点首饰。你今日记着差人去富恒银饰铺请个银匠来，让他就在咱府内做，我们也好随时查验一下做得好坏，这毕竟是受人之托，不能马虎。顺便，也给孩子们每人做点饰物。"他边说边用筷子指点了下两个儿媳。

老夫人听罢就急忙点头。

小儿媳闻言面露喜色，碧兰更是高兴，她知道，去富恒银饰铺请银匠，请来的只会是少恒，这下好了，白天也可以时时看得见他。令她高兴的另一个原因，就是公公答应给自己也做首饰，有了首饰，丈夫那边就可以应付，起码近些日子再不用提心吊胆地去弄银子了。

那天上午，老夫人果然差人把小银匠郑少恒请了来。看见少恒挑着银匠担子进了府门，碧兰高兴得真想扑上前去，但她没敢，只是强装出一副漠然之态，直到少恒在一间偏房摆好工具开始做活时，她才拉上弟媳，去他身边站了一阵。

那少恒在吕府干了两天。那两天的中饭和晚饭，少恒都是在吕府吃的。这也是手艺人的规矩，在谁家做活就在谁家吃饭。碧兰注意到，让少恒吃的饭菜与全家人吃的饭菜完全一样，老夫人显然没把少恒与一般的雇工同样看待，亲自下厨指点着仆人们给少恒端什么，有时还亲自盛好喊碧兰和弟媳给少恒端送去。

头一天的后晌，吕道景忽然把碧兰叫到卧房，郑重其事地交待："这两日你和郑少恒可不要有什么来往，要多多小心，千万别让爹和娘看出什么！"碧兰望着吕道景那少有的忧心忡忡的神情，淡淡一笑说："把心放到你肚里吧，我不是傻子。"

吕敬仁对少恒做的饰物很满意，少恒临走的时候，吕敬仁在一番夸赞之后，除了正常的工钱外，还又赏了一些碎银。

这之后，每隔些日子，明德府总要把少恒请进府里几天，有时是替信阳知府的太太做饰物，有时是替安阳知府的小姐们做饰物，有时是给河南巡抚的女眷们做饰物。少恒也很高兴有这些活做，做这些活的工钱高是一方面，重要的是它表明，富恒银饰铺的影响在扩大，声望在提高。不过做这些活也格外累人，因为总想精上加精，唯恐知府老爷挑出毛病，所以一天下来，累得简直动都不想动。那晚少恒作罢活挑担回去，腿一软差一点趴倒在街上。当时少恒有些惊奇地咬咬牙站住骂自己："嗬，没想到你一身力气，竟经不住这点累……"

寅

老银匠看见碧兰把一个纸团扔到儿子脚边，就知道那准是一个纸条，约会儿子夜里出去。这样的纸条儿子已积了一叠，夜里，他时常撞见儿子把那叠纸条捧到鼻子前吸闻。

老银匠叹了口气，看着碧兰远去的身影，无声地把头摇摇。这一对冤孽，要来往到啥时候？天下能有不透风的墙？再说，眼下天又这样冷！

今儿个落雪粒子，来的顾客少——做银饰也有淡季。冬季天冷，女人孩子的颈、手腕、脚腕甚至耳朵，都很少裸露，戴了银饰也没人看到，所以来做的人也少，是淡季。早饭后来的两个顾客走后，铺子里再无外人，老银匠这时瞥见儿子正小心地把那个纸团打开，先是看看笑笑，接下来便把纸条放到嘴边去亲。

老银匠停下锉银饰毛刺的锉子，低了声问：“又是叫你去？”

“嗯。”少恒咧嘴朝父亲一笑，他知道什么都瞒不过父亲的眼睛。

“天这样冷！”

“没事，在她家花园的一间小房子里，那儿暖和。”

“可你没看你那脸，又黄又瘦！”

少恒垂了下眼。他近日确实觉得身上没劲，走路腿直打飘发软。

“又咳嗽！”

“咳、咳、咳……”仿佛为了给爹的话做证明，少恒爆发了一阵长长的咳嗽。

“再好的东西也不能多吃，猪肉饺子可好，让你吃十碗试试，还不撑得你肚子疼得打滚！”

“爹。”

“弄那个东西没有完的时候，你有多少精血？”

“爹！”

“别看那东西小，能盛着哩！多少男人把自己的血和骨头全倒进去了，多少男人在这上边丧了命！”

“爹，求求你！”

“知道精水是啥么？那是人身上最金贵的东西，人吃十碗面条也积不起一小勺，可你倒好，由着性子扔！”

“爹，给你说，我们这几次见面都没弄。”

“骗我这个老憨人呗！一男一女黑灯瞎火地到一起——”

“真的！是她不让。”

“嗯？”

“她心疼我，她看我身子虚，像有病的样子，要我歇歇，说天长日久哩，以后身子好了，再由着我。”

“那还约你见面做啥？”

“她说想我想得慌，我们见面只是抱抱亲亲，再说我也想她。”

“可你的身子究竟是咋着回事？真像是有了病。”

“头疼，我就是觉得头疼，还有些发晕，咳嗽是断断续续的，我估摸是重伤风。不过我们这几回见面都没脱过衣服，我还常睡到她的怀里，真不知咋着就伤风了。”

“你去乐生堂让刘大夫号号脉吧。”

“我再顶些日子试试，我不想喝那中药汤子！”

老银匠叹了口气，低下头重新干活。那天晚上睡觉时他觉着儿子的咳嗽有些加重。他带着几分不安沉入睡乡，酣睡中他梦见有一团乌黑的云向他飘来，云团中藏着一只黑色的怪鸟，怪鸟挺着尖利的爪子，云团越飘越近，眼看就要到达头顶，怪鸟突然钻出云团啸叫着向他伸过爪来，抓走了他怀中抱着的一只小鸡……

他被吓醒了。

老银匠发现儿子的身体越来越弱，而且精神也开始变得烦躁不安，常是坐一会就站起来，站一会又坐下去，一阵活儿要做很长时间。

老人有些着慌，领他去了几趟乐生堂药铺，大夫对这种病的病因也说不明白，开些药吃了，也不见有多大效力。

碧兰还是隔些天来一回，她显然也看出少恒的病在加重，已不再约他出去相会，只在纸条上写些“多保重！亲你！想你！”这类的话。逢到没有顾客时，她会不顾老银匠在场，扑上去抱住少恒边亲他的脸边红了眼问：“你这究竟是咋着了？老天，为什么会让你得病？”差不多每次走时，她都要从兜里掏出点碎银塞到老银匠手里说：“老伯，留下给少恒看病！”

看着少恒那个瘦弱的样子，碧兰就心疼得一心想买点东西给他补补身子。也是巧，有天晚上，婆婆把碧兰叫到自己屋里叮嘱做衣服的事时，刚好公公吕敬仁手拿着满满一盒人参进来对婆婆交待：“这是托人从东北买来的上等人参，是强身壮体的好东西，保存起来，日后慢慢炖鸡来吃。”婆婆接过那盒人参，就放到了床头存银子的小柜里。碧兰当时心中一喜：这小柜里的银子我都偷了，我何不找机会偷偷拿几棵人参来给少恒补补身子？那满满一盒，偷拿几个他们未必就会知道！

第二天，碧兰果然找了一个机会，悄悄进到婆婆屋里偷拿出了四棵人参。当晚，她便带了这四棵人参和从街上买到的一只鸡，闪进了富恒银饰铺。她用半只鸡和半棵参亲自给少恒炖了两碗鸡汤，又亲自端到床前喂少恒喝了下去。老银匠见碧兰这样，也感动得眼圈有些发红。那晚上碧兰临走时给老银匠交待：“老伯，我把剩下的人参放在案板上的小罐里，过两天我再拿只鸡来。”老银匠听罢连说好吧好吧。

许是少恒病得久了，这人参鸡汤的大补作用并没显示出来，第三棵人参熬的鸡汤还没喝完，他的病就迅速转重了。那是一个傍晚，老银匠刚喂儿子喝罢鸡汤不久，少恒就咳嗽得厉害了，而且脸越来越苍白，下床小解时竟扑通栽倒在了床前。老银匠那刻急忙把儿子抱放到床上，掐住人中穴喊了一阵，少恒被喊醒之后，直说胸口疼喘气难受。老银匠忙跑去请大夫，大夫号了脉后立即开药，并嘱病人身边不能离人，病势有转危重的可能。

那一夜老银匠就坐在儿子床边守护，望着儿子那在昏昏烛光下毫无血色的脸颊，老人百思不得其解，怎么好端端壮实实的一个儿子，就忽然病成了这样？难道真是因为他和碧兰做那事太勤以致伤了身子？他们两个的每次约会老银匠都知道，一般是十来天一回，最密也隔有三四天，以少恒这个年纪，这个次数并不算太多，应该能够吃得住。老银匠是过来人，对做这事的次数是否太密心中有底，怎么我的儿子就会弄到这个地步呢？老天爷你要真是认为这事不端要责罚，那就责罚我吧，是我当初没拦住他们，是我没早给少恒娶媳妇使得他迷上了碧兰，你责罚我吧，让我死也行，我就这一个儿子，我们郑家的香火和郑家的银饰手艺，都靠他往下传了，别碰他，让他赶紧好起来吧……

半夜时候，老银匠遵大夫嘱咐，给少恒又灌了一次药，看着儿子平躺下喘气困难的样子，老人干脆让儿子半躺在自己怀里。天将亮那阵，老人因为困极而睡了过去，刚睡着不久，他便又看见这些天老飘荡在他梦里的那团黑云，那黑云慢慢向他的头顶移近，那个黑色的怪物又在那团黑云里现出了身子，只见它啸叫了一声，猛向他扑来，伸出尖利的爪子向他的怀中一抓，他惊叫一声，从梦中醒来，就在那刻，他感觉到儿子的身体悸动了一下，忙低头去看，他以为自己的举动惊了儿子，这一看不禁骇呆了：少恒已经咽气死去，只是两眼大睁。

“苍天——你不公呵，我就这一个儿子……”老人放声嚎哭，哭声惊来了左右街邻，人们这才把少恒的尸体从老人怀里拉开。

碧兰是第二天深夜穿一身黑衣裹一条大头巾踉跄着扑进富恒银饰铺的，那一刻屋里只有老银匠在为儿子守灵，碧兰扑倒在棺材前哀哀哭泣，可怜她不敢放声，只把哭声在嗓子眼闸住，闸得太多就憋得在棺材前乱滚。看她那模样，老银匠怕她哭坏了身子，蹒跚着过去相劝，让她天亮前回去了。

郑少恒的棺材是在第三天正午时分入土的。老银匠给儿子买了最上等的棺木，请了最好的响器班子，糊了最全套的纸扎。老人把原先积攒起来预备扩建铺子的银子几乎全花在了儿子的葬礼上，还攒钱有啥用？还翻修铺子干啥？

棺材被土埋住的时候，突然刮来一阵不大不小的风，风带来了一团黑云，黑云把原先亮着的太阳陡然弄熄，使正在铲土堆坟的人们打个冷噤。老银匠那刻抬头望天，猛觉得那团黑云的大小形状与他这些天做梦见的那团黑云有点相似。

他仿佛听到那云里响起了一阵笑声。

他摇了摇头，他怀疑自己的耳朵有了毛病……

埋葬了少恒几天后的一个晚上，碧兰又来了，她抹着眼泪从怀里掏出一块银子，放到桌上哽咽着说："老伯，这块银子你过日子用，从今往后，你就把我看成你的儿媳，我来养活你，我隔些天来看你一回。"

老银匠没有说话，只摇了摇头。他如今对人世上的事已不感兴趣，他只想着早死了去和儿子做伴。

碧兰见老人还没吃晚饭，就动手烧火为他做吃的。好在临近过年，街邻们给老人送来些吃的就放在案板上，有菜包子、豆包子，有择净洗好的鸡，有一块猪肉。碧兰想起早先给少恒拿来补身子的人参还有一颗，放在小罐里，就剁了半只鸡，切了半棵人参，给老人炖了两碗人参鸡汤，又把两个包子馏热，一齐端到了老人床前的小桌上。

"你回吧，天不早了。"老人叹口气对碧兰说。碧兰也怕别人发现自己在这里，不敢久留，说了几句"老伯快吃，老伯保重"的话，就匆匆出门走了。老银匠没有食欲，眼望着那鸡汤和包子的热气一点点飘走，到底也没动。

天亮的时候，家里的那只灰猫跳上桌子，偷舔碗里的鸡汤，拥被坐在床上的老银匠看见，漠然地未加理会。未料不大时辰，舔汤的灰猫突然在桌上打起了滚，发出了异常粗嘎类乎痛楚地叫，这反常的叫声最后引起了老人注意，他惊诧地看定那猫：你这是咋着了？舔了几口汤就难受成这样？难道这汤里还能有毒不成？灰猫那阵的叫声越见痛楚，身子也滚动得越加厉害，最后干脆把盛鸡汤的碗撞到了地上。汤碗落地的响声唤来了坐卧在门外的黑狗，那黑狗过来，见有鸡汤洒在那儿，不由分说就又舔又嚼起来。不想半刻之后，那黑狗竟也在地上翻滚哀叫起来。老银匠惊得立时把眼瞪大：这汤是怎么了？难道真是有毒？

他为自己的想法打了个哆嗦。

他很快地穿衣走到灶前，昨晚碧兰炖鸡汤他在看着，她用的也就是几样东西，缸里的水，一棵葱，几勺盐，一块姜，半只鸡，半棵人参，水、葱、盐、姜是家里原来就有的东西，不会有啥，值得起疑的就只有邻居送来的鸡和碧兰送来的人参了。仿佛为了推倒自己脑中的判断，他拿起那半只鸡和那半棵人参，快步出门向一家药铺走去，他要让药师看看这两样东西上沾没沾什么毒物。药铺里的药师把那两样东西拿进铺子里做了一番验看后说：鸡肉无毒；人参在砒霜里浸过，但毒量不大，吃一次不会致人死命，不过连续用……

老银匠被骇呆在了那儿。药师下边的话他没有去听，他恍然记起许久之前的那个春天的上午，碧兰让少恒代买砒霜的事。呵，这个女人，原来早在那时她就安下了歹心！他看见有一只拿了抹布的手把一块蒙了水泡的玻璃一下一下擦干净，原先隐在那玻璃后边的儿子的死因现在一清二楚：他是在喝了那有毒的人参鸡汤之后慢慢中毒死的！

碧兰，好一个手毒心狠的女人！你勾引我的儿子，最后还要把他毒死，是怕他泄露你的淫行？是又勾上了别的男人？

你毒死了我的儿子，还想接下来再毒死我！

“哈哈哈。”老人突然发出一阵令人毛骨悚然的笑声。

老天爷的眼总算还没全瞎，他让一只猫来告诉了我儿子的死因！

老银匠那天回到铺子里后，关了门，出奇平静地摸出一块银子，尔后在工具台前坐下，拿起了久已不拿的银灯，开始吹气化银……

老银匠在铺子里把自己关了几天。几天后的一个傍黑掌灯时分，老人才拿了一件纸裹的东西出了铺门，径向明德府走去。吕家人那阵都已吃过了饭，有仆人听老银匠说是来给大少奶奶送银饰的，就给他指了碧兰的住处。

碧兰那时正独坐在卧房里，无精无神地翻看着一本什么书，丈夫道景又如先前那样去了书房赏玩自己的饰物藏品，她猛见老银匠推门进来，吃了一惊，忙叫：“老伯，你怎——”

老银匠笑笑说：“我在收拾少恒留下的东西时，见他打制了一个带有挂饰的银项圈压在枕下，纸包上写明是给你打的，我就给你送来了。”边说边就反手关上门落了栓，很像是怕外人看见似的。之后就将手上那东西的裹纸撕开，露出了个银晃晃光闪闪有着精美银流苏的银项圈，朝碧兰递过去。碧兰颤颤地伸手接过，一时眼圈又有些红了。她把项圈凑到烛光下去看，霎时也被它的精美震住，只见项圈周身被细细的银链缠着，既似项链，又似项圈，项圈上挂流苏的地方，还刻有“碧兰”两字还錾有许多朵盛开的牡丹。

“你戴上试试吧，要是合适，也不枉了他一番心。”

碧兰眼中的泪珠已是盈盈欲滴了。

“来，你坐下，我给你戴上试试。”老银匠从碧兰手里拿过项圈，从中间按开接头的卡扣，朝碧兰的脖子上戴去，只听咔的一声，卡扣在碧兰的颈后合上了。

“有些紧。”碧兰说。

“那你扯一下就松了。”

碧兰于是抬手去扯，不想越扯越紧。

“老伯，快，更紧了。”

“那你再扯一下。”

碧兰又扯了一下，手便无力地落下来了。“老伯，我喘不过气了，快，替我松——”

“嗬嗬嗬。”老银匠突然发出一声冷得可怕的笑，“就是为了让你喘不过气来，我才特意打制了这个越扯越紧的东西。贱货，今儿个就是你的死期！”

碧兰的双眼无限惊恐地瞪大：“老……伯……我……”勒紧的项圈已使她发不出清楚的声音了，她想去扯断项圈，手却无力抬起来，她扑倒在了地上。

“我为我的儿报仇来了，他生生死在你的手里！”

“……为……啥……”

“你还问为啥？你这个狠毒女人！”老银匠猛朝碧兰的头上踢了一下。

“……让……我……生……下……”她的话音像燃尽了油的灯一样从唇间骤然熄灭，只见她的身子猛一抽搐，随后便一动不动了。她抽搐前所做的最后一个动作，是用手撩开自己的上衣，把她怀孕已五月左右的高隆着的腹部袒露了出来……

老银匠趔趄着靠到了墙上。他看见碧兰的眼珠已越来越高地凸起，他抖着手拉开门闩，踉跄着向外走。明德府的守门人在昏黄的门灯光里没有看出老银匠神态的异样，放他出了门。他进了富恒银饰铺子，只哆嗦着双唇喊了句："恒儿，爹把你的仇报了！"便从怀里摸出一个小瓶，仰头向口中倒去。片刻之后，也七窍出血软在了地上……

卯

第二天头晌，一个想打银饰的人推开了富恒银饰铺的门，他发现老银匠盖着被子死在自己的床上，忙喊来了左右邻居。人们都说老银匠这是受不了儿子死后的孤独，去找儿子了。大伙凑了点钱，将他草草埋掉。

三天后，从吕府里传出消息说，长媳碧兰因为小产流血过多去世。碧兰的葬礼十分隆重，许多年后见过那场葬礼的人还在称赞那葬礼的排场。知府老爷亲自扶着长子道景护棺到墓地，很多人看见知府老爷不住地拭泪。事后，人们都感叹碧兰这短短一生活得值得，生前享尽荣华富贵，死后又是不尽的风光排场，做女人活到这步田地，也该满意了，人早晚还不是个死?

这之后，吕家又传出消息说，长子吕道景为忠贞于碧兰，发誓不再娶。一时又感动得城中不少妇女流泪。那年的秋末，城里的一些绅士有感于吕家又出忠贞之子，遂派人用银粉把吕家大门前的“明德府”三字又刷了一遍。

第二年春天的一个黄昏，明德府突然爆发了一场激烈的吵闹，吵闹的起因无人知道，但明德府的邻人们听见一向说话不起高腔的吕道景声音最高且伴有哭调，那场吵闹直持续到深夜，吵闹中有些字句断续地飞到院墙外头“……捂……老天……名誉……人参……家……”翌日清晨，有人在碧兰的坟墓旁，发现了已经死去的身着女人衣裙的吕道景，碧兰的坟墓四周摆了一圈女人的饰物，吕道景的手里攥着一张宣纸，宣纸上用墨笔写着一行大字：“老天，你造出人是为了什么？”

明德府的收尸人在匆忙中没有注意到那张纸从吕道景僵硬的手中飘落在地，更没有发现那张纸被一个放羊的小伙捡了去。放羊的小伙只是因为好奇才把那宣纸卷成一卷，塞进了他那个保存吸烟火纸的竹筒，他当时根本没想到他这是保存了一个故事和一段历史。几十年后，当他给他的曾孙子讲古时，从竹筒里掏出了那张发黄变脆的宣纸，尽管宣纸上的字此时已被磨损得模模糊糊，可他的曾孙子还是眼一亮，本能地知道这张纸的后边会有一些好听的事情。于是，就开始了一番时断时续颇为艰难的寻觅。他的曾孙子最后站在了那片扔满鸡毛、碎纸、烂菜叶的废墟上，手里捏着那张宣纸，捏着八十多年前那个人写下的那句诘问，朝时间的两头眯眼望去……

《花城》1993年第5期发表

《小说月报》1993年第12期转载

英国《世界日报》1993年转载